O rei de ferro

OBRAS DO AUTOR

O rei de ferro
A rainha estrangulada
Os venenos da coroa
A lei dos varões
A loba de França
A flor de lis e o leão
Quando um rei perde a França

Maurice Druon

OS REIS MALDITOS

VOLUME 1

O rei de ferro

Tradução de
Flávia Nascimento

12ª edição

BERTRAND BRASIL
Rio de Janeiro | 2025

CIP-BRASIL. CATALOGAÇÃO NA PUBLICAÇÃO
SINDICATO NACIONAL DOS EDITORES DE LIVROS, RJ

D86r Druon, Maurice, 1918-2009
12. ed. O rei de ferro / Maurice Druon ; tradução Flávia Nascimento. - 12. ed. - Rio de Janeiro : Bertrand Brasil, 2025.

Tradução de: Le roi de fer
ISBN 978-65-5838-311-6

1. Ficção francesa. I. Nascimento, Flávia. II. Título.

25-99189.0 CDD: 843
CDU: 82-3(44)

Gabriela Faray Ferreira Lopes - Bibliotecária - CRB-7/6643

Texto revisado segundo o Acordo Ortográfico da Língua Portuguesa de 1990.

Direitos exclusivos de publicação em língua portuguesa somente para o Brasil adquiridos pela:
EDITORA BERTRAND BRASIL LTDA.
Rua Argentina, 171 — 3º andar — São Cristóvão
20921-380 — Rio de Janeiro — RJ
Tel.: (21) 2585-2000,
que se reserva a propriedade literária desta tradução

"A história é um romance que aconteceu."

EDMOND E JULES DE GONCOURT

Faço questão de expressar aqui, mais uma vez, o mais profundo reconhecimento a meus colaboradores Pierre de Lacretelle, Georges Kessel, Christiane Grémillon, Madeleine Marignac, Gilbert Sigaux e José-André Lacour pela preciosa ajuda que me deram durante a elaboração deste volume; quero igualmente agradecer aos serviços da Biblioteca Nacional e dos Arquivos Nacionais o auxílio indispensável dado a nossas pesquisas.

M.D.

Prefácio à nova edição

ALGUNS DE MEUS LEITORES, CASO venham a abrir novamente a presente edição de *Os Reis Malditos*, poderão encontrar mudanças bastante sensíveis em comparação com o texto original. Não na intriga, nos caracteres ou no conteúdo histórico, mas sim na forma dos diálogos, da narrativa e, para dizer tudo, o estilo.

Pode parecer inútil revisar, frase por frase, e até mesmo reescrever, em muitas passagens, uma obra que conhece há dez anos as graças do público. Ora, foram precisamente a constância dessa graça e o respeito que se deve à escolha da maioria que me levaram a empreender essas modificações.

Romances de redação rápida e que se queriam de leitura fácil, *Os Reis Malditos*, resultantes do gosto compartilhado entre o autor e o público pelas ressurreições do passado, acabaram ocupando um lugar privilegiado entre meus trabalhos.

O romancista, quando aborda a História, busca nela, sobretudo, os homens e sua verdade. Confesso que, quando da composição de *Os Reis Malditos*, um tanto apressado pela amistosa impaciência que manifestavam pela finalização da obra o editor e os leitores, acabei atribuindo menos cuidados à forma do que à pesquisa documental, à verossimilhança dos personagens e à obediência a uma espécie de método do romance histórico que permitisse o exercício da imaginação sem o distanciamento do real.

O edifício final, quando considerado hoje, parece-me ter sido bem construído, de acordo com proporções convenientes. Mas as juntas e o reboco foram feitos com muita pressa; por isso os refiz.

A crítica é proveitosa quando nos ajuda a trabalhar no sentido de melhorar; levei em consideração as críticas de conjunto ou de detalhes que me foram feitas.

Se *Os Reis Malditos* tiverem alguma chance de resistir ao tempo, creio que durarão melhor dessa maneira e, pelo menos, não oferecerão às gerações mais novas demasiados exemplos de mau uso da língua.

Mas isso significaria dizer que me encontro agora totalmente satisfeito? Um artista jamais está satisfeito.

Lembro-me de ter ouvido Paul Valéry falar, em suas lições de Poética, desse difícil momento de acabamento em que o artista, por mais que tenha retomado, retocado, refeito sua obra, considera-a muito distanciada de como sonhara; e, no entanto, ele a abandona, contrariado, porque sente que não poderia fazer melhor.

Valéry, pensador sábio, não escrevia romances.

Prólogo

NO INÍCIO DO SÉCULO XIV, Felipe IV, rei de legendária beleza, reinava sobre a França como mestre absoluto. Ele vencera o orgulho guerreiro dos grandes barões, vencera os flamengos revoltados, os ingleses na Aquitânia e até mesmo o Papado, instalado por ele à força em Avignon. Os Parlamentos encontravam-se às suas ordens, e os concílios, por sua conta.

Três filhos maiores asseguravam sua descendência. Sua filha estava casada com Eduardo II da Inglaterra. Ele contava, entre seus vassalos, seis outros reis, e a rede de suas alianças estendia-se até a Rússia.

Riqueza alguma escapava a suas mãos. Sucessivamente, ele instituíra taxas sobre os bens da Igreja, espoliara os judeus, atingira as companhias de banqueiros lombardos. Para atender às necessidades do Tesouro, ele praticava a alteração das moedas. De um dia para o outro, o ouro pesava menos e valia mais. Os impostos eram esmagadores; a polícia, profusa. As crises econômicas engendravam falências e penúrias que, por sua vez, engendravam sublevações abafadas com sangue. As revoltas acabavam-se nos patíbulos. Todos deviam inclinar-se, dobrar-se ou romper-se diante da autoridade real.

Mas o ideal nacional habitava o espírito desse príncipe frio e cruel, para quem a razão de Estado estava acima de todas as outras. Durante seu reinado, a França era grande, e os franceses, infelizes.

Um único poder ousara afrontá-lo: a soberana Ordem dos Cavaleiros do Templo. Essa colossal organização, a um só tempo militar, religiosa e financeira, devia às Cruzadas, das quais ela saíra, sua glória e riqueza.

A independência dos Templários inquietava Felipe, o Belo, ao mesmo tempo que seus bens provocavam sua cobiça. Contra eles, o soberano montou o mais longo processo do qual a História tem lembrança, posto que tal processo pesou contra mais de quinze mil acusados. Durante esse período — isto é, por cerca de sete anos —, todas as infâmias foram perpetradas.

É no término desse sétimo ano que começa o nosso relato.

Primeira Parte

A Maldição

I
A rainha sem amor

UM TRONCO INTEIRO, POUSADO SOBRE um leito de brasas incandescentes, flamejava na lareira. Os vitrais esverdeados, enquadrados por molduras de chumbo, filtravam uma luz de março avarenta de raios de sol.

De seu alto assento talhado em carvalho, com um espaldar encimado pelos três leões da Inglaterra, a rainha Izabel, debruçada com o queixo nas mãos, contemplava vagamente os clarões do fogo.

Ela estava em seu vigésimo segundo ano de vida. Seus cabelos de ouro, retorcidos em longas tranças presas no alto da cabeça, formavam como que duas alças de ânfora.

Ela escutava uma de suas damas francesas ler-lhe um poema do duque Guilherme de Aquitânia.

Do amor não mais devo dizer o bem
Pois que dele não recebo nada nem um pouco
E dele dou mais do que convém...

A voz melodiosa da nobre dama de companhia perdia-se na sala grande demais para que mulheres pudessem viver felizes ali.

Sempre me foi assim.
Do que amo jamais gozei,
Nunca o fiz nem nunca farei...

A rainha sem amor suspirou.

— Eis aí palavras bem tocantes — disse ela. — Dir-se-ia que foram feitas para mim. Ah! Já se foi o tempo em que os grandes senhores como esse duque Guilherme exercitavam-se tão bem na poesia quanto na guerra. Quando foi mesmo que ele viveu? Há duzentos anos? Poder-se-ia jurar que estes versos foram escritos ontem.*

E, para si mesma, repetiu:

Do amor não mais devo dizer o bem
Pois que dele não recebo nada nem um pouco...

Ela permaneceu pensativa por um momento.

— Devo prosseguir, senhora? — perguntou a leitora, com o dedo colocado sobre a página pintada com iluminuras.

— Não, minha amiga — respondeu a rainha. — Já fiz com que minh'alma chorasse o bastante, por hoje.

Ela empertigou-se na cadeira, mudando de tom:

— Meu primo, o senhor d'Artois, anunciou sua vinda. Cuide para que ele seja conduzido até mim tão logo se apresente.

— Ele está chegando da França? Então vós ficareis contente, senhora.

— Sim... caso as novas que ele me traz sejam boas.

---

* Os números no texto remetem às "Notas históricas" (p. 311), onde o leitor encontrará igualmente o "Repertório biográfico" dos personagens. (N.A.)

Uma outra nobre, também dama de companhia, entrou de repente, com o rosto animado pela alegria. Seu nome de nascimento era Jeanne de Joinville, e ela era esposa de *sir* Roger Mortimer, um dos primeiros barões da Inglaterra.

— Senhora, senhora, ele falou!

— É mesmo? E o que foi que ele disse?

— Ele bateu sobre a mesa, senhora, e disse: "Eu *quelo*!"

Uma expressão de orgulho aflorou no belo semblante de Izabel.

— Trazei-o diante de mim — disse ela.

Lady Mortimer saiu correndo e voltou um instante depois, carregando um menino de 15 meses, balofo, róseo e gorducho, que ela depôs aos pés da rainha. Ele trajava um vestido vermelho, bordado em ouro, e pesadíssimo para um ser tão pequeno.

— Então, senhor meu filho, vós dissestes: "Eu quero" — disse Izabel, debruçando-se para acariciar-lhe as faces. — Agrada-me que estas tenham sido vossas primeiras palavras: são próprias de um rei.

O menino sorria, balançando a cabecinha.

— E por que ele disse isso? — perguntou a rainha.

— Porque eu estava lhe recusando uma fatia de bolo — respondeu lady Mortimer.

Sobre o rosto de Izabel apareceu um sorriso que logo se apagou.

— Já que ele está começando a falar — disse ela —, peço que ninguém o encoraje a falar errado ou a dizer tolices, como comumente se faz com as crianças. Pouco me importa que ele diga "papai" ou "mamãe", prefiro que conheça as palavras "rainha" e "rei".

Sua voz possuía uma grande autoridade natural.

— Vós sabeis, minha amiga — continuou ela —, quais foram as razões que me levaram a escolher-vos para cuidar de meu filho. Vós sois sobrinha-neta do senhor Joinville, o Grande, que participou das Cruzadas ao lado de meu antepassado monsenhor São Luís. Vós sabereis ensinar a esta criança que ela pertence tanto à França quanto à Inglaterra.[1]

Lady Mortimer fez uma mesura. Nesse momento, a primeira-dama francesa retornou, anunciando o conde Robert d'Artois.

A rainha encostou-se ao espaldar de sua poltrona, muito ereta, e cruzou as mãos sobre o peito, assumindo ares de um ídolo. A preocupação em ter sempre uma atitude real não chegava a envelhecê-la.

Passadas enormes e pesadas abalaram o assoalho.

O homem que entrou tinha quase dois metros de altura, coxas semelhantes a troncos de carvalho, punhos parecidos com armas. Suas botas vermelhas, de couro de Córdoba, estavam sujas de uma lama mal escovada; o manto que lhe pendia dos ombros eram grandes o suficiente para cobrir um leito. Bastaria que tivesse a seu lado uma adaga para que parecesse estar de partida para a guerra. Quando ele aparecia, tudo a seu redor parecia tornar-se fraco, frágil, débil. Ele tinha o queixo redondo, o nariz curto, o maxilar largo, o estômago forte. Para respirar, precisava de mais ar que os homens comuns. Esse gigante tinha 27 anos, mas sua idade ocultava-se sob os músculos, e era possível dar-lhe dez anos a mais.

Ele tirou as luvas, avançando em direção à rainha, apoiou-se em um dos joelhos, com uma flexibilidade espantosa para um tal colosso, e reergueu-se antes que houvesse tempo para convidá-lo a fazê-lo.

— Então, senhor meu primo — disse Izabel —, fizestes boa travessia marítima?

— Execrável, senhora, horrenda... — respondeu Robert d'Artois. — Uma tempestade capaz de fazer com que se vomitasse até as tripas e mesmo a alma. Acreditei que era chegada a minha hora, a ponto que me pus a confessar meus pecados a Deus. Por sorte, eles eram tantos que, antes de dizer a metade, *já* tínhamos chegado. Conservo quantidade suficiente para a volta.

Ele explodiu de rir, o que fez com que tremessem os vitrais.

— Mas com mil demônios — continuou ele —, sou mais afeito a correr pelas terras do que a cavalgar a água salgada. E não fosse o amor que vos dedico, senhora minha prima, e pelas coisas tão urgentes que tenho a vos dizer...

— Permitireis que eu conclua, com ele, meu primo — disse Izabel, interrompendo-o.

Ela apontou a criança.

— Meu filho começou a falar hoje.

Depois, a Lady Mortimer:

— Desejo que ele se acostume aos nomes de seus parentes, e que ele saiba, assim que possível, que seu avô é Felipe, o belo rei de França. Começai a recitar diante dele o *Páter Nóster* e a *Ave Maria*, e também a prece a monsenhor São Luís. São coisas que será preciso instilar em seu coração, antes mesmo que ele possa compreendê-las pela razão.

Ela não se sentia descontente em mostrar a um de seus parentes, ele mesmo descendente de um irmão de São Luís, a maneira como ela se ocupava da educação de seu filho.

— Estais dando belos ensinamentos a esse rapazinho — disse Robert d'Artois.

— Jamais é muito cedo para se aprender a reinar — respondeu Izabel.

O menino tentava andar, com os passos precavidos e titubeantes que têm os bebês.

— Quem diria que nós mesmos fomos assim um dia! — disse d'Artois.

— Olhando-vos, meu primo — disse sorrindo a rainha —, é difícil acreditar.

Por um instante, contemplando Robert d'Artois, ela pensou nos sentimentos que poderia experimentar a mulher, pequena, delicada, que havia gerado essa fortaleza humana; então voltou os olhos para seu próprio filho.

O menino avançava, com as mãos estendidas em direção ao fogo, como se quisesse apreender uma chama com seu minúsculo punho.

Robert d'Artois barrou-lhe o caminho esticando uma perna. De forma alguma amedrontado, o principezinho pegou essa bota vermelha com seus bracinhos que mal chegavam a circundá-la e nela sentou-se como a cavalo. O gigante pôs-se a balançar o pé, suspendendo e abaixando a criança que, maravilhada com a brincadeira imprevista, ria.

— Ah, senhor Eduardo — disse d'Artois —, poderei eu ousar, mais tarde, quando sereis um poderoso senhor, lembrar-vos de que cavalgastes assim em minha bota?

— Podereis, meu primo, podereis sempre, caso vos mostrardes nosso leal amigo... Deixai-nos agora — disse Izabel, dirigindo-se às damas francesas.

— Então, meu senhor, voltai para o chão — disse d'Artois detendo a perna.

As damas francesas retiraram-se para o cômodo contíguo, levando a criança que um dia se tornaria o rei da Inglaterra, se o destino seguisse seu curso natural.

D'Artois esperou até a porta se fechar.

— Pois bem! Senhora — disse ele —, a fim de completar as lições que dais a vosso filho, podereis ensinar-lhe que Margarida de Borgonha, neta de São Luís, rainha de Navarra e futura rainha de França, está prestes a ser chamada por seu povo de Margarida, a Puta.

— ... Verdade? — perguntou Izabel. — O que suspeitávamos é mesmo verdade?

— Sim, minha prima. E não somente no que diz respeito a Margarida, mas igualmente a vossas duas outras cunhadas.

— O quê? Tanto Jeanne quanto Branca...?

— Quanto a Branca, estou certo. Jeanne...

E, com sua imensa mão, Robert d'Artois fez um gesto de incerteza.

— Ela é mais matreira do que as outras — disse —, mas tenho todos os motivos para crer que não passa, como as outras, de uma incorrigível rameira.

Ele deu três passos e deteve-se antes de lançar:

— Vossos três irmãos são chifrudos, senhora, chifrudos como três simplórios!

A rainha se levantara, com as faces um tanto coloridas.

— Se o que me anunciais é certo, não hei de tolerar semelhante vergonha, não hei de admitir que minha família seja motivo de riso.

— Os barões de França, podeis acreditar, tampouco hão de tolerar.

— Tendes nomes, tendes provas?

D'Artois respirou profundamente.

— Quando vós viestes até a França, durante o verão passado, acompanhada do senhor vosso esposo, para as festas que foram dadas e durante as quais eu tive a honra de ser feito cavaleiro, ao lado de vossos irmãos... pois sabeis que não têm preço as honras que não custam nada... naquela ocasião, confiei-vos minhas suspeitas e vós me confiastes as vossas. Pedistes-me que prestasse atenção e vos informasse. Eu sou vosso aliado; fiz parte do que me pedistes e venho fazer agora o restante.

— E então? O que soubestes? — perguntou Izabel, impaciente.

— Primeiramente, que algumas joias desapareceram do cofrezinho pessoal de vossa doce cunhada Margarida. Ora, quando uma mulher se desfaz secretamente de suas joias, trata-se de agradar um amante, ou de comprar um cúmplice. Sua malandrice é evidente, não credes também?

— Ela pode alegar ter dado esmolas à Igreja.

— Nem sempre. Não, por exemplo, quando certa fivela de prata foi trocada, no estabelecimento de algum mercador lombardo, por certo punhal de Damasco...

— E descobristes em que cintura encontra-se agora pendurado esse punhal?

— Ai de mim, não — respondeu d'Artois. — Tentei, mas perdi as pegadas. Nossas belas são hábeis. Jamais durante a caça, em minhas florestas de Conches, estive às voltas com cervos que soubessem queimar tão bem as pistas, desviando por atalhos.

A expressão de Izabel foi de decepção. Estendendo os braços, Robert d'Artois previu o que ela ia dizer.

— Esperai, esperai — exclamou ele. — Sou bom caçador e raramente deixo escapar o animal que ataco... A honesta, a pura, a casta Margarida providenciou para si mesma um pequeno aposento na velha torre do palácio de Nesle para, de acordo com o que disse, retirar-se lá para as suas orações. Mas parece que ela ora especialmente durante as noites em que vosso irmão Luís de Navarra encontra-se ausente. E a luz brilha nesse aposento até tarde da noite. Sua prima Branca e, às vezes, sua outra prima, Jeanne, vêm juntar-se a ela. Espertalhonas, as donzelas! Caso alguém viesse a fazer perguntas a uma, ela facilmente poderia dizer: "Como? De que me acusam? Eu estava com a outra." Uma mulher dificilmente pode se defender. Ao passo que três depravadas mancomunadas são como um castelo forte. Apenas um problema: nessas mesmas noites em que Luís está ausente, nessas mesmas noites em que a torre de Nesle está iluminada, há em redor do fosso do palácio, ao pé da torre, nesse lugar ordinário, tão deserto em horas tardias, um movimento excessivo. Já se viram saindo de lá homens que não estavam vestidos como monges e que, caso acabassem de orar pela salvação dos homens, sairiam por outra porta. A corte se cala, mas o povo começa a tagarelar, pois os domésticos falam bem antes de seus mestres...

Ao mesmo tempo que falava, ele se agitava, gesticulava, andava, fazia vibrar o chão arrastando o manto. A exibição do excesso de força era, em Robert d'Artois, um meio de persuasão. Ele buscava convencer com os músculos, tanto quanto com as palavras; ele encerrava seu interlocutor num turbilhão; e a grosseria de seu linguajar, em tão estreita ligação com toda a sua aparência, assemelhava-se à prova de uma rude boa-fé. Entretanto, observando melhor, era possível perguntar-se se toda essa movimentação não passava de um espetáculo de saltimbanco ou de uma representação teatral. Um ódio atento, tenaz, brilhava em seus olhos cinza. A jovem rainha esforçava-se para manter a clareza de julgamento.

— Falastes disso ao rei, o meu pai? — perguntou ela.

— Minha cara prima, conheceis o rei Felipe bem melhor do que eu. Ele acredita tanto na virtude das mulheres, que seria preciso surpreender e mostrar-lhe vossas cunhadas deitadas com seus amantes, para que ele consentisse em me dar ouvidos. E minha situação não é lá muito boa na corte, posto que perdi o meu processo...

— Eu sei, meu primo, que fostes vítima de um erro, e se dependesse unicamente de mim, este erro seria reparado.

Robert d'Artois precipitou-se em direção à mão da rainha a fim de nela pousar seus lábios.

— Mas justamente devido a esse processo — continuou lentamente Izabel — não seria possível pensar que agora vossas ações têm como objetivo uma vingança?

O gigante reergueu-se vivamente.

— Mas é óbvio, senhora, ajo por vingança!

Ele era de uma franqueza que desarmava. Quando se pensava encurralá-lo numa armadilha, ele se abria assim, totalmente, como uma janela.

— Roubaram minha herança, o condado de Artois — disse ele — exaltado, para dá-lo a minha tia, Mahaut de Borgonha... aquela cachorra, aquela meretriz, que os diabos a carreguem! Que a lepra devore sua boca, que seu peito apodreça como carniça! E por que foi que fizeram isso? Porque com tanta astúcia, tanta intriga, e com todo o dinheiro com que ela encheu as mãos dos conselheiros de vosso pai, ela conseguiu casar vossos três irmãos com suas duas filhas rameiras e sua bisca de prima.

Ele pôs-se a representar um imaginário discurso de sua tia Mahaut, condessa de Borgonha e de Artois, ao rei Felipe, o Belo.

— "Vossa Alteza, meu caríssimo senhor, meu parente, meu compadre, e se nós unîssemos minha querida Jeanne a vosso filho Luís?... Ah, não, não achais isso conveniente. Vossa preferência é reservar para ele Margot. Então, dê Jeanne a Felipe e, minha doce e pequena Branca a vosso belo Carlos. Que prazer seria ver que eles se amam! E depois, se me atribuírem o domínio de Artois, que pertencia a meu defunto pai, então meu domínio de Comte-Franche, de Borgonha, pertencerá a uma de vossas donzelas, a Jeanne, se vós quiserdes. Assim vosso segundo filho torna-se conde palatino da Borgonha e vós podeis destiná-lo à coroa da Alemanha. Quanto a meu sobrinho Robert? Que se dê a esse cão um osso! O castelo de Conches e as terras de Beaumont serão suficientes para esse rústico!" Agora me resta encher a cabeça de Nogaret, e enviar mil maravilhas a Marigny... e consigo casar uma delas, e depois duas, e depois todas as três. E, mal se casam, minhas pequenas rameiras se põem a fazer complôs, a trocar mensagens daqui e dali, a arranjar amantes, e conseguem, com grande êxito, pôr uns belos e grandes chifres na coroa de França... Ah, se elas fossem irrepreensíveis, minha senhora, eu me calaria. Mas, comportando-se de maneira tão vil, depois de todo o mal que me fizeram, essas filhas da Borgonha hão de saber o quanto me custou, e hei de me vingar nelas daquilo que sua mãe me fez.[2]

Izabel permanecia pensativa diante desse furacão de palavras. D'Artois aproximou-se dela, baixando a voz:

— Elas vos odeiam.

— É verdade que, de minha parte, jamais as amei, desde o início, e sem saber por quê — disse Izabel.

— Vós não as amais porque elas são falsas, pensam apenas nos prazeres e não têm o senso do dever. Elas porém, elas vos odeiam porque vos invejam.

— E, no entanto, meu destino nada tem de invejável — disse Izabel, suspirando —, e as vidas delas me parecem mais amenas que a minha.

— Vós sois uma rainha, senhora; na alma e no sangue; por mais que usem uma coroa, vossas cunhadas não o serão jamais. E é por isso que elas vos tratarão sempre como inimiga.

Izabel levantou em direção do primo seus belos olhos azuis, e d'Artois, dessa vez, sentiu que a tocara sensivelmente. Izabel estava, definitivamente, do seu lado.

— Por acaso tendes os nomes de... desses homens aos quais minhas cunhadas...

Ela não possuía o linguajar cru de seu primo e recusava-se a pronunciar certas palavras.

— Nada posso fazer sem isso — prosseguiu. — Tratai de obtê-los, e prometo, então, que muito cedo encontrarei um pretexto para ir a Paris a fim de fazer com que essa desordem acabe. Em que posso vos ajudar? Acaso prevenistes meu tio Valois?

— Abstive-me cuidadosamente de fazê-lo — respondeu d'Artois. — O senhor de Valois é meu mais fiel protetor e meu melhor amigo, mas não sabe guardar nada para si. Ele ia mexericar por toda parte o que tratamos de esconder; daria o alarme cedo demais, e quando quiséssemos surpreender nossas lascivas, nós as encontraríamos comportadas como monjas...

— Qual é a vossa proposta?

— Proponho duas ações — disse d'Artois. — A primeira consiste em fazer com que se nomeie uma nova dama de companhia para a senhora Margarida, uma nobre que esteja à nossa disposição e poderia informar-nos fielmente. Pensei na senhora de Comminges, que acabou de tornar-se viúva e à qual devemos alguns favores. Para isso, vosso tio Valois poderá nos servir. Fazei-lhe uma carta exprimindo vosso desejo. Ele tem grande influência sobre vosso irmão Luís e fará prontamente entrar a senhora de Comminges no palácio de Nesle. Assim teremos alguém nosso lá. E, como se diz entre os que conhecem a guerra, mais vale um espião entre quatro paredes do que um exército fora delas.

— Farei essa carta e vós a levareis — disse Izabel. — E depois?

— Ao mesmo tempo, seria preciso acalmar a desconfiança de vossas cunhadas em relação a Vossa Alteza, sendo-lhes agradável, enviando-lhes amáveis presentes — prosseguiu d'Artois. — Presentes que possam servir tanto a homens quanto a mulheres e que deveis fazer chegar até elas secretamente, sem prevenir nem pai, nem esposo, algo como um pequeno segredo de amizade entre Vossa Alteza e elas. Sabemos que Margarida quebra seu cofrinho por um belo desconhecido. Seria muita falta de sorte se, munindo-a de um presente do qual ela não deverá prestar contas a ninguém, não chegássemos a reencontrá-lo pendurado no espertalhão que estamos procurando. Devemos fornecer-lhes ocasiões para serem imprudentes.

Izabel refletiu durante alguns segundos, depois bateu as mãos. A primeira-dama francesa apareceu.

— Minha amiga — disse a rainha —, correi e buscai aquela rica algibeira que o mercador Albizzi expediu-me hoje cedo.

Durante a breve espera, Robert d'Artois saiu, enfim, de suas maquinações e de seus complôs, e teve tempo para olhar a sala em que se encontrava, os afrescos religiosos pintados nas paredes, o imenso forro de madeira em forma de carena. Tudo era bastante novo, triste e frio. A mobília era bela, mas pouco abundante.

— Não é nem um pouco prazenteiro o lugar em que viveis, minha prima — disse ele. — Dir-se-ia que estamos numa catedral, e não num castelo.

— Queira Deus que pelo menos este lugar não se transforme em minha prisão. Como sinto falta da França!

A dama francesa retornou trazendo uma grande bolsa de seda com figuras em alto-relevo bordadas em fios de ouro e de prata, e com a barra ornamentada com três pedras de tipo cabuchão, grandes como nozes.

— Que maravilha! — exclamou d'Artois. — Exatamente o que precisamos. Um pouco pesada para adornar uma dama, um pouco leve demais para mim, a quem vai melhor uma cartucheira do que uma bolsinha;[3] aí um objeto que um jovenzinho da corte sonha em pendurar à cintura para se gabar...

— Encomendai ao mercador Albizzi duas outras algibeiras semelhantes a esta — disse Izabel à dama — e dizei-lhe que tenho pressa.

Depois, quando a dama de companhia saiu, ela acrescentou:

— Assim, meu primo, podereis levá-las para a França.

— E ninguém saberá que elas passaram por minhas mãos.

Ouviram-se barulhos no exterior, gritos e risos. Robert d'Artois aproximou-se de uma janela. No pátio, um grupo de pedreiros estava alçando um pesado fecho de abóbada. Alguns homens puxavam cordas que deslizavam por roldanas; outros, empoleirados num andaime, preparavam-se para pegar o bloco de pedra, e todo esse trabalho parecia ser executado num incrível bom humor.

— Pois muito bem! Ao que parece o rei Eduardo continua apreciando o trabalho dos pedreiros!

Ele acabava de reconhecer, em meio aos pedreiros, Eduardo II, o marido de Izabel, belo homem para os seus 30 anos, de cabelos ondulados, ombros largos, corpo flexível. Suas roupas de veludo estavam sujas de gesso.

— Faz mais de quinze anos que começaram a reformar Westmoutiers! — disse, enraivecida, Izabel.

Como todos na corte, ela pronunciava Westmoutiers à francesa, em vez de Westminster.

— Desde que estou casada, há seis anos, vivo em meio às pás de pedreiro e à argamassa. Aqui não param de desfazer o que foi feito um mês antes. Não é da arte de construir que ele gosta, mas sim dos pedreiros! Pensais ao menos que eles o tratam por "Vossa Alteza"? Eles o chamam simplesmente de Eduardo, zombam dele, e isso o deslumbra. Olhai-o, olhai-o!

No pátio, Eduardo II dava ordens apoiando-se num jovem pedreiro, o braço em torno do pescoço do rapaz. Reinava ao seu redor uma familiaridade suspeita.

— Eu acreditava — continuou Izabel — ter conhecido o pior com o cavaleiro de Gaveston. Esse originário da região de Béarn, insolente e jactancioso, mandava tanto em meu esposo que se pôs a mandar no próprio reino. Eduardo presenteava-o com todas as joias de meu baú de núpcias. Parece ser costume, em nossa família, de uma maneira ou de outra, que as joias femininas acabem tornando-se adornos de homens!

Tendo perto dela um parente, um amigo, Izabel abandonava-se à confissão de suas penas e humilhações. Na verdade, os costumes do rei Eduardo II eram conhecidos na Europa inteira.

— Os barões e eu, no ano passado, conseguimos abater Gaveston; ele teve a cabeça cortada e eu me regozijei pelo fato de seu corpo apodrecer, em Oxford, num convento de dominicanos. Pois bem, meu primo, hoje chego a sentir falta do cavaleiro de Gaveston, pois desde a sua morte, como que para se vingar de mim, Eduardo atrai para o palácio tudo aquilo que há de mais baixo e infame entre os homens de seu povo. Ele já foi visto nas espeluncas do porto de Londres, sentado com vadios, rivalizando em lutas com os estivadores, correndo com os cavalariços. Os mais belos torneios do nosso reino são esses! E, enquanto isso, aquele que quiser comanda o reino, posto que ele organize os prazeres e os compartilhe. Nesse momento, são os barões Despenser que conhecem seus favores, o barão pai mandando no filho, que serve de mulher a meu esposo. Quanto a mim, Eduardo sequer me toca, e quando lhe acontece aventurar-se em minha cama, experimento um sentimento tão forte de vergonha que permaneço completamente fria.

Ela abaixara a fronte.

— Uma rainha é a mais miserável das súditas do reino quando seu marido não a ama — acrescentou Izabel. — Basta que ela tenha assegurado a descendência, e sua vida não conta mais. Que mulher de barão, que mulher de burguês ou de plebeu suportaria o que eu devo tolerar... pelo fato de ser rainha? A última lavadeira do reino tem mais direitos do que eu, posto que pode ao menos vir pedir-me apoio.

— Minha prima, minha bela prima, eu quero vos servir de apoio! — disse calorosamente d'Artois.

Ela levantou tristemente os ombros, como para dizer: "O que podeis por mim?" Eles estavam face a face. Ele avançou as mãos, pegou-a pelos cotovelos o mais suavemente que pôde, murmurando:

— Izabel...

Ela colocou as mãos sobre os braços do gigante. Eles se olharam e foram tomados por uma perturbação que não tinham previsto. D'Artois, de repente, parecia estranhamente emocionado e incomodado por sua força, que ele temia utilizar de maneira desajeitada. Ele desejou bruscamente consagrar seu tempo, seu corpo, sua vida, a esta rainha frágil. Ele a desejava, com um desejo imediato e robusto, que não sabia como exprimir. Seus gostos, normalmente, não faziam com que ele pendesse para as mulheres de qualidade, e ele pouco se sobressaía nas graças da galanteria.

— O que um rei desdenha, pelo fato de não reconhecer a perfeição — disse ele —, muitos outros homens dariam graças aos céus por obter. Em vossa tão fresca idade, tão bela, como podeis vos privar das alegrias da natureza? Como é possível que vossos lábios jamais sejam beijados? Que esses braços... esse corpo suave... Ah, encontrai um homem, Izabel, e que este homem seja eu.

Ele procedia de maneira bastante rude para dizer o que pretendia, e sua eloquência pouco assemelhava-se dos poemas do duque Guilherme de Aquitânia. Mas Izabel não desviava o olhar. Ele a dominava, a esmagava com sua imensa estatura. Ele tinha o cheiro da floresta, do couro, do cavalo e da armadura. Não tinha nem a voz nem a aparência de um sedutor e, entretanto, ela sentia-se seduzida. Ele era um homem de verdade, um macho rude e violento com uma energia poderosa. Izabel sentia toda a sua força de vontade entregar-se, e só tinha um desejo: apoiar sua cabeça contra aquele peito de búfalo e abandonar-se... saciar sua enorme sede... Ela tremia um pouco. De repente, ela recuou.

— Não, Robert! — exclamou ela. — Não vou fazer aquilo que reprovo tanto em minhas cunhadas. Não quero, não devo. Mas, quando penso no que imponho e no que recuso a mim mesma, ao passo que essas marafonas têm a sorte de pertencer a maridos que as amam... Ah, não! Elas devem ser castigadas, severamente castigadas!

Seu pensamento obstinava-se em relação às culpadas, na falta de poder ser ela mesma culpada. Voltou a sentar-se na grande cátedra de carvalho. Robert d'Artois foi juntar-se a ela.

— Não, Robert — repetiu a rainha, estendendo os braços. — Não tenteis aproveitar-se de minha fraqueza. Eu me zangaria.

A beleza extrema inspira o respeito, tanto quanto a majestade. O gigante obedeceu.

Mas o instante que acabara de passar não se apagaria mais da memória de ambos.

Então eu posso ser amada, dizia a si mesma Izabel, e experimentava uma espécie de reconhecimento pelo homem que acabava de lhe dar essa certeza.

— Isso era tudo o que vós queríeis informar-me, meu primo? Ou tendes outras novas? — indagou ela, esforçando-se para se recompor.

Robert d'Artois, que se perguntava se ele não devia prosseguir, aproveitando o momento, levou algum tempo para responder.

— Sim, senhora — disse —, tenho também uma mensagem de vosso tio Valois.

O novo elo que se estabelecera entre eles dava às palavras de ambos uma outra ressonância, e eles não podiam fixar completamente a atenção naquilo que diziam.

— Os dignitários da Ordem do Templo logo serão julgados — continuou d'Artois — e teme-se muito que vosso padrinho, o grão-mestre Jacques de Molay, seja condenado à morte. Monsenhor de Valois vos pede que escreva ao rei, exortando-o à clemência.

Izabel não respondeu. Ela retomara sua postura costumeira, com o queixo apoiado sobre a palma da mão.

— Como sois parecida com ele assim! — disse d'Artois.

— Com quem?

— Com o rei Felipe, vosso pai...

Ela levantou os olhos e permaneceu pensativa.

— O que decide o meu pai, o rei, está muitíssimo bem decidido — respondeu, enfim. — Eu posso agir no que diz respeito à honra da família, mas não no que concerne ao governo do reino.

— Jacques de Molay é um ancião. Ele foi nobre e grande. Se cometeu erros, já os expiou. Lembrai-vos de que ele vos segurou sobre a pia batismal... acreditai-me, trata-se de um grande equívoco que será cometido, devido, mais uma vez, a Nogaret e a Marigny! Atingindo a Ordem do Templo, é toda a cavalaria e os altos barões que esses dois homens vindos do nada quiseram atingir.

A rainha permanecia perplexa; o caso, visivelmente, estava fora de suas competências.

— Não posso emitir um julgamento — disse ela —, não posso.

— Sabeis que tenho uma grande dívida para com vosso tio, eu vos seria grato se me désseis essa carta. E, depois, a piedade jamais deixa de convir a uma rainha; é um sentimento feminino, e só podereis ser louvada por isto. Alguns vos criticam por terdes o coração endurecido; vós lhes dareis assim uma boa réplica. Fazei-o por vós, Izabel, e fazei-o por mim.

Ela sorria.

— Sois bastante hábil, meu primo Robert, por detrás de vosso ar de lobisomem. Vamos, escreverei essa carta que desejais e podereis levá-la também. Tendes a intenção de partir quando?

— Quando receber vossa ordem, minha prima.

— As algibeiras, creio, serão entregues amanhã. Logo, logo.

Havia um lamento na voz da rainha. Eles se olharam novamente e, mais uma vez, Izabel sentiu-se perturbada.

— Esperarei um mensageiro de vossa parte a fim de saber quando deverei me pôr a caminho da França. Adeus, meu primo. Rever-nos-emos durante a ceia.

D'Artois retirou-se, e o aposento, depois de sua saída, pareceu à rainha estranhamente calmo, como um vale de montanha após a passagem de um tornado. Izabel fechou os olhos e permaneceu imóvel por um longo tempo.

Os homens convocados a desempenhar um papel decisivo na história das nações ignoram, no mais das vezes, que destinos coletivos eles próprios encarnam. Os dois personagens que acabavam de ter essa longa entrevista, durante uma tarde de março de 1314, no castelo de Westminster, não podiam imaginar que seriam, devido ao encadeamento de seus atos, os primeiros artesãos de uma guerra entre a França e a Inglaterra que duraria mais de cem anos.

II

Os prisioneiros do templo

A MURALHA ENCONTRAVA-SE COBERTA DE SALITRE. Uma claridade esfumaçada, amarelada, começava a descer da sala abobadada enterrada no subsolo.

O prisioneiro que cochilava, os braços dobrados sob a barba, estremeceu e levantou-se bruscamente, desvairado, com o coração disparado. Ele viu a bruma matinal que adentrava o recinto pelo respiradouro. Escutou. Bem distintos, ainda que abafados pela espessura das paredes, percebia os sinos anunciando as primeiras missas, os sinos parisienses de Saint-Martin, de Saint-Merri, de Saint-Germain-l'Auxerrois, de Saint-Eustache e de Notre-Dame; os sinos rurais das aldeias vizinhas, de La Courtille, de Clignancourt e de Montmartre.

O prisioneiro não escutou nenhum ruído que pudesse inquietá-lo. O que lhe causara o sobressalto era apenas a angústia, essa angústia que ele reencontrava a cada despertar, da mesma forma que a cada adormecer reencontrava um pesadelo.

Ele pegou do solo uma gamela de madeira e bebeu um longo gole d'água para acalmar uma febre que não o deixava havia dias. Depois de beber, deixou repousar a água e debruçou-se sobre ela como sobre um espelho. A imagem que chegou a apreender, imprecisa e sombria, era a de um homem de 100 anos. Permaneceu assim por alguns instantes, procurando o que poderia ter restado da antiga aparência naquele semblante flutuante, naquela barba de antepassado, naqueles lábios engolidos pela boca desdentada, naquele longo nariz emagrecido que tremia no fundo da gamela.

Depois se levantou, lentamente, e deu dois passos até sentir esticar-se a corrente que o prendia à muralha. Então se pôs bruscamente a urrar:

— Jacques de Molay! Jacques de Molay! Eu sou Jacques de Molay!

Nada lhe deu resposta; nada, ele sabia, devia lhe dar alguma resposta. Mas ele tinha necessidade de gritar o próprio nome, para impedir seu espírito de dissolver-se, para lembrar-se de que comandara exércitos, governara províncias, de que fora detentor de um poder igual ao dos soberanos e de que, enquanto conservasse o menor sopro de vida, continuaria a ser, mesmo confinado àquele calabouço, o grão-mestre da Ordem dos Cavaleiros do Templo.

Num cúmulo de crueldade, ou de ironia, havia sido aprisionado numa sala subterrânea da grande torre do palácio do Templo, a sede da Ordem.

— E fui eu que fiz a reforma desta torre — murmurou o grão-mestre encolerizado, esmurrando a muralha.

Seu gesto arrancou-lhe um grito. Esquecera seu polegar esmagado pelas torturas. Mas que lugar de seu corpo não se resumia a uma chaga e a uma sede de dor? O sangue circulava mal em seus membros, ele sofria com abomináveis câimbras desde que lhe haviam infligido o suplício dos borzeguins... Com as pernas presas por pranchas de carvalho, que os algozes apertavam batendo nos cantos com fortes golpes de malho, ele ouvia a voz fria, insistente, de Guilherme de Nogaret, o chanceler do reino, que o instava a confessar. Confessar o quê? Ele havia desmaiado.

A sujeira, a umidade, a falta de comida tinham agido sobre suas carnes laceradas, dilaceradas.

Mas de todas as torturas sofridas, a mais horrível, certamente, fora a do "esticamento". Com um peso de oitenta quilos acorrentado ao pé direito, tinham-no alçado, por meio de uma corda deslizando sobre uma roldana, até o teto. E sempre a voz sinistra de Guilherme de Nogaret: "Mas, ora, confessai, meu senhor..." E, posto que ele se obstinava a negar, tinham-no esticado, cada vez mais fortemente, cada vez mais depressa, em direção ao solo e às abóbadas. Sentindo deslocarem-se seus membros, serem arrancadas suas articulações, explodir seu ventre, seu peito, ele acabara por gritar que confessaria, sim, tudo, qualquer crime, todos os crimes do mundo. Sim, os Templários entregavam-se, entre eles, à sodomia; sim, para entrar na Ordem, eles deviam cuspir no crucifixo; sim, eles adoravam um ídolo de cabeça de gato; sim, eles se dedicavam à magia, à bruxaria, ao culto do Diabo; sim, eles desviavam os fundos que lhes eram confiados; sim, eles tinham feito um complô contra o papa e o rei... E o que mais ainda?

Jacques de Molay se perguntava como era possível que ele tivesse sobrevivido a tudo aquilo. Sem dúvida porque os tormentos, sabiamente dosados, jamais tinham sido levados até o ponto em que pudessem provocar a morte, e também porque um velho cavaleiro, treinado em armas e na guerra, tinha, na verdade, mais resistência do que ele próprio imaginara.

Ele se ajoelhou, com os olhos voltados para o raio de claridade do respiradouro.

— Senhor meu Deus — pronunciou —, por que me destes menos força na alma do que em minha velha carcaça? Teria sido eu realmente digno de comandar a Ordem? Não evitastes que eu sucumbisse à covardia; poupai-me, Senhor Deus, de sucumbir à loucura. Não posso continuar resistindo, não posso.

Acorrentado havia sete anos, ele só saía para ser arrastado diante de comissões de investigação, para sofrer todas as ameaças dos legistas, todas as pressões dos teólogos. Com um tal tratamento, podia-se realmente temer a loucura. Com frequência o grão-mestre perdia a noção do tempo. Para distrair-se, ele tentara aprisionar um casal de ratos que vinham todas as noites roer os restos de seu pão. Ele passava da ira às lágrimas, das crises de devoção aos desejos de violência, da idiotia ao furor.

— Eles morrerão por isto, eles vão pagar — repetia a si mesmo.

Quem é que morreria? Clemente, Guilherme, Felipe... O papa, o chanceler, o rei. Eles morreriam, Molay não sabia como, mas com certeza morreriam sofrendo de forma abominável, a fim de expiar seus crimes. E ele ruminava incessantemente seus três nomes odiados.

Sempre ajoelhado, e com a barba voltada em direção ao respiradouro, o grão-mestre murmurou:

— Obrigado, Senhor meu Deus, por ter-me deixado pelo menos o ódio... a única força que ainda me sustenta.

Levantou-se com dificuldade e voltou para o banco de pedra cimentado à muralha, que lhe servia ao mesmo tempo de assento e de leito.

Quem teria podido imaginar que ele chegaria àquilo? Seu pensamento sempre se voltava para a juventude, para o adolescente que fora, 50 anos antes e que descera as encostas de sua terra natal, a região do Jura, em busca da grande aventura.

Como todos os jovens da nobreza daquela época, ele sonhara em vestir o longo manto branco com a cruz preta que constituía o uniforme do Templo. A própria palavra "Templo" evocava, então, o Oriente e a epopeia, os navios de vento em popa singrando mares sempre azuis, os cavalos a galope em paisagens de areia, os tesouros da Arábia, os cativos raptados, as cidades invadidas e saqueadas, os gigantescos castelos-fortes. Contava-se mesmo que os Templários possuíam portos secretos, dos quais embarcavam rumo a continentes desconhecidos.[4]

E Jacques de Molay tinha podido viver seu sonho; ele navegara, combatera, vivera em grandes fortalezas douradas; caminhara orgulhosamente por ruas que cheiravam a especiarias e incenso, vestido com seu magnífico manto cujas pregas caíam até as esporas de ouro.

Ele subira na hierarquia da Ordem mais do que ousara esperar, indo mais longe do que todas as dignidades até que fosse escolhido, de acordo com a vontade de seus irmãos, para ocupar a função suprema de grão-mestre de França e de Além-mar, no comando de quinze mil cavaleiros.

E tudo isso vinha acabar nesse porão, nessa podridão, nessa nudez. Poucos destinos tinham se caracterizado por uma tão prodigiosa fortuna seguida por tão grande rebaixamento...

Jacques de Molay, com a ajuda de um elo de sua corrente, traçava no salitre da parede vagos traços que figuravam as letras da palavra "Jerusalém" quando ouviu passos pesados e barulho de armas vindos da estreita escada que conduzia a seu calabouço.

A angústia, dessa vez motivada, apertou-o novamente.

A porta abriu-se rangendo; Molay percebeu, por detrás do carcereiro, quatro arqueiros portando túnicas de couro, cada qual com um pique à mão. A respiração desses homens expandia-se, branca, em volta de seus rostos.

— Viemos para conduzir-vos, senhor — disse um deles.

Molay levantou-se sem pronunciar uma palavra. O carcereiro aproximou-se e, golpeando fortemente com o martelo e o buril, fez com que se rompesse o rebite que prendia a corrente às argolas de ferro nas quais estavam encerrados os tornozelos do prisioneiro.

Este ajustou sobre os ombros seu manto de glória, que agora não passava de um andrajo cinzento; a cruz, costurada sobre o ombro, desfazia-se em trapos.

Nesse velho esgotado, cambaleante, de pés sobrecarregados pelos ferros, que subia com dificuldade os degraus da torre, restava ainda algo do chefe guerreiro que, de Chipre, comandava todos os cristãos do Oriente.

— Senhor meu Deus, dai-me forças... — murmurava para si mesmo —, dai-me um pouco de força.

E, para encontrar essa força, ele repetia a si mesmo os nomes de seus três inimigos: Clemente, Guilherme, Felipe...

A bruma enchia o amplo pátio do Templo, envolvia as pequenas torres das muralhas, deslizava por entre ameias suas, acolchoava a flecha da igreja da Ordem.

Uma centena de soldados mantinha-se em alerta, em volta de um grande coche aberto e quadrado.

Além das muralhas, ouvia-se o rumor de Paris e, às vezes, o relinchar de um cavalo subia aos ares com uma dilacerante tristeza.

No meio do pátio, o senhor Alain de Pareilles, capitão dos arqueiros reais, homem que assistia a todas as execuções, que acompanhava todos os condenados a caminho dos julgamentos e dos suplícios, seguia a passos lentos, com o semblante fechado e ares de um terrível aborrecimento. Seus cabelos da cor do aço caíam em mechas curtas sobre a testa quadrada. Ele usava cota de malha, uma espada sobre o flanco, e segurava seu capacete debaixo de um dos braços.

Ele se voltou ao ouvir saindo o grão-mestre, e este, percebendo-o, sentiu-se empalidecer, caso empalidecer lhe fosse ainda possível.

Normalmente, para os interrogatórios, não se fazia deslocar tão grande aparato, nem havia esse coche e tantos homens armados. Alguns sargentos reais vinham buscar os acusados para fazer com que atravessassem, a barco, para o outro lado do rio Sena, o que ocorria na maioria das vezes ao cair da noite.

— Então, o caso foi julgado? — perguntou Molay ao capitão dos arqueiros.

— Sim, foi — respondeu este.

— E sabeis, meu filho — disse Molay após uma hesitação —, qual o veredicto?

— Eu o ignoro, senhor; tenho ordens para conduzir-vos até Notre-Dame, a fim de que possais ouvir a leitura da sentença.

Houve um silêncio, e depois Jacques de Molay disse ainda:

— Em que dia estamos?

— Na segunda-feira depois do dia de São Gregório.

O que correspondia ao dia 18 de março, 18 de março de 1314.[5]

"Será que é para a morte que estão me conduzindo?", perguntou a si mesmo Molay.

A porta da torre abriu-se novamente e, escoltados por guardas, três outros dignitários apareceram: o inspetor-geral, o preceptor da Normandia e o comendador da Aquitânia.

Com os cabelos brancos eles também, a barba semelhante a um matagal denso, o corpo dançando em mantos esfarrapados, permaneceram por um momento imóveis, com as pálpebras piscando, semelhantes a grandes pássaros noturnos que não conseguem enxergar em pleno dia.

Foi o preceptor da Normandia, Geoffroy de Charnay, que, em primeiro lugar, embaraçado pelos grilhões, precipitou-se em direção ao grão-mestre e abraçou-o. Uma velha amizade unia os dois homens; Jacques de Molay acompanhara toda a carreira de Charnay, dez anos mais novo do que ele, e quem o grão-mestre considerava seu sucessor.

Charnay tinha em sua fronte a profunda cicatriz de um talho e o nariz desviado, restos de um antigo combate durante o qual um golpe de espada havia lhe arrancado o elmo. Esse homem rude, de rosto modelado pela guerra, veio projetar sua fronte no ombro do grão-mestre, a fim de esconder as lágrimas.

— Coragem, meu irmão, coragem — disse Molay, apertando-o em seus braços. — Coragem, irmãos — repetiu ele, abraçando em seguida os dois outros dignitários.

Um carcereiro aproximou-se.

— Tendes o direito de retirardes as algemas, senhores — disse ele.

O grão-mestre afastou as mãos com um gesto amargo e cansado.

— Não tenho como pagar — respondeu.

Pois para que lhes tirassem os grilhões, durante cada saída, os Templários deviam pagar uma soma, retirada daquela que lhes era diariamente alocada e com a qual eles deviam pagar a ignóbil comida que consumiam, a palha colocada em seus cárceres e a lavagem de suas roupas. Crueldade suplementar, bem característica da maneira de proceder de Nogaret! Eles eram acusados, e não condenados; tinham direito a uma indenização de manutenção, mas que era calculada de tal modo que jejuavam quatro dias por semana, dormiam em contato com a pedra e apodreciam na imundície.

Geoffroy de Charnay pegou de dentro de uma velha bolsa pendurada à cintura as duas peças que lhe restavam e as jogou por terra, uma para seus grilhões, outra para os do grão-mestre.

— Meu irmão! — disse Jacques de Molay com um gesto de recusa.

— Destina-se a isso essa moeda... — respondeu Charnay. — Aceitai, meu irmão, e não tenho sequer mérito algum nisso.

— Se podem nos retiram os grilhões... isso talvez seja bom sinal — disse o inspetor-geral. — Talvez o papa tenha nos agraciado com seu perdão.

Os dentes que lhe restavam, quebrados de maneira desigual, produziam um chiado em sua fala, ele tinha as mãos inchadas e trêmulas.

O grão-mestre levantou os ombros e mostrou os cem arqueiros alinhados.

— Preparemo-nos para morrer, meu irmão.

— Olhai, olhai o que eles me fizeram — gemeu o comendador da Aquitânia, levantando a manga de suas vestes.

— Fomos todos torturados — disse o grão-mestre.

Desviou os olhos, como a cada vez que lhe lembravam as torturas. Ele acabara cedendo e assinara confissões falsas, pelas quais não podia se perdoar.

Percorreu com o olhar a imensa muralha que fora sede e símbolo do poder do Templo.

"Pela última vez...", pensou.

Pela última vez ele contemplava aquele formidável conjunto, com seu torreão, sua igreja, seus palácios, suas casas, seus pátios e pomares, verdadeira fortaleza em pleno centro de Paris.[6]

Lá é que tinham vivido os Templários por dois séculos, lá haviam orado, dormido, julgado, contado, decidido suas expedições longínquas; lá é que o Tesouro do reino de França, confiado à guarda e à gerência da Ordem, fora por tanto tempo depositado; e fora também para lá que, após as desastrosas expedições de São Luís, após a perda da Palestina e de Chipre, retornaram, arrastando com eles os escudeiros, suas mulas carregadas de ouro, a tropa de cavalos árabes, os escravizados negros...

Jacques de Molay revia esse retorno de vencidos que conservava ainda ares de epopeia.

"Tínhamo-nos tornado inúteis e não sabíamos", pensava o grão-mestre. "Continuávamos falando de novas cruzadas e de reconquistas... Talvez tivéssemos conservado muita soberba e privilégios demais, sem poder justificá-los."

De milícia permanente da Cristandade, tinham se transformado em banqueiros todo-poderosos da Igreja e dos reis. À força de manter devedores demais, acaba-se ganhando muitos inimigos.

Ah, sem dúvida, a manobra real fora bem conduzida! Na verdade, era possível datar a origem do drama do dia em que Felipe, o Belo, pedira para fazer parte da Ordem com a intenção evidente de se tornar seu grão-mestre. A assembleia-geral de religiosos respondera com uma recusa distante e sem apelo.

"Será que errei?", perguntava a si mesmo, pela centésima vez, Jacques de Molay. "Não teria eu sido ciumento demais de minha autoridade? Não, eu não podia agir de outra forma. Nossa regra era formal e proibia-nos de admitir um príncipe soberano em nossos comandos."

O rei Felipe jamais esquecera esse fracasso. Ele havia começado por usar de artimanhas, depois continuou cumulando Jacques de Molay com favores e provas de amizade. Pois o grão-mestre não era o padrinho de uma de suas crianças? Não era ele o sustentáculo do reino?

Mas logo uma ordenança veio transferir o Tesouro real da torre do Templo para a torre do Louvre. Ao mesmo tempo, uma abafada e venenosa campanha de difamação era montada contra os Templários. Dizia-se e propagava-se, nos lugares públicos e nos mercados, que eles especulavam com os grãos, que eram responsáveis pela fome, que estavam mais interessados em aumentar seus bens do que em tomar dos pagãos o Santo Sepulcro. Como tinham o rude linguajar dos militares, eram acusados de blasfemadores. Tinha-se até mesmo adotado a expressão "jurar como um Templário". De blasfemadores a heréticos, a distância é curta. Afirmava-se que tinham costumes que iam contra a natureza, e que seus negros escravizados eram feiticeiros...

"Lógico, nem todos os nossos irmãos comportavam-se como santos, e para muitos, a inação quase não valia grande coisa."

Dizia-se, sobretudo, que, durante as cerimônias de recepção na Ordem, os neófitos eram obrigados a renegar Cristo, a cuspir no Santo Crucifixo, e que eram submetidos a práticas obscenas.

Com o pretexto de pôr um fim a tais rumores, para honra da Ordem, Felipe oferecera ao grão-mestre a oportunidade de uma investigação.

"E eu aceitei...", pensava Molay. "Fui enganado de maneira abominável, abusaram de mim."

Pois num dia de outubro de 1307... Ah! Como Molay se lembrava daquele dia... "Era uma sexta-feira, dia 13... Ainda na véspera ele me abraçava e me tratava de irmão, dando-me um lugar de honra para assistir às exéquias de sua cunhada, a imperatriz de Constantinopla..."

Na sexta-feira, 13 de outubro de 1307, portanto, o rei Felipe, com uma gigantesca batida policial premeditada muito tempo antes, mandava prender todos os Templários de França, em nome da Inquisição, sob a acusação de heresia. E o chanceler Nogaret veio em pessoa prender Jacques de Molay e os cento e quarenta cavaleiros da sede dos Templários...

Uma ordem foi lançada, causando um sobressalto no grão-mestre. Os arqueiros enfileiraram-se. O senhor Alain de Pareilles colocou seu capacete; um soldado segurava seu cavalo e estendia-lhe o estribo.

— Vamos — disse o grão-mestre.

Os prisioneiros foram empurrados em direção ao coche. O comendador da Aquitânia, o homem que havia feito recuar os turcos até São João do Acre, parecia acometido de idiotia. Foi preciso suspendê-lo. O inspetor-geral remexia os lábios, sem parar. Quando Geoffroy de Charnay subiu, por sua vez, no veículo, um cão que ninguém via começou a ladrar, em algum lugar, do lado das estrebarias.

Depois, puxado por quatro cavalos de fila, o pesado coche abalou-se. O grande portal se abriu e um imenso clamor levantou-se. Diversas centenas de pessoas, todos os habitantes do bairro do Templo e dos bairros vizinhos esmagavam-se contra as paredes. Os arqueiros da cabeça do cortejo tiveram que abrir caminho por meio de golpes dados com os cabos de seus piques.

— Deixem passar a gente do rei! — gritavam os arqueiros.

Ereto sobre seu cavalo, com o ar impassível e sempre aborrecido, Alain de Pareilles dominava o tumulto.

Mas, quando os Templários apareceram, o clamor cessou repentinamente. Diante daqueles quatro velhos homens mirrados, que os solavancos das rodas jogavam uns contra os outros, os parisienses viveram um momento de estupor mudo, de compaixão espontânea.

Depois, ouviram-se gritos: “Morte! Morte aos hereges!”, lançados pelos sargentos reais misturados à multidão. Então as pessoas, que estão sempre prontas para gritar em nome do poder e para comportar-

-se como corajosas quando não correm risco algum, começaram um belo concerto de gritaria:

— Morte!

— Ladrões!

— Idólatras!

— Olhem para eles! Hoje não estão nem tão orgulhosos assim, esses pagãos! Morte!

Insultos, zombarias, ameaças elevavam-se ao longo do cortejo. Mas esse furor permanecia ainda assim um tanto discreto. A maior parte da multidão continuava a calar-se, e seu silêncio, por mais prudente que fosse, nem por isso era menos significativo.

Pois, em sete anos, o sentimento popular tinha se modificado. Sabia-se como o processo havia sido conduzido. Templários tinham sido vistos, às portas das igrejas, mostrando aos passantes os ossos que lhes tinham caído dos pés devido às torturas sofridas. Tinham sido vistos, em diversas cidades da França, dezenas de cavaleiros mortos nas fogueiras. Sabia-se que certas comissões eclesiásticas haviam se recusado a pronunciar as condenações, e que tinha sido necessário nomear novos prelados, como o irmão do primeiro-ministro Marigny, para cumprir essa tarefa. Dizia-se que o próprio papa Clemente V só tinha cedido contra seu grado, pelo fato de estar na dependência do rei, e por temer, ele mesmo, ter a mesma sorte que seu predecessor, o papa Bonifácio, esbofeteado sobre o trono. E depois, nesses sete anos, o trigo tinha se tornado menos abundante, o pão mais caro, e era realmente preciso admitir que tudo aquilo não era culpa dos Templários...

Vinte e cinco arqueiros, com o arco a tiracolo e o pique sobre o ombro, iam diante do coche, vinte e cinco em seu flanco, e outros tantos fechavam o cortejo.

"Ah, se pelo menos nos restasse um pouco de força no corpo!", pensava o grão-mestre. Tivesse ele vinte anos, e teria pulado sobre um soldado, arrancado seu pique e tentado escapar ou, pelo menos, teria lutado ali mesmo até a morte.

Atrás dele, o irmão inspetor resmungava entre os dentes quebrados:

— Eles não vão nos condenar. Não posso crer que nos condenarão. Nós não somos mais perigosos.

E o comendador da Aquitânia, emergindo de sua idiotia, dizia:

— ...uma boa coisa sair um pouco, é uma boa coisa respirar um pouco de ar fresco. Não é mesmo, meu irmão?

O preceptor da Normandia tocou no braço do grão-mestre.

— Senhor meu irmão — disse em voz baixa. — Vejo nesta multidão pessoas que choram, outras que fazem o sinal da cruz. Não estamos sós em nosso calvário.

— Essa gente pode lamentar o que nos ocorre, mas nada pode fazer para salvar-nos — respondeu Jacques de Molay. — São outros rostos que estou procurando.

O preceptor compreendeu essa derradeira e insensata esperança à qual o grão-mestre apegava-se. Instintivamente, também se pôs a perscrutar a multidão.

Entre os quinze mil cavaleiros do Templo, um número apreciável havia escapado às detenções de 1307. Alguns tinham se refugiado nos conventos, outros haviam abandonado o hábito e viviam na clandestinidade, no campo ou nas cidades; outros ainda tinham alcançado a Espanha, onde o rei de Aragão, recusando-se a obedecer às injunções do papa, tinha deixado aos Templários suas comendadorias, fundando com eles uma nova Ordem. Também havia aqueles que certos tribunais relativamente clementes tinham confiado aos cuidados da Ordem dos Hospitaleiros. Muitos desses antigos cavaleiros, tendo permanecido em ligação uns com os outros, haviam formado uma rede secreta.

E Jacques de Molay se dizia que talvez...

Um complô talvez tivesse sido preparado... Talvez, em determinado ponto do percurso, numa esquina da rua Blancs-Manteaux, ou da rua la Bretonnerie, ou perto do claustro Saint-Merry, um grupo de homens surgiria e, tirando as armas de sob suas cotas, lançar-se-ia sobre os arqueiros, enquanto outros, conjurados, posicionados nas janelas, lançariam projéteis. Com uma charrete atravessada no meio da rua seria possível bloquear a passagem e semear o pânico...

"E por que razão nossos irmãos de outrora fariam isso?", pensou Molay. "Para libertar um grão-mestre que os traiu, que renegou a Ordem, que cedeu às torturas..."

Entretanto, obstinava-se na observação da multidão, o mais longe que podia, e só via pais de família com suas criancinhas sobre os ombros, crianças que, mais tarde, quando ouvissem pronunciar a palavra "Templários", só se recordariam daqueles quatro velhos barbudos e trêmulos, rodeados por homens armados como se fossem malfeitores públicos.

O inspetor-geral continuava a falar sozinho, com uma voz que parecia um chiado, e o herói de São João do Acre continuava a repetir que era bom dar um passeio matinal.

O grão-mestre sentiu formar-se nele uma dessas iras quase dementes que o surpreendiam com frequência na prisão e o faziam urrar esmurrando as paredes. Certamente ele acabaria fazendo algo de violento e terrível... não sabia o quê... mas tinha necessidade de fazê-lo.

Aceitava a própria morte, quase como uma libertação; mas não aceitava morrer injustamente, nem morrer desonrado. O profundo hábito da guerra remexia uma última vez seu velho sangue. Ele queria morrer lutando.

Procurou a mão de Geoffroy de Charnay, seu amigo, seu companheiro, o último homem forte que tinha a seu lado, e apertou essa mão.

O preceptor da Normandia viu, sobre as têmporas encovadas do grão-mestre, as artérias que inchavam como serpentes azuis.

O cortejo atingia a ponte de Notre-Dame.

III
As noras do rei

UM SABOROSO ODOR DE FARINHA, manteiga quente e mel flutuava em volta do açafate.

— Filhós quentes, filhós quentes! Não tem para todo mundo. Vamos lá, burgueses, comprem! Comam! Filhós quentes! — gritava o vendedor que se agitava por detrás de um forno ao ar livre.

Ele fazia tudo ao mesmo tempo: abria a massa, retirava do fogo as massas assadas, dava o troco, vigiava os garotos para impedi-los de furtar.

— Filhós quentes!

Estava tão ocupado que não prestou atenção ao cliente cuja mão branca fez deslizar sobre seu balcão uma pequena moeda de cobre, como pagamento de um crepe dourado, crocante e enrolado como um corneto. Viu somente a mão recolocando de volta o filhó mordido uma única vez.

— Aí está um melindroso — disse o vendedor, atiçando o fogo. — Esse aí não deve gostar de nada...

Nesse momento, ele se ergueu e permaneceu boquiaberto, com sua última palavra presa na garganta, ao perceber a que cliente se dirigia. Aquele homem de estatura muita alta, de olhos imensos e pálidos, que usava uma carapuça branca e uma túnica semilonga...

Antes que o vendedor pudesse ensaiar uma reverência ou balbuciar uma desculpa, o homem da carapuça branca já se distanciara e o outro, com os braços pendentes enquanto sua nova fornada de filhós se queimava, olhava-o penetrando na multidão.

As ruas mercantes da Cité,* segundo os viajantes que tinham percorrido a África e o Oriente, assemelhavam-se muito aos *souks*** de uma cidade árabe. O mesmo murmúrio incessante, as mesmas barracas minúsculas amontoadas umas sobre as outras, os mesmos odores de banha cozida, de especiarias e de couro, o mesmo passo lento dos fregueses atrapalhando a passagem dos asnos e dos carregadores. Cada rua, cada ruela tem sua especialidade, seu ofício particular; aqui, são os tecelões, cujos teares podem ser vistos ao fundo das lojas; acolá, são os sapateiros batendo sobre suas formas de ferro; mais adiante estão os seleiros, furando o couro com a sovela e, depois, os marceneiros torneando pés de banquetas.

Havia a rua dos Pássaros, a rua das Ervas e a rua dos Legumes, a rua dos Ferreiros onde ecoava o ruído das bigornas. Os ourives, instalados em certo ponto das margens do rio Sena conhecido como "cais dos ourives", trabalhavam diante de seus aquecedores.

Podiam-se ver estreitas faixas do céu entre as casas de madeira e de terra batida, com as paredes próximas umas das outras. O solo cobria-se de um lodo malcheiroso sobre o qual as pessoas se arras-

---

* Pequena ilha do rio Sena que constitui o núcleo central primitivo de Paris; tem esse nome desde o ano 508; liga-se ao resto da capital francesa por várias pontes, entre as quais a mais velha é a Ponte Nova (Pont-Neuf). (N.T.)

** Em árabe, "mercados". (N.T.)

tavam, com os pés nus, com tamancos de madeira ou com calçados de couro, segundo suas diferentes condições.

O homem de ombros largos e da carapuça branca continuava avançando lentamente em meio à balbúrdia, com as mãos cruzadas por detrás das costas, sem se preocupar, ao que parecia, com os empurrões. Muitos passantes, aliás, faziam-se pequeninos diante dele e o saudavam. Ele respondia acenando levemente com a cabeça. Tinha um porte de atleta; seus cabelos louros arruivados, sedosos, que se terminavam em cachos, caíam quase até seu colo, emoldurando um rosto regular de traços de rara beleza.

Três sargentos reais, trajados de azul e trazendo sob um dos braços um bastão encimado por uma flor de lis, seguiam a certa distância esse caminhante, sem jamais o perder de vista, detendo-se quando ele se detinha, retomando a caminhada ao mesmo tempo que ele.[7]

De repente, um jovem trajando um colete ajustado ao corpo, arrastado por três grandes galgos que ele mantinha na coleira, desembocou de uma ruela e veio a colidir com o caminhante, quase o derrubando. Os cães se assustaram e puseram-se a latir.

— Mas olhai por onde caminhais! — exclamou o jovem com um forte sotaque italiano. — Um pouco mais, e cairíeis em cima de meus cães. Agradar-me-ia que eles vos mordessem.

Tendo no máximo 18 anos, bem moldado em sua pequena estatura, com os olhos escuros e o queixo afilado, ele engrossava a voz para dar-se ares de homem feito.

Afrouxando as coleiras, ele continuou:

— *Non si puo vedere un cretino peggiore...**

Mas os três sargentos já estavam em volta do jovem; um deles pegou-o pelo braço e disse-lhe algo ao ouvido. O jovem tirou

* "Não se pode ver cretino pior que esse..." (N.A.)

imediatamente seu gorro e inclinou-se com um profundo gesto de respeito.

Um ajuntamento discreto já se formara.

— Eis aí belos cães de corrida; a quem pertencem? — perguntou o caminhante encarando o moço com seus olhos imensos e frios.

— A meu tio, o banqueiro Tolomei... às vossas ordens — respondeu o rapaz, inclinando-se novamente.

Sem acrescentar coisa alguma, o homem da carapuça branca prosseguiu seu caminho. Depois de ele ter se distanciado um pouco, junto com seus sargentos, as pessoas em volta do jovem italiano estouraram de rir. Esse não se mexera do lugar em que estava, e parecia ter certa dificuldade em digerir sua própria inadvertência; os cães mantinham-se sossegados.

— Ora essa, acabou a pose dele! — diziam as pessoas, rindo.

— Ele quase derrubou o rei no chão e, ainda por cima, injuriou-o!

— Podes preparar-te para passar a noite na prisão, meu jovem, e para receber trinta chicotadas.

O italiano enfrentou os curiosos.

— Ora essa, eu nunca o tinha visto, como é que poderia reconhecê-lo? Venho de um país em que não existe rei para obrigar a gente a esmagar-se contra as paredes quando ele passa. Em minha cidade Siena, cada cidadão pode por sua vez ser rei. E quem quiser encrencar aqui com Guccio Baglioni que o diga!

Ele lançara seu nome como um desafio. O suscetível orgulho dos toscanos tomava seu olhar sombrio. Ele trazia à cintura uma adaga cinzelada. Ninguém insistiu; o jovem estalou os dedos para pôr novamente em movimento seus cães e continuou seu caminho, com menos segurança do que queria aparentar, perguntando-se se a besteira que fizera não teria consequências aborrecedoras.

Pois de fato acabara de dar um encontrão no rei Felipe, o Belo, em pessoa. Esse soberano de inigualável poder gostava de caminhar assim por sua cidade, como um simples burguês, informando-se sobre os preços, experimentando as frutas, examinando os tecidos, escutando os propósitos das pessoas. Ele tomava o pulso de seu povo. Às vezes, estrangeiros dirigiam-se a ele para pedir-lhe uma informação. Um dia, um soldado o abordara para detê-lo, reclamando o pagamento de um imposto. Tão avarento em palavras quanto em dinheiro, raramente lhe acontecia, durante tais passeios, de pronunciar mais de três frases, ou gastar mais de três tostões.

O rei passava pelo mercado de carne quando o repicar dos sinos de Notre-Dame se fez ouvir, ao mesmo tempo que um grande rumor subia da multidão.

— Lá estão eles! Lá estão eles! — gritavam nas ruas.

O rumor aproximava-se; os passantes puseram-se a correr na direção dele.

Um gordo açougueiro saiu de sua banca de carnes, com o talho nas mãos, urrando:

— Morte aos hereges!

Sua mulher puxou-o pela manga.

— Hereges? Nem mais nem menos que tu mesmo — disse ela. — Trata de ficar aí servindo a freguesia, seu preguiçoso, assim tu serás mais útil.

Os dois começaram a discutir. Logo um ajuntamento formou-se em volta deles.

— Eles confessaram diante dos juízes! — continuava o açougueiro.

— Juízes? Aqui só tem um tipo de juiz — replicou alguém. — Eles julgam de acordo com a encomenda de quem paga.

Então cada qual quis pronunciar sua opinião.

— Os Templários são homens santos. Eles sempre deram esmolas.

— Tudo bem... precisavam meter a mão no dinheiro deles, mas que o fizessem, pelo menos, sem torturá-los.

— O rei era o maior devedor deles. Acabaram-se os Templários, acabou-se a dívida.

— O rei fez muito bem.

— Rei ou Templários... tanto faz — disse um aprendiz —, dá tudo na mesma. Deve-se deixar que os lobos se devorem entre si; assim, enquanto isso, eles não vêm nos devorar.

Nesse momento, uma mulher virou-se, empalideceu e fez um sinal aos outros para que se calassem. Felipe, o Belo, estava atrás deles e os observava com seu olhar glacial. Os sargentos tinham se aproximado imperceptivelmente, prontos para intervir. Num instante o ajuntamento dispersou-se, e os que participavam dele foram-se num passo apressado, gritando bem alto:

— Viva o rei! Morte aos hereges!

Teria sido possível crer que o rei não escutara. Nada em seu rosto se movera, nada transparecera. Se ele tivesse algum prazer em surpreender as pessoas, com certeza tratava-se de um prazer secreto.

O clamor aumentava. O cortejo dos Templários passava na extremidade da rua, e por um instante o rei pôde ver, através dos espaços livres entre as casas, o coche e seus quatro ocupantes. O grão-mestre mantinha-se ereto; tinha ares de mártir, mas não de vencido.

Deixando que a multidão se precipitasse em direção ao espetáculo, Felipe, o Belo, voltou para seu palácio, com passos regulares, pelas ruas bruscamente esvaziadas.

O povo podia praguejar um pouco, o grão-mestre podia manter ereto seu velho corpo torturado. Mas em uma hora tudo estaria terminado, e a sentença, de maneira geral, seria bem acolhida. Em uma hora, o trabalho de sete anos estaria terminado, concluído. O tribunal episcopal havia estatuído; os arqueiros eram numerosos; os sargentos vigiavam as ruas. Numa hora, o caso dos Templários estaria apagado das preocupações públicas, e o poder real sairia engrandecido e reforçado dele.

"Até minha filha Izabel ficará satisfeita. Tivesse eu acolhido sua súplica, teria contentado todo mundo. Mas já era tempo de acabar com isso", dizia o rei Felipe a si mesmo.

Ele entrou em sua morada pela galeria dos merceeiros.

O palácio, que fora reformado tantas vezes no decorrer dos séculos sobre suas fundações romanas, acabara de ser inteiramente renovado por Felipe, e consideravelmente aumentado.

Vivia-se uma época de construções, o que atiçava a rivalidade entre os príncipes. Aquilo que se fazia em Westminster, em Paris já estava terminado.

Das alas antigas, Felipe havia deixado intacta apenas a Santa Capela, construída por seu avô São Luís. O novo conjunto da Cité, com suas grandes torres brancas refletindo-se no Sena, era imponente, maciço, cheio de ostentação.

Extremamente atento no que dizia respeito aos pequenos gastos, o rei Felipe não dava mostras de avareza quando se tratava de afirmar o poder do Estado. Mas, como não negligenciava nenhum proveito, concedera aos merceeiros, mediante o pagamento de um imposto anual, o privilégio de montar suas lojas na grande galeria do palácio que, por isso, era chamada de Galeria dos Merceeiros antes que fosse chamada de Galeria dos Mercadores.[8]

Esse imenso pátio de entrada, alto e vasto como uma catedral de duas naves, provocava a admiração dos viajantes. Sobre as cornijas dos pilares erguiam-se quarenta estátuas representando os quarenta reis que, desde Faramond e Meroveu, tinham-se sucedido no comando do reino franco. Diante da efígie de Felipe, o Belo, havia sido colocada a de Enguerrand de Marigny, coadjutor e regente do reino, que inspirara e dirigira os trabalhos.

Aberta a todos, a Galeria constituía um lugar de passeio, de negócios e de encontros galantes. Era possível vir até ela para fazer suas compras e, ao mesmo tempo, estar lado a lado com os príncipes. A moda era decidida lá. Uma multidão a enchia constantemente, caminhando por entre os açafates dos vendedores, abaixo das grandes estátuas reais. Bordados, rendas, sedas, veludos e toda sorte de tecidos, passamanarias, artigos para adorno e pequena joalheria acumulavam-se por todos os lados, brilhando e refletindo-se nos balcões de carvalho — cujos toldos protetores eram recolhidos à noite —, em mesas montadas sobre cavaletes ou pendurados em varas que pendiam aos montes. No pátio, burguesas e servas iam de uma banca a outra. Todas apalpavam, discutiam, sonhavam, passeavam. O lugar borbulhava de tantas discussões, transações, conversas e risos, dominado pela lábia dos vendedores que tentavam atrair a freguesia. Muitas eram as vozes com sotaque estrangeiro, especialmente as que vinham da Itália e de Flandres.

Um marmanjo esguio propunha lenços bordados, arrumados sobre um encerado de cânhamo estendido em pleno solo.

— Ah, minhas belas damas, que coisa feia assoar-se com os dedos nas mangas, quando tenho aqui, para isso, estes lenços tão finamente enfeitados, que podereis elegantemente trazer sobre o braço ou amarrados à algibeira!

Um outro tipo jocoso, a alguns passos deste, brincava com pedaços de rendas de Malines e lançava-os tão alto que, imitando arabescos brancos, eles subiam quase até as esporas de pedra da estátua de Luís, o Grande.

— Liquidação! Liquidação! Seis tostões a vara. Qual é a dama que não quer enfeitar seus peitinhos por tão pouco?

Felipe, o Belo, atravessou a galeria inteira. Quando ele passava, a maioria dos homens se inclinava; as mulheres esboçavam uma reverência. Sem fazer demonstrações, o rei, na verdade, gostava da animação da Galeria dos Merceeiros e das marcas de deferência que nela recebia.

Os sinos de Notre-Dame continuavam a repicar, embora o som chegasse até ali bastante atenuado.

Na extremidade da Galeria, não muito longe dos degraus da grande escadaria, encontrava-se um grupo de três pessoas, duas mulheres muito jovens e um rapaz, cuja a beleza, bem como suas posturas, chamavam discretamente a atenção dos passantes.

As jovens eram as duas noras do rei, que eram chamadas de "as irmãs de Borgonha". Elas pareciam-se muito pouco. A mais velha, Jeanne, casada com o segundo filho de Felipe, o Belo, o conde de Poitiers, tinha acabado de completar 21 anos. Ela era alta, esbelta, tinha cabelos louro-acinzentados, uma aparência um pouco arrumada demais e grandes olhos oblíquos semelhantes aos de um galgo. Ela se vestia com uma simplicidade que era quase uma busca de perfeição. Naquele dia, trajava um vestido de veludo cinza-claro, de mangas apertadas, sobre o qual ela colocara um longo avental bordado com pele de arminho, longo até as ancas.

Sua irmã Branca, esposa de Carlos de França, o mais jovem dos príncipes reais, era menor, mais roliça, mais rósea, mais espontânea. Com 18 anos, conservava nas faces as covinhas da infância. Era de um louro quente, tinha os olhos castanho-claros, muito brilhantes, e dentinhos transparentes. Para ela, vestir-se era, mais do que um jogo, uma verdadeira paixão. Entregava-se a ela com uma extravagância que nem sempre dava mostras de grande bom gosto. Enfeitava a testa, o colo, as mangas, a cintura, com o maior número possível de joias. O vestido que usava era bordado de pérolas e fios de ouro. Mas era tão graciosa e parecia tão contente consigo mesma que toda essa ingênua profusão podia lhe ser perdoada.

O jovem que acompanhava as duas princesas estava vestido tal como convinha a um oficial de casa real.

O pequeno grupo tratava de um caso ocorrido havia "cinco dias", discutindo a meia-voz, numa agitação malcontida.

— Ora, vejamos se é razoável preocupar-se tanto por esses cinco dias... — dizia a condessa de Poitiers.

O rei surgiu de trás de uma coluna que havia ocultado sua presença.

— Bom dia, minhas filhas — disse ele.

As jovens calaram-se bruscamente. O belo rapaz saudou-o abaixando-se demasiadamente e distanciou-se de um passo, mantendo os olhos baixos. As duas jovens, após terem feito uma reverência flexionando os joelhos, permaneceram mudas, ruborizadas, um pouco embaraçadas. Aparentavam ter sido surpreendidas cometendo alguma falta.

— Ora, minhas filhas — perguntou o rei —, está-me parecendo que eu sou demais em vossa tagarelice? O que estavam contando de bom?

Ele não se mostrava nem um pouco surpreso por aquela acolhida, pois estava acostumado a ver as pessoas, e até mesmo seus familiares e próximos, intimidados por sua presença. Uma espécie de muro de gelo separava-o dos outros. Isso não o surpreendia mais, nem tampouco o afligia. Ele acreditava fazer todo o necessário para tornar-se aprazível e amável.

Foi a jovem Branca que se recompôs mais rapidamente.

— Devei perdoar-nos, Vossa Majestade — disse ela —, mas em verdade não estamos nem um pouco à vontade para vos repetir nossas palavras.

— E por que isso?

— É que... estávamos falando mal de Vossa Majestade.

— Verdade? — disse Felipe, o Belo, sem saber como compreender a brincadeira.

Ele deteve seu olhar sobre o rapaz, que permanecia um tanto retirado, e, designando-o com a cabeça:

— Quem é este donzel? — perguntou.

— O senhor Felipe d'Aunay, escudeiro de nosso tio Valois — respondeu a condessa de Poitiers.

O rapaz cumprimentou-o novamente.

— Não tendes um irmão? — perguntou o rei, dirigindo-se ao escudeiro.

— Sim, Majestade, um irmão que se encontra a serviço do senhor de Poitiers — respondeu o jovem d'Aunay, enrubescendo e com a voz trêmula.

—Isso, sempre confundo os dois — disse o soberano.

Depois, voltando-se para Branca:

— Então, que más coisas diziam de mim, minha filha?

— Jeanne e eu mesma estamos aborrecidas com Vossa Majestade, pois há cinco noites subsequentes que nossos maridos não estão conosco, tanto vós os solicitais até tarde para as sessões do Conselho ou ordenais a ambos que cuidem dos negócios do reino.

— Minhas filhas, minhas filhas, essas não são palavras para serem ditas tão alto! — disse o rei.

Ele era pudico por natureza, e dizia-se que observava a mais estrita castidade havia nove anos, desde que ficara viúvo.

Mas parecia que não podia usar de severidade contra Branca. A vivacidade da jovem, sua alegria, sua audácia para dizer tudo que queria, desarmavam-no. Ele estava ao mesmo tempo divertido e chocado. Sorriu, o que às vezes não lhe ocorria durante todo um mês.

— E a terceira, o que ela diz? — acrescentou.

Por "terceira" ele queria dizer Margarida de Borgonha, prima de Jeanne e de Branca, casada com o herdeiro do trono, Luís, rei de Navarra.

— Margarida! — exclamou Branca. — Ela se cala, não diz nada, mas pensa que vós sois tão malvado quanto sois belo.

Ainda dessa vez o rei permaneceu um pouco indeciso, como se se interrogasse sobre a maneira de considerar essa última tirada. Mas o olhar de Branca era tão límpido, tão cândido! Era a única pessoa que ousava falar-lhe nesse tom, a única que não estremecia diante de sua presença.

— Pois bem, tranquilizai Margarida, tranquilizai-vos também, Branca. Meus filhos Luís e Carlos poderão vos fazer companhia hoje à noite. Hoje é um bom dia para o reino — disse Felipe, o Belo. — Não haverá Conselho noturno. Quanto a vosso esposo, Jeanne, que foi até Dole e Salins cuidar dos negócios de vosso condado, penso que não ficará ausente por mais de uma semana.

— Então vou preparar-me para festejar sua volta — disse Jeanne, curvando seu belo pescoço.

Essa era, para o rei Felipe, uma conversa bastante longa. Virou-se bruscamente, sem dizer adeus, e alcançou a grande escadaria que levava a seus aposentos.

— Deus seja louvado! — disse Branca, com a mão sobre o peito, olhando-o desaparecer. — Escapamos por pouco.

— Pensei que fosse desmaiar de medo — disse Jeanne.

Felipe d'Aunay estava vermelho até os cabelos, agora não mais de confusão, mas de raiva.

— Muito obrigado — disse ele secamente a Branca. — São coisas bem agradáveis de se ouvir, essas que vós dissestes.

— E o que queríeis que eu fizesse? — perguntou Branca. — Por acaso encontrastes coisa melhor? Permanecestes atabalhoado, sem palavras. Ele caiu sobre nós sem que o tivéssemos visto. Ele tem o ouvido mais aguçado do reino. Se por acaso surpreendeu nossos propósitos, essa era a única forma de dar-lhe alguma resposta. E em vez de fazer recriminações, Felipe, mais valeria que me désseis os parabéns.

— Não vamos recomeçar — disse Jeanne. — Caminhemos, aproximemo-nos das lojas, deixemos esses ares de complô.

Avançaram, respondendo às saudações com que os honravam.

— Senhor — recomeçou Jeanne em voz baixa —, gostaria de observar que sois vós, devido a vosso tolo ciúme, que sois a causa desse alarme. Se não tivésseis começado a lamentar-vos tanto a propósito de Margarida, não teríamos de modo algum corrido o risco de sermos ouvidos pelo rei.

Felipe d'Aunay permanecia com ares sombrios.

— Na verdade — disse Branca —, vosso irmão é mais agradável que vós.

— Porque é mais bem-tratado, sem dúvida, e fico feliz por ele — respondeu o rapaz. — Eu sou de fato um tolo, por deixar-me humilhar por uma mulher que me trata como um doméstico, que me chama para sua cama quando bem entende e que me manda embora quando a vontade passa, deixando-me dias e mais dias sem sinal de vida, fingindo não me conhecer quando me encontra. Que brincadeiras seriam essas que a divertem tanto?

Felipe d'Aunay, escudeiro do senhor de Valois, era havia quatro anos amante de Margarida de Borgonha, a mais velha das noras de Felipe, o Belo. Se ele ousava falar dessa maneira diante de Branca de Borgonha, esposa de Carlos de França, era porque Branca era amante de seu próprio irmão, Gautier d'Aunay, escudeiro do conde de Poitiers. E se podia abrir-se assim diante de Jeanne de Borgonha, condessa de Poitiers, era porque esta, mesmo não tendo amante algum, favorecia, um pouco por fraqueza, um pouco para divertir-se, as intrigas das duas outras noras reais, combinando e facilitando para elas seus encontros com os amantes.

Assim, nesse quase início de primavera do ano de 1314, no dia em que os Templários seriam julgados e no qual esse grave caso era a principal preocupação da Coroa, dois filhos da casa real francesa, o primogênito, Luís, e o segundo filho, Carlos, ostentavam belos chifres graças aos dois escudeiros, um pertencente à casa de seu tio, e o outro à casa de seu irmão; e tudo isso com a complacência da cunhada de ambos, Jeanne, esposa fiel, porém intrigante benévola, que experimentava um perturbador prazer vivendo amores alheios.

— De qualquer forma, nada de torre de Nesle na noite de hoje — disse Branca.

— Para mim, isso não faz nenhuma diferença em relação aos dias anteriores — respondeu Felipe d'Aunay. — Mas sinto raiva ao pensar que hoje à noite Margarida pronunciará as mesmas palavras, mas nos braços de Luís de Navarra...

— Ah, meu amigo, ides longe demais — disse Jeanne com altivez. — Agora mesmo estáveis acusando Margarida, sem razão, de ter outros amantes. Agora queríeis impedi-la de ter um esposo. Os favores que ela vos consente fazem que esqueçais muito depressa quem sois. Penso que amanhã mesmo aconselharei nosso tio a vos enviar por alguns meses para seu condado de Valois, onde se encontram também vossas terras, para que possais repousar um pouco o espírito.

O belo Felipe d'Aunay acalmou-se imediatamente.

— Oh, senhora! — murmurou. — Creio que isso me faria morrer.

Assim, era bem mais sedutor do que quando irado. Ela o teria amedrontado de propósito, só para ver abaixarem-se seus longos cílios sedosos e tremer ligeiramente seu queixo alvo. Estava repentinamente tão infeliz, tão lastimoso, que as duas jovens, esquecendo seus cuidados, não puderam impedir-se de sorrir.

— Direis a vosso irmão Gautier que esta noite hei de suspirar muito por ele — disse Branca da maneira mais terna do mundo.

Não era possível saber se ela estava falando sinceramente.

— Não seria preciso... — disse d'Aunay um pouco hesitante — ...prevenir Margarida sobre o que acabamos de saber? Assim, caso ela tenha previsto algo para essa noite...

— Que Branca decida o que fazer... Quanto a mim, não me encarrego de mais nada — disse Jeanne. — Tive medo demais. Não quero mais meter-me em vossas histórias. Um dia isso ainda acabará mal, e estou me comprometendo sem ganhar nada por isso...

— Verdade — disse Branca —, quase não aproveitas de tua boa sorte. De nossos três maridos, o teu é o que mais se ausenta. Ah... se Margarida e eu tivéssemos essa sorte...

— Mas não tenho vontade de aproveitar — replicou Jeanne.

— Vontade ou coragem? — perguntou Branca.

— Verdade é que, mesmo se quisesse, não teria a tua habilidade para dissimular, minha irmã, e estou certa de que me trairia imediatamente.

Depois de dizer isso, Jeanne permaneceu pensativa por um instante. Não, óbvio, ela não sentia vontade de enganar Felipe de Poitiers, porém estava cansada de passar por uma virtuosa falsa...

— Senhora — disse-lhe Felipe —, não poderíeis encarregar-me de entregar alguma mensagem a vossa prima?

Jeanne fitou de viés o rapaz, com uma indulgência enternecida.

— Mas não podeis mesmo mais viver sem a bela Margarida — disse ela. — Vamos lá, vou ajudar. Comprarei para Margarida algum adorno que vós ireis entregar-lhe, mandado por mim. Mas será a última vez.

Eles se aproximaram de um vendedor que carregava um açafate. Enquanto as duas jovens trocavam ideias, Branca dirigiu-se diretamente aos objetos mais caros, e Felipe d'Aunay pensava de novo na brusca aparição do rei. A cada vez que me vê, pergunta meu nome. Já deve ser a sexta vez. E sempre se refere a meu irmão.

Ele sentiu uma apreensão abafada e perguntou-se por que motivo sempre experimentava um mal-estar tão vivo diante do soberano. Por causa de seu olhar, sem dúvida, por causa daqueles olhos tão grandes, imóveis, e de sua estranha cor indefinível, entre o cinza e o azul pálido, semelhante à cor do gelo sobre os lagos nas manhãs de inverno, olhos que continuava vendo durante horas após tê-los encontrado.

Nenhum dos três jovens vira um senhor de enorme estatura, de botas vermelhas e que, parado entre dois degraus da grande escadaria, observava-os havia alguns momentos.

— Senhor Felipe, não trago dinheiro comigo; podeis pagar?

Era Jeanne que acabava de falar, tirando Felipe d'Aunay de suas reflexões. O escudeiro acedeu prontamente. Jeanne escolhera para Margarida um cinto de veludo ornamentado com motivos de prata filigranada.

— Ah, eu gostaria de ter um igual! — disse Branca.

No entanto, ela também não tinha dinheiro, e Felipe acertou sua compra igualmente.

Sempre se passava assim quando ele as acompanhava. Elas garantiam que o pagariam, mas esqueciam imediatamente, e ele era realmente um fidalgo, o que o impedia de tocar no assunto.

"Toma cuidado, meu filho", dissera-lhe um dia o senhor Gautier d'Aunay pai, "as mulheres mais ricas são as que custam mais caro."

Ele constatava isso às suas próprias custas. Mas não se importava. Os d'Aunay podiam dispensar-se de contar; suas propriedades de Vémars e de Aunay-lès-Bondy, entre Pontoise e Luzarches, garantiam-lhes rendas vultosas.

Agora, Felipe d'Aunay tinha um pretexto para ir correndo ao palácio de Nesle, onde moravam o rei e a rainha de Navarra, do outro lado do rio Sena. Passando pela ponte Saint-Michel, bastavam-lhe alguns minutos para chegar.

Ele saudou as duas princesas e dirigiu-se rumo às portas da Galeria dos Merceeiros.

O senhor das botas vermelhas seguiu-o com o olhar, um olhar de caçador. Esse senhor era Robert d'Artois, chegado havia alguns dias da Inglaterra. Ele parecia refletir; depois, desceu a escadaria e, por sua vez, dirigiu-se para a rua.

Lá fora, o repicar dos sinos de Notre-Dame se calara, e reinava na ilha da Cité um silêncio inabitual, impressionante. O que estaria acontecendo em Notre-Dame?

V
Notre-Dame estava branca

OS ARQUEIROS TINHAM-SE ORGANIZADO NUM cordão a fim de manter a multidão fora da estreita esplanada. Em todas as janelas, cabeças curiosas apareciam.

A bruma tinha se retirado e um pálido sol iluminava as pedras brancas da Notre-Dame de Paris. A catedral fora acabada havia apenas setenta anos e trabalhava-se sem parar a fim de embelezá-la. Ela ainda brilhava como nova e a luz realçava o arco das ogivas, os desenhos rendados da rosácea central, acentuando os reflexos sobre as estátuas colocadas acima dos pórticos.

Os vendedores de frango que trabalhavam diariamente diante da igreja tinham sido afastados para junto das casas, mais adiante. O cacarejar de uma ave sufocada no interior de um caixote rasgava o silêncio, esse silêncio anormal que tanto surpreendeu o conde d'Artois na saída da Galeria dos Merceeiros.

O capitão Alain de Pareilles mantinha-se imóvel diante dos soldados.

No alto dos degraus que conduziam até a esplanada, os quatro dignitários do Templo estavam de pé, de costas para a multidão e face a face com o tribunal eclesiástico instalado entre os batentes abertos do grande portal. Bispos, cônegos, clérigos encontravam-se sentados, alinhados em duas fileiras.

A curiosidade da multidão dizia respeito, principalmente, aos três cardeais especialmente enviados pelo papa com o objetivo de demonstrar muito bem que a sentença seria sem apelo nem recurso diante da Santa Sé, bem como ao monsenhor Jean de Marigny, o jovem arcebispo de Sens, irmão do regente do reino, que, junto com o grande inquisidor de França, conduzira todo o processo.

Os hábitos marrons e brancos de cerca de trinta monges apareciam por detrás dos membros do tribunal. O único laico dessa assembleia, o preboste de Paris, Jean Ployebouche, personagem de cerca de 50 anos, atarracado, com o semblante tenso, parecia não muito satisfeito por se encontrar no local. Ele representava o poder real e estava encarregado da manutenção da ordem. Seus olhos iam da multidão ao capitão dos arqueiros, e do capitão ao arcebispo de Sens.

Um sol fraco brincava refletindo-se nas mitras, nos báculos pastorais, na cor púrpura dos hábitos cardinalícios, no amaranto das capas episcopais, no arminho das murças, no ouro das cruzes peitorais, no aço das cotas de malha, nos capacetes e nas armas. Todas essas cintilações, essas cores, esse brilho tornavam mais violento o contraste com os acusados, para os quais todo esse grande aparato fora preparado, os quatro Templários esfarrapados, apertados uns contra os outros, e cujo grupo parecia esculpido em cinzas.

Monsenhor Arnaud d'Auch, cardeal de Albano, primeiro legado, lia, de pé, os considerandos do julgamento. Ele o fazia com lentidão e ênfase, saboreando sua própria voz, satisfeito consigo mesmo por se oferecer assim como espetáculo diante de um auditório popular. Por instantes ele representava o papel de um homem horrorizado pela enormidade dos crimes que devia enunciar; depois, retomava uma pegajosa majestade a fim de relatar uma nova queixa, uma nova perversidade.

— Ouvidos os irmãos Géraud du Passage e Jean de Cugny, que afirmam, após muitos outros, terem sido forçados, quando de sua recepção na Ordem, a cuspir no Crucifixo porque este, segundo lhes foi dito, não passava de um pedaço de madeira e porque o verdadeiro Deus estava no céu... Ouvido o irmão Guy Dauphin, ao qual foi ordenado que consentisse em relação a tudo o que lhe fosse pedido, caso algum de seus irmãos superiores estivesse atormentado pelos apelos da carne... Ouvido o grão-mestre Jacques de Molay, que, em relação a essa questão, reconheceu a acusação e confessou...

A multidão precisava esticar as orelhas para compreender as palavras deformadas devido a uma pronúncia tão enfática. O legado exagerava e demorava-se demasiadamente. O povo começava a tornar-se impaciente.

Diante das acusações, dos falsos testemunhos, das confissões extorquidas, Jacques de Molay murmurava a si mesmo:

— "Mentira... mentira... mentira..."

A ira que o assaltara durante o trajeto não parava de crescer. O sangue pulsava cada vez mais forte em suas têmporas descarnadas.

Nada tinha se produzido que viesse deter o desenrolar do pesadelo. Nenhum grupo de antigos Templários surgira em meio à multidão.

— ... ouvido o irmão Hugues de Payraud, que reconhece ter obrigado os noviços a renegarem Cristo três vezes...

O inspetor-geral voltou para Jacques de Molay seu semblante doloroso e pronunciou:

— Meu irmão, meu irmão, teria eu dito realmente tudo isso?

Os quatro dignitários estavam sós, abandonados pelo Céu e pelos homens, como que aprisionados por tenazes gigantes, entre as tropas e o Tribunal, entre a força real e a força da Igreja. Cada palavra do cardeal-legado fechava ainda mais o cerco sobre eles.

Como as comissões de investigação, por mais que se tivesse explicado a elas cem vezes, não tinham querido admitir, não tinham querido compreender que essa prova da negação só era imposta aos noviços com o objetivo de assegurar que eles teriam a atitude correta caso fossem capturados pelos muçulmanos e obrigados a abjurar?

O grão-mestre sentia uma furiosa vontade de pular na garganta do prelado, de esbofeteá-lo, de estrangulá-lo. E não era somente o prelado que ele gostaria de destripar, mas também o jovem Marigny, aquele formoso portador da mitra, que assumia uma postura enlanguescida. E ele gostaria de atingir, sobretudo, seus três verdadeiros inimigos, que não estavam lá: o rei, o chanceler e o papa.

A raiva decorrente da impotência fazia com que pairasse diante de seus olhos um véu vermelho. Alguma coisa precisava acontecer... Uma vertigem tão forte acometeu-o, que temeu cair por sobre a pedra. Ele não via que um furor igual havia dominado também seu companheiro Geoffroy de Charnay, e que a cicatriz do preceptor da Normandia tinha se tornado branca, em meio à sua testa escarlate.

O legado levou certo tempo em sua declamação, abaixou o grande pergaminho, inclinou ligeiramente a cabeça para a direita e depois para a esquerda, em direção a seus assessores, aproximou o pergaminho de seu rosto e assoprou-o, como se quisesse remover algum cisco de poeira.

— ... considerando que os acusados confessaram e reconheceram, nós os condenamos... às muralhas e ao silêncio para o resto de seus dias, a fim de que obtenham a remissão de suas faltas pelas lágrimas do arrependimento. *In nomine Patris...*

O legado fez lentamente o sinal da cruz e sentou-se, cheio de soberba, enrolando o pergaminho, que em seguida ele estendeu a um clérigo.

Inicialmente, a multidão permaneceu sem reação. Após uma tal enumeração de crimes, a pena de morte era esperada com tanta evidência que a condenação às muralhas, isto é, à prisão perpétua, ao calabouço, às correntes, ao pão e à água, parecia uma medida de clemência.

Felipe, o Belo, havia preparado muito bem seu golpe. A opinião popular admitiria sem dificuldades, quase por unanimidade, esse ponto final para uma tragédia que a agitara durante sete anos. O primeiro legado e o jovem arcebispo de Sens trocaram um imperceptível sorriso de conivência.

— Meus irmãos, meus irmãos — balbuciou o inspetor-geral —, será que ouvi bem? Não vão nos matar! Vão nos agraciar!

Seus olhos estavam cheios de lágrimas, e sua boca de dentes quebrados abria-se como se fosse rir.

Foi essa horrenda alegria que desencadeou tudo.

De repente, ouviu-se uma voz que proferia do alto dos degraus:

— Eu protesto!

E essa voz era tão poderosa que a princípio não se acreditou que ela pertencesse ao grão-mestre.

— Eu protesto contra essa sentença iníqua e afirmo que os crimes dos quais nos acusam são crimes inventados!

Uma espécie de imenso suspiro levantou-se da multidão. O tribunal agitou-se. Os cardeais olharam-se, estupefatos. Ninguém esperava por isso. Jean de Marigny levantou-se num pulo. Acabaram-se as poses enlanguescidas; ele estava pálido e trêmulo de tanta ira.

— Vós mentis! — gritou ele ao grão-mestre. — Vós confessastes diante da comissão.

Instintivamente, os arqueiros estreitaram-se, à espera de uma ordem.

— Eu não sou culpado de nada — respondeu Jacques de Molay —, a não ser de ter cedido a vossas lisonjas, ameaças e torturas. Eu afirmo, diante de Deus que nos escuta, que a Ordem é inocente e santa.

E Deus parecia ouvi-lo de fato. Pois a voz do grão-mestre, lançada em direção ao interior da catedral e repercutindo-se pelas abóbadas, voltava num eco, como se outra voz mais profunda, no fundo da nave, tivesse retomado cada uma de suas palavras.

— Vós confessastes a sodomia! — disse Jean de Marigny.

— Mas sob tortura! — replicou Molay.

— ... sob tortura... — relançava a voz que parecia se formar no Tabernáculo.

— Vós confessastes a heresia!

— Sob tortura!

— ... sob tortura... — repetiu o Tabernáculo.

— Retiro tudo que confessei! — disse o grão-mestre.

— ... tudo... — respondeu rugindo a catedral inteira.

Um novo interlocutor entrou nesse estranho diálogo. Geoffroy de Charnay, por sua vez, atacou o arcebispo de Sens.

— Abusaram de nossa fraqueza — disse ele. — Somos vítimas de vossos complôs e de vossas falsas promessas. Foi vosso ódio e vossa sede de vingança que fizeram com que nos perdêssemos! Mas afirmo, também eu, diante de Deus: somos inocentes, e os que dizem o contrário estão mentindo em sã consciência.

Então os monges que se mantinham detrás do tribunal puseram-se a gritar:

— Hereges! Para a fogueira, hereges! Para a fogueira!

Mas as invectivas dos monges não tiveram o resultado esperado. Com esse movimento de indignação generosa que o leva muitas vezes ao socorro da coragem infeliz, o povo, em sua maioria, tomava o partido dos Templários.

Os homens mostravam os punhos aos juízes. Brigas começavam em todos os cantos da praça. Muitos urravam pelas janelas. O ambiente começava a ser propício para a rebelião.

Sob uma ordem de Alain de Pareilles, a metade dos arqueiros formou uma corrente, mantendo-se de braços dados para resistir aos empurrões da multidão, enquanto a outra metade, com os piques abaixados, enfrentava a massa.

Os sargentos reais batiam apressada e indistintamente na multidão com seus bastões encimados pela flor de lis. Os caixotes dos vendedores de frango tinham caído e os gritos das aves pisoteadas misturavam-se aos do público.

O tribunal estava de pé. Jean de Marigny parlamentava com o preboste de Paris.

— Qualquer coisa, senhor, importa decidir qualquer coisa — dizia o preboste —, mas não podemos deixá-los aqui. Vamos ser todos arrastados. Vós não conheceis os parisienses quando estão agitados.

Jean de Marigny levantou seu básculo episcopal demonstrando assim que ia falar. Porém, ninguém mais queria ouvi-lo. Cumulavam-no de insultos.

— Torturador! Falso bispo! Deus há de te punir!

— Falai, monsenhor, falai — dizia-lhe o preboste.

Ele temia por sua situação e por sua vida; lembrava-se das revoltas de 1306, durante as quais os palácios dos burgueses tinham sido saqueados.

— Declaro reincidentes dois dos condenados! — disse o arcebispo, forçando em vão a voz. — Eles recaíram em suas heresias. Rejeitaram a justiça da Igreja; e a Igreja os rejeita e os entrega à justiça do rei!

Suas palavras perderam-se na algazarra. Depois todo o tribunal, como uma tropa de galinhas-d'angola enlouquecidas, entrou em Notre-Dame, cujo portal foi imediatamente fechado.

Obedecendo a um gesto do preboste Alain de Pareilles, um grupo de arqueiros precipitou-se em direção aos degraus; o coche foi trazido e os condenados foram empurrados para dentro dele a golpes de pique. Eles se deixaram conduzir com uma grande docilidade. O grão-mestre e o preceptor da Normandia sentiam-se ao mesmo tempo esgotados e relaxados. Enfim, estavam em paz consigo mesmos. Os dois outros não entendiam mais nada.

Os arqueiros abriam caminho para o coche, enquanto o preboste Ployebouche dava instruções a seus sargentos para que limpassem a praça o mais depressa possível. Ele não sabia mais de que lado acudir, de tão sobrecarregado.

— Tragam ao Templo os prisioneiros! — gritou ele a Alain de Pareilles. — Quanto a mim, corro a avisar o rei.

V
Margarida de Borgonha, rainha de Navarra

ENQUANTO ISSO, FELIPE D'AUNAY CHEGARA ao palácio de Nesle. Disseram-lhe que esperasse numa antecâmara dos aposentos da rainha de Navarra. Os minutos não acabavam mais. Felipe perguntava-se se Margarida não estaria presa devido à presença de inoportunos ou se, simplesmente, se divertia deixando-o à espera. Ela gostava de fazer brincadeiras desse tipo. Talvez, ao término de uma hora andando de um lado para o outro, sentando-se, levantando-se, alguém viria dizer que não era possível vê-la. Ele começava a se deixar dominar pela raiva.

Quatro anos antes, no início da ligação entre eles, Margarida não teria agido dessa maneira. Ou talvez sim. Não se lembrava mais. Completamente entregue ao encanto de uma aventura que se iniciava e na qual a vaidade ocupava um lugar tão importante quanto o amor, ele teria aceitado de bom grado ficar plantado durante cinco horas consecutivas nem que fosse apenas para ver sua amante, tocar levemente seus dedos ou receber dela, com uma palavrinha cochichada, a promessa de um novo encontro.

Os tempos haviam mudado. As dificuldades que dão sabor a um amor nascente tornam-se intoleráveis para um amor de quatro anos; e muitas vezes a paixão morre exatamente daquilo que a fez nascer. A perpétua incerteza dos encontros, as entrevistas desmarcadas, as obrigações da corte, tudo isso, juntado à estranheza do temperamento de Margarida, tinha levado Felipe a um sentimento exasperado que agora quase que só se exprimia pelas reivindicações e pela ira.

Margarida parecia dominar melhor as coisas. Saboreava o duplo prazer de enganar seu marido e de irritar seu amante. Era uma dessas mulheres que só encontram uma renovação do desejo diante do espetáculo dos sofrimentos que infligem, até que esse espetáculo também acabe se tornando cansativo.

Não se passava um dia sem que Felipe não dissesse a si mesmo que um grande amor não pode realizar-se plenamente no adultério e que ele não jurasse que romperia esse elo que se transformara em algo que o machucava tanto.

Mas era fraco, era covarde, e estava apaixonado. Semelhante ao jogador que se atrapalha cada vez mais tentando recuperar o que apostou, ele tentava recuperar seus sonhos de outrora, seus vãos presentes, seu tempo dilapidado, sua felicidade partida. Não tinha a coragem necessária para levantar-se da mesa de jogo dizendo: "Basta, já perdi demais."

Estava lá, desfeito de dor e de despeito, esperando uma palavra para que pudesse entrar.

Para distrair sua impaciência, tinha se sentado num banco de pedra, no vão de uma janela, e olhava o movimento dos cavalariços que tiravam as selas dos cavalos para que os animais fossem descansar no prado vizinho, o Petit-Pré-aux-Clercs, e a entrada dos carregadores trazendo nacos de carne e caixotes de legumes.

O palácio de Nesle era composto de dois monumentos colados, porém distintos: de um lado, o palácio propriamente dito, que era de construção recente, e, de outro lado, a Torre, mais antiga em pelo menos um século e que pertencia ao sistema defensivo de muralhas concebido por Felipe Augusto. Felipe, o Belo, adquirira o conjunto seis anos antes, comprando-o do conde Amaury de Nesle, a fim de dá-lo como residência ao rei de Navarra, seu filho primogênito.[9]

No passado, a Torre quase que só servira como corpo de guarda ou como depósito. Fora Margarida que, recentemente, decidira instalar nela alguns aposentos de estar com a finalidade, dizia, de retirar-se ao local e meditar sobre seus livros de horas. Ela afirmava que sentia necessidade de solidão. Como era conhecida por seu temperamento extravagante, Luís de Navarra não havia se surpreendido. Na verdade, ela só decidira isso com o objetivo de receber mais tranquilamente o belo Felipe d'Aunay.

Este sentira por essa razão um inigualável orgulho. Uma rainha transformara, para ele, uma fortaleza em câmara amorosa.

Depois, quando seu irmão mais velho, Gautier, veio a tornar-se amante de Branca, a torre também havia servido ao novo casal. O pretexto era fácil: Branca vinha visitar sua prima e cunhada; e isso era tudo que queria Margarida: ser ao mesmo tempo complacente e cúmplice.

Mas agora, quando Felipe olhava o grande edifício sombrio, com seu teto recortado pelas ameias, com suas estreitas e raras aberturas no alto, não podia deixar de se perguntar se outros homens também não vinham passar ali as mesmas noites tumultuosas que tinha ao lado de sua amante... Esses cinco dias que acabavam de se passar sem que tivesse a mínima notícia, quando na verdade tais noites teriam sido tão propícias a seus encontros, não autorizavam de fato todas as dúvidas?

Uma porta se abriu e uma camareira veio convidar Felipe a segui--la. Dessa vez, estava decidido a não se deixar engodar. Atravessou diversas salas; depois a camareira desapareceu e Felipe entrou num aposento baixo, abarrotado de móveis, em que flutuava um perturbador perfume que ele conhecia muito bem, uma essência de jasmim que os mercadores recebiam do Oriente.

Foi preciso que um instante se passasse para que Felipe se habituasse à penumbra e ao calor. Uma grande fogueira de brasas enormes ardia na lareira de pedra.

— Senhora... — disse ele.

Uma voz veio do fundo do aposento, uma voz um pouco rouca, como que adormecida.

— Aproximai-vos, senhor.

Mas seria mesmo verdade que Margarida ousava recebê-lo em seu quarto, sem testemunha? Felipe d'Aunay tranquilizou-se e decepcionou-se bem depressa; a rainha de Navarra não estava só. Semioculta pela cortina do leito, uma dama de companhia, com os cabelos presos em seu véu de viúva, estava entregue a seu bordado. Margarida, quanto a ela, estava recostada ao leito, trajando um vestido de interior recoberto por uma peliça, sob o qual despontavam seus pés nus, pequenos e roliços. Receber um homem em semelhantes trajes e semelhante postura era, de fato, uma audácia.

Felipe avançou, tentando exprimir-se no tom formal da corte, o que era desmentido pela expressão de seu rosto; disse que a condessa de Poitiers o enviara para que obtivesse notícias da rainha de Navarra, para que a cumprimentasse e lhe entregasse um presente.

Margarida escutou, sem se mexer nem virar os olhos.

Ela era pequena, de cabelos negros e de tez ambarina. Dizia-se que tinha o mais belo corpo do mundo, e não era a última a espalhar tal opinião.

Felipe olhava aquela boca redonda, sensual, aquele queixo curto, partido por uma covinha, aquele colo carnudo que descobria a fenda do vestido, aquele braço dobrado e descoberto até em cima pela manga larga de suas roupas. Felipe se perguntou se Margarida não estaria completamente nua sob o vestido.

— Colocai este presente sobre a mesa — disse —, vou vê-lo num instante.

Ela se espreguiçou, bocejou, mostrando seus dentes brancos, sua língua afiada, seu céu da boca róseo e cheio de pregas; bocejava como os gatos.

Margarida não olhara ainda uma vez sequer o jovem. Todavia ele se sentia observado pela dama de companhia. Entre as damas que seguiam a rainha, não conhecia aquela viúva do rosto comprido e dos olhos muito próximos. Esforçou-se para conter uma irritação que não parava de crescer.

— Devo transmitir uma resposta à senhora de Poitiers? — perguntou ele.

Margarida consentiu, enfim, em olhar Felipe. Ela possuía olhos admiráveis, sombrios e aveludados, que acariciavam as coisas e os seres.

— Dizei à minha cunhada de Poitiers... — pronunciou ela.

Felipe, que tinha se deslocado um pouco, fez um gesto nervoso, com a ponta dos dedos, a fim de sugerir a Margarida que dispensasse a viúva. Mas Margarida parecia não compreender; sorria, mas não especialmente a Felipe, e sim para o vazio.

— Oh, não... Vou escrever-lhe — continuou. — Vós levareis até ela a minha mensagem.

Depois, virando-se para a dama de companhia:

— Minha cara, já é tempo de vestir-me. Ide verificar se meu vestido está pronto.

A viúva passou para o aposento contíguo, mas sem fechar a porta.

Margarida levantou-se, deixando descobrir-se um belo joelho liso, e, passando perto de Felipe, cochichou num sopro:

— Eu te amo.

— Por que não pude ver-te nos últimos cinco dias? — perguntou ele do mesmo modo.

— Oh, como é belo! — exclamou, desdobrando o cinto que ele lhe trouxera. — Como Jeanne tem bom gosto... Este presente me encanta!

— Por que não pude te ver? — repetiu Felipe em voz baixa.

— Perfeito para que eu pendure minha nova algibeira — continuou Margarida, falando bem alto. — Senhor d'Aunay, tendes algum tempo para esperar que eu escreva a Jeanne uma palavra de agradecimento?

Ela sentou-se a uma mesa, tomou uma pluma de ganso, uma folha de papel e traçou uma única palavra.[10] Depois fez sinal a Felipe para que se aproximasse, e então ele pôde ler: "Prudência."

Em seguida ela gritou, em direção ao aposento contíguo:

— Senhora de Comminges, ide buscar minha filha; ainda não a beijei uma vez sequer durante toda a manhã de hoje.

Ouviu-se sair a dama de companhia.

— A prudência — disse então Felipe — é uma boa desculpa para distanciar um amante e acolher outros. Sei muito bem que estás mentindo.

O rosto da rainha exprimiu ao mesmo tempo fadiga e nervosismo.

— Pois vejo que não compreendes coisa alguma — respondeu ela. — Insisto para que prestes mais atenção a tuas palavras e até mesmo a teus olhares. Quando dois amantes começam a brigar ou a cansar-se é que acabam traindo seu segredo diante daqueles que os circundam. Controla-te.

Ao dizer isso, Margarida não estava brincando.

Fazia alguns dias que ela sentia em volta de si um vago perfume de desconfiança. Luís de Navarra fizera alusão, diante dela, ao sucesso de sua beleza, às paixões que inspirava; brincadeiras de marido em que o riso soava falso. Teriam sido observadas as impaciências de Felipe? No porteiro e na camareira da torre de Nesle, dois domésticos originários da Borgonha e que ela aterrorizava, ao mesmo tempo que os cobria de ouro, Margarida podia ter tanta confiança quanto em si mesma. Mas ninguém jamais está ao abrigo de uma palavra imprudente. E depois, havia agora essa senhora de Comminges, que lhe fora imposta para agradar ao senhor de Valois e que a rodeava constantemente com seus tristes trajes de viúva...

— Mas então confessas que estás cansada?

— Ora, tu sabes o quanto és aborrecido — replicou ela. — Tu és amado e não paras de reclamar.

— Pois muito bem; na noite de hoje não terei motivos para estar aborrecido — respondeu Felipe. — Não haverá Conselho, o próprio rei já disse. Assim poderás tranquilizar teu marido à vontade.

Se não estivesse tão cego pela ira, Felipe teria compreendido, pela expressão que se estampou sobre o rosto dela, que em relação a isso seu ciúme não se justificava.

— Quanto a mim, irei ver as meretrizes! — acrescentou ele.

— Muito bem — disse Margarida. — Assim tu me contarás como é que elas fazem. Terei muito prazer em ouvir.

Seu olhar tinha se iluminado; ela alisava os lábios com a ponta da língua, ironicamente.

"Rameira! Rameira! Rameira!", pensou Felipe. Ele não sabia o que fazer com ela; as coisas lhe escapavam como areia pelos vãos dos dedos.

Ela dirigiu-se até um cofre aberto e nele pegou uma bolsa que Felipe nunca vira.

"Isso vai fazer um grande efeito", pensou Margarida enquanto ia passando o cinto pelo cós, dirigindo-se ao mesmo tempo para diante de um espelho de estanho, a fim de admirar a bolsa ajustada a sua cintura.

— Quem te deu esta algibeira? — perguntou Felipe.

— Foi...

Ela ia responder a verdade, ingenuamente. Mas viu-o tão crispado, tão desconfiado, que não pôde resistir a divertir-se um pouco com a situação.

— Foi... alguém.

— Quem?

— Adivinha.

— O rei de Navarra?

— Meu esposo não está habituado a generosidades semelhantes!

— Então quem?

— Pensa um pouco.

— Eu quero saber, eu tenho o direito de saber — disse Felipe, deixando-se levar pelo ciúme. — ...um presente de homem, e de homem rico, de homem apaixonado... apaixonado porque deve ter razões para isso, imagino.

Margarida continuava a olhar-se no espelho, experimentando a algibeira de um lado, depois de outro, em seguida no meio da cintura, enquanto seu vestido, alternadamente, cobria e descobria a perna, nesse movimento cadenciado.

— Foi o senhor d'Artois — disse Felipe.

— Ah, que mau gosto tu me atribuis, Felipe! — disse ela. — Logo esse alcaravão, que sempre cheira a caça...

— Então foi o senhor de Fiennes, que ronda em torno de ti, como aliás em torno de todas as mulheres que vê! — continuou Felipe.

Margarida deixou pender a cabeça para o lado, assumindo uma pose pensativa.

— O senhor de Fiennes? — disse ela. — Não tinha observado que ele se interessa por mim. Mas já que tu me dizes... Obrigada por me avisares.

— Eu vou acabar sabendo.

— Quando tiveres citado os nomes da corte da França inteira...

Ela ia acrescentar: "Deves pensar também na corte da Inglaterra", mas foi interrompida pelo retorno da senhora de Comminges que trazia com ela a princesa Jeanne. A menininha, com 3 anos, andava lentamente, enfiada num vestido bordado de pérolas. De sua mãe, possuía apenas a testa arredondada, de aspecto quase teimoso. Mas era loura, com o nariz afinado, longos cílios piscando sobre olhos claros, e poderia muito bem ser filha de Felipe d'Aunay, tanto quanto do rei de Navarra. Também sobre esse assunto, Felipe jamais pudera saber a verdade; Margarida era hábil demais para se trair em relação a uma questão tão grave.

A cada vez que Felipe via a criança, ele se perguntava: "Será que é minha?" Rememorava as datas, buscava indícios. E pensava que mais tarde poderia vir a se inclinar humildemente diante de uma princesa que talvez fosse sua filha e que talvez ocupasse até os dois tronos, de Navarra e de França, posto que Luís e Margarida, por enquanto, não tinham outro descendente.

Margarida pegou a pequena Jeanne, beijou-a na testa, constatou que ela estava bem-cuidada e deu-a novamente à dama de companhia, dizendo:

— Pronto, já beijei-a; podeis reconduzi-la.

Ela leu nos olhos da senhora de Comminges que esta não era boba. "Preciso ficar livre desta viúva", disse a si mesma.

Uma outra dama entrou, perguntando se o rei de Navarra estava lá.

— Não é comigo que habitualmente ele se encontra a essas horas — respondeu Margarida.

— É que o procuram por toda parte no palácio. O rei o convoca imediatamente.

— E sabe-se por que motivo?

— Creio ter compreendido, senhora, que os Templários rejeitaram a sentença. O povo agita-se em volta da igreja de Notre-Dame, e por todo lado foi preciso reforçar os guardas. O rei convocou um Conselho...

Margarida e Felipe trocaram um olhar. Os dois tinham tido a mesma ideia, que nada tinha a ver com os problemas do reino. Os acontecimentos talvez obrigassem Luís de Navarra a passar uma parte da noite fora.

— É possível que o dia acabe de maneira bem diferente da prevista — disse Felipe.

Margarida observou-o por um instante e julgou que o tinha feito sofrer demais. Ele retomara uma postura respeitosa e distante; mas seu olhar mendigava a felicidade. Isso a emocionou e fez com que o desejasse.

— De fato, é possível, senhor.

A cumplicidade entre ambos estava restabelecida.

Ela foi pegar o papel em que escrevera "prudência" e jogou-o ao fogo, acrescentando:

— Esta mensagem não convém. Vou escrever outra, mais tarde, à condessa de Poitiers; espero ter melhores coisas a dizer-lhe. Adeus, senhor.

O Felipe d'Aunay que saiu do palácio de Nesle não era o mesmo que nele entrara. Devido a uma única palavra de esperança retomara a confiança em sua amante, em si mesmo, na existência inteira, e esse final de manhã parecia-lhe radiante.

"Ela continua me amando; sou injusto com ela", pensava.

Depois de ter passado pelo corpo da guarda, deu de encontrão com Robert d'Artois. Ter-se-ia pensado que o gigante seguia a pista do jovem escudeiro. Não se tratava disso. D'Artois, no momento, tinha outros problemas.

— O senhor de Navarra encontra-se em sua morada? — perguntou a Felipe.

— Sei que o procuram para o Conselho do rei.

— Vindes preveni-lo?

— Sim — respondeu Felipe, pego de surpresa.

E logo depois pensou que essa mentira, que poderia ser facilmente descoberta, tinha sido uma besteira.

— Estou procurando-o pelo mesmo motivo — disse d'Artois. — O senhor de Valois desejaria entrevistar-se com ele antes.

Separaram-se. Mas esse encontro fortuito despertou as suspeitas do gigante. "Seria ele?", perguntou-se, enquanto atravessava o grande pátio pavimentado. Ele vira Felipe uma hora mais cedo, na Galeria dos merceeiros, em companhia de Jeanne e de Branca. E agora o reencontrava na residência de Margarida... "Esse donzel serviria de mensageiro, ou seria o amante de uma das três? Se for isso, não tardarei a descobrir."

Pois a senhora de Comminges não deixaria de informá-lo. Além do mais, ele encarregara um de seus homens de vigiar as redondezas do palácio de Nesle à noite. As armadilhas estavam preparadas. Azar, para aquele formoso pássaro, caso ele caísse na emboscada!

VI
O conselho real

O PREBOSTE DE PARIS, ACORRENDO ESFALFADO até o rei, encontrara-o de bom humor. Felipe, o Belo, estava ocupado admirando três grandes galgos que acabavam de lhe ser enviados com a seguinte carta, em que sem muita dificuldade se reconhecia uma pluma italiana:

> "Mui amado e temido rei, nosso soberano, meu sobrinho, pesaroso por sua inadvertência, veio confessar-me que esses três cães caçadores de lebres, por ele guiados, esbarraram-se contra Vossa Majestade quando passáveis. Por mais indignos que eles sejam de vos ser presenteados, não vejo mérito em conservá-los por mais tempo, agora que tocaram em tão alta e poderosa pessoa, como a Vossa. Eles chegaram há pouco até mim, vindos de Veneza. Portanto, peço-vos que os recebais e guardais, de acordo com vossa vontade, como prova de minha devotada humildade."
>
> SPINELLO TOLOMEI,
> de Siena.

"Homem hábil, esse Tolomei!", disse Felipe, Belo.

Ele, que recusava todo e qualquer presente, não resistia à ideia de aceitar os cães. Possuía os mais belos canis do mundo, e o fato de receber cães tão magníficos quanto aqueles que estavam diante de seus olhos adulava de fato sua única paixão.

Enquanto o preboste lhe explicava o que havia se passado em Notre-Dame, Felipe, o Belo, tinha continuado a interessar-se pelos três galgos, abrindo suas bocas para examinar-lhe as presas brancas e as caras negras, apalpando seus amplos peitos de pelos cor de areia. Animais importados diretamente do Oriente, não restavam dúvidas.

Entre o rei e os animais, sobretudo com os cães, existia uma concordância imediata, secreta, silenciosa. Diferentemente do que se passava com os homens, os cães não tinham medo dele. E o maior dos três galgos já viera pousar a cabeça sobre o joelho de seu novo dono.

— Bouville! — chamara Felipe, o Belo.

Hugues de Bouville, seu camareiro-mor, homem de cerca de 50 anos, dos cabelos curiosamente repartidos em mechas brancas e negras, o que fazia com que ele se assemelhasse a um cavalo malhado, apareceu.

— Bouville, quero que convoque imediatamente uma reunião do Conselho principal.

Depois, dispensando o preboste e deixando-o compreender que sua própria vida estava em jogo caso se produzisse a menor perturbação na cidade, Felipe, o Belo, permanecera lá, meditando em companhia dos cães.

— Então, meu Lombardo, o que vamos fazer? — murmurara ele acariciando a cabeça do grande galgo, dando-lhe assim um novo nome.

Pois eram chamados de lombardos, indistintamente, todos os banqueiros ou mercadores originários da Itália. E, posto que o cão vinha de um deles, a palavra tinha se imposto ao rei, como por lógica, para designá-lo.

Agora, o Conselho principal estava reunido, não na ampla Câmara de Justiça, que podia abrigar mais de cem pessoas e que era utilizada somente para os Grandes Conselhos, mas num pequeno aposento contíguo, no qual ardia uma lareira.

Em volta de uma comprida mesa, os membros desse Conselho restrito tinham tomado seus lugares, a fim de decidir a sorte dos Templários. O rei estava sentado na extremidade, com o cotovelo apoiado ao braço de sua cátedra, e o queixo na mão. À sua direita estavam sentados Enguerrand de Marigny, coadjutor e regente do reinado, depois Guilherme de Nogaret, chanceler, Raul de Presles, advogado no Parlamento de Justiça, e três outros legistas, Guilherme Dubois, Michel de Bourdenai e Nicole Le Loquetier; à sua esquerda, seu filho primogênito, o rei de Navarra, que finalmente tinha sido encontrado, Hugues de Bouville, o camareiro-mor, e o secretário privado Maillard. Dois lugares permaneciam vazios: o do conde de Poitiers, que estava na Borgonha, e o do príncipe Carlos, último filho do rei, que partira de manhã para a caça e não pôde ser localizado. Faltava ainda o senhor de Valois, que tinham ido buscar em seu palacete e que devia estar fazendo seus complôs, como de costume, antes de cada reunião do Conselho. O rei decidira que começariam sem ele.

Enguerrand de Marigny foi o primeiro a falar. Esse todo-poderoso ministro — todo-poderoso devido à sua profunda concordância com o soberano — não era nobre. Tratava-se de um burguês normando, cujo verdadeiro nome, antes que se tornasse o senhor de Marigny, era Le Portier; seguira uma prodigiosa carreira que lhe valia tanto respeito quanto inveja. O título de coadjutor, criado para ele, fizera com que se transformasse em alterego do rei. Tinha 49 anos, era solidamente talhado, tinha o queixo largo, a pele granulosa, e vivia de maneira magnificente com a imensa fortuna que adquirira. Possuía a fama de ter o discurso mais hábil do reinado e uma inteligência política que dominava amplamente sua época.

Bastaram-lhe alguns minutos para que produzisse um quadro completo da situação; acabava de tomar conhecimento de diversos relatórios, entre os quais o de seu irmão, o arcebispo de Sens.

— A sorte do grão-mestre e do preceptor da Normandia volta para as mãos de Vossa Alteza, por decisão da comissão da Igreja — disse ele. — Podeis doravante dispor totalmente deles, como bem quiserdes, sem depender de ninguém, nem sequer do papa. Pois não é isso o que poderíamos esperar de melhor?

Interrompeu sua fala; a porta acabava de abrir-se com a chegada do senhor de Valois, irmão do rei e ex-imperador de Constantinopla, que entrava repentinamente no aposento. Tendo esboçado apenas uma inclinação de cabeça em direção ao soberano, e sem se dar ao trabalho de informar-se sobre o que fora dito durante sua ausência, o recém-chegado exclamou:

— Mas o que ouço, senhor meu irmão? O senhor Le Portier de Marigny (ele enfatizou bem o nome Le Portier) acha que tudo vai muito bem? Pois bem! Meu irmão e seus conselheiros contentam-se com bem pouco. Eu pergunto quando é que eles acharão que as coisas vão mal!

Dois anos mais novo que Felipe, o Belo, mas parecendo mais velho, tão agitado quanto seu irmão era calmo, Carlos de Valois era um homem de nariz rechonchudo, faces avermelhadas pela vida no campo e pelos excessos da mesa, que empurrava diante de si uma arrogante pança e vestia-se com uma suntuosidade oriental que, em qualquer outro, teria parecido ridícula. Ele fora belo.

Nascido em berço tão próximo ao trono de França, e não podendo consolar-se por não ocupá-lo, esse príncipe trapalhão tinha-se dedicado a percorrer o universo a fim de encontrar um outro trono em que pudesse sentar-se. Em sua adolescência, recebera a coroa de Aragão, embora não tenha podido conservá-la. Depois tentara reconstruir em seu proveito o reino de Arles. Em seguida, candidatou-se ao Império da Alemanha, mas fracassou vergonhosamente na eleição. Viúvo de uma princesa do domínio de Anjou-Sicília, ele se transformara, devido a seu casamento com Catarina de Courtenay, herdeira do Império Latino do Oriente, em imperador de Constantinopla, mas imperador titular apenas, pois um verdadeiro soberano, Andrônico II Paleólogo, reinava então em Bizâncio. Ora, até mesmo esse ilusório cetro acabara de escapar de suas mãos um ano antes, pelo fato de ter se tornado viúvo pela segunda vez — cetro que passou então às mãos de um de seus genros, o príncipe de Taranto.

Seus melhores títulos de glória eram a campanha relâmpago de Guyenne, em 1297, e a campanha da Toscana em 1301, durante as quais, apoiando os Guelfos contra os Gibelinos, arrasara Florença e obrigara ao exílio o poeta Dante. Feitos que levaram o papa Bonifácio VIII a nomeá-lo conde de Romagne.

Valois levava uma vida digna de rei, tinha sua corte e seu chanceler. Detestava Enguerrand de Marigny por mil razões, por sua extração plebeia, por sua dignidade de coadjutor, por sua estátua erguida entre as dos reis, na Galeria dos Merceeiros, por sua política hostil aos grandes senhores feudais, por tudo, enfim. Valois não chegava a admitir, ele, neto de São Luís, que o reino fosse governado por um homem originário do que havia de mais ordinário.

Naquele dia ele estava vestido de azul e dourado, desde o capuz até os calçados.

— Quatro velhos semimortos — continuou ele — cuja sorte, segundo nos fora dito, já estava selada... e ai... de que forma! Fazem fracassar a autoridade real... e tudo vai muito bem. O povo cospe no tribunal... e que tribunal! Recrutado de acordo com as necessidades, admitamos; mas, enfim, trata-se de uma assembleia da Igreja... e tudo vai muito bem. A multidão urra pela morte de alguém... mas pela morte de quem? Dos prelados, do preboste, dos arqueiros, vossa, meu irmão!... E dizem que tudo vai muito bem! Então, regozijemo-nos! Tudo vai muito bem!

Ele levantou as mãos, que eram belas e repletas de anéis, depois se sentou, não no lugar que lhe fora reservado, mas no primeiro assento a seu alcance, na outra extremidade da mesa, como que para afirmar, por esse distanciamento, seu desacordo.

Enguerrand de Marigny tinha permanecido de pé, com uma ruga de ironia marcando seu largo queixo.

— O senhor de Valois deve estar muito mal informado — disse calmamente. — Dos quatro velhos de que fala, apenas dois protestaram contra a sentença que os condenou. Quanto ao povo, todos os relatórios asseguram-me que sua opinião está muito dividida.

— Dividida! — exclamou Carlos de Valois. — Mas já é um escândalo que ela esteja dividida! Quem está pedindo ao povo sua opinião? Vós, senhor de Marigny, e compreende-se muito bem por quê. Eis aí o resultado de vossa bela invenção de reunir em assembleia os burgueses, os plebeus e outros campônios, para fazer com que aprovem as decisões do rei. Agora o povo se outorga o direito de julgar.

Em todas as épocas e no país inteiro, sempre houvera dois partidos: o da reação e o do progresso. Duas tendências enfrentavam-se no Conselho do rei. Carlos de Valois, considerando-se chefe natural dos grandes barões, encarnava a reação feudal. Seu evangelho político resumia-se a alguns princípios que ele defendia ferrenhamente: direito de guerra privada entre os senhores, direito, para os grandes vassalos, de cunhar moeda em seus territórios, manutenção da ordem moral e legal da cavalaria, submissão à Santa Sé, que ele considerava como supremo poder de arbitragem. Tudo isso eram instituições ou costumes herdados dos séculos passados, mas que Felipe, o Belo, inspirando-se nas ideias de Marigny, abolira, ou pretendia abolir.

Enguerrand de Marigny representava o progresso. Suas ideias mais importantes eram a centralização do poder e da administração, a unificação das moedas, a independência do Estado em relação à Igreja, a paz exterior por meio da fortificação das cidades estratégicas e do estabelecimento de guarnições permanentes, a paz interior por meio de um reforço geral da autoridade real, o aumento da produção pela segurança das trocas e do tráfego mercantil. As disposições tomadas ou promovidas por ele eram chamadas por todos de "novidades". Mas havia o outro lado da moeda. A polícia, que proliferava, custava caríssimo, tanto quanto as fortalezas a serem construídas.

Detestado pelo partido feudal, Enguerrand esforçava-se por dar ao rei o apoio de uma classe que, à medida que se desenvolvia, tomava consciência de sua importância: a burguesia. Em diversas ocasiões difíceis, especialmente no caso dos conflitos com a Santa Sé, convocara ao palácio real da Cité os burgueses de Paris, ao mesmo tempo que os prelados e os barões. Fizera o mesmo nas cidades provincianas. A Inglaterra, onde funcionava já havia meio século a Câmara dos Comuns, lhe servira de exemplo.

Ainda não se chegava, nas assembleias francesas, a discutir as decisões reais, e era possível apenas ouvi-las e aprová-las.[11]

Valois, por mais trapalhão que fosse, não tinha nada de tolo. Não perdia uma ocasião de tentar fazer com que Marigny caísse em descrédito. A longa e surda oposição entre ambos tinha se transformado, nos últimos meses, em luta aberta.

— Se os grandes barões, dos quais sois o maior, senhor — disse Marigny —, tivessem se submetido de bom grado às ordenanças reais, não teríamos tido tanta necessidade de nos apoiarmos no povo.

— Belo apoio! — gritou Valois. — As revoltas de 1306, durante as quais o rei e vós mesmo tiveram que se refugiar no Templo, fugindo da Paris sublevada... Sim, eu me lembro... vós vos refugiastes no Templo! Mas isso não vos serviu de lição. Se as coisas continuam assim, prevejo para breve o dia em que os burgueses não precisarão mais do rei para governar e serão vossas assembleias que farão as ordenanças.

O rei estava calado, com o queixo apoiado na mão, e os olhos grandes fitando um ponto em linha reta diante dele. Raramente viam-

-se bater suas pálpebras; seus cílios permaneciam parados, fixamente, durante longos minutos; e era isso que dava a seu olhar a estranha imobilidade que amedrontava tantas pessoas.

Marigny voltou-se para ele, como se lhe pedisse que usasse sua autoridade para fazer cessar uma discussão que só poderia terminar mal.

Felipe, o Belo, levantou ligeiramente a cabeça e disse:

— Meu irmão, não é de forma alguma das assembleias, mas sim dos Templários, que estamos tratando hoje.

— Pois que seja — disse Valois, batendo na mesa. — Tratemos dos Templários.

— Nogaret — murmurou o rei.

O chanceler levantou-se. Desde o início da sessão do Conselho, ele ardia numa ira que ansiava por explodir. Fanático pelo bem público e pela razão de Estado, o caso dos Templários era *seu* caso e ele dedicava uma paixão sem limites nem descanso. Aliás, era a esse processo do Templo que Guilherme de Nogaret devia, desde o dia de São Maurício de 1307, seu alto cargo no Estado.

Naquele dia distante, durante o Conselho reunido em Maubuisson, o arcebispo de Narbonne, Gilles Aycelin, então chanceler real, tinha se recusado tragicamente a carimbar com os selos reais a ordem de prisão dos Templários. Felipe, o Belo, sem dizer uma palavra, tomara ele mesmo os selos das mãos do arcebispo a fim de colocá-los diante de Nogaret, fazendo desse legista a segunda personalidade da administração real.

Nogaret era ardente, austero e implacável como a foice da morte. Ossudo, escuro, de rosto comprido, ele remexia incessantemente em algum ponto de suas roupas, ou então roía a unha de um de seus dedos achatados.

— Senhor, a coisa monstruosa, a coisa horrível de se pensar e terrível de se ouvir que acabou de produzir-se — começou ele num tom ao mesmo tempo enfático e precipitado — prova que toda indulgência, toda clemência dispensada a partidários do Diabo é uma fraqueza que acaba voltando-se contra Vossa Alteza.

— É verdade — disse Felipe, o Belo, voltando-se para Valois — que a clemência que vós aconselhastes, meu irmão, e que minha filha da Inglaterra também me pediu numa mensagem, não parece dar bons frutos... Continuai, Nogaret.

— Deixamos a esses cães podres uma vida que eles não merecem, e ao invés de abençoarem seus juízes, eles aproveitam para insultar a Igreja e o rei. Os Templários são uns hereges...

— Eram... — lançou Carlos de Valois.

— O que dizeis, senhor? — perguntou Nogaret, impaciente.

— Eu disse que eles *eram*, senhor, pois, se tenho boa memória, dos milhares de Templários que existiam na França, e que vós expulsastes, aprisionastes, matastes por meio do suplício da roda ou assastes na fogueira, restam apenas os quatro que estão em vossas mãos... eles são bem incômodos, concordo, posto que após sete anos de processo ainda estão clamando inocência! Parece que outrora, senhor Nogaret, éreis capaz de cumprir com maior rapidez vossas tarefas, naquele tempo em que sabíeis fazer desaparecer um papa num piscar de olhos.

Nogaret estremeceu e a pele de seu rosto tornou-se mais escura que os pelos azuis de sua barba. Pois era ele o homem que comandara, até o coração do Lácio, a sinistra expedição destinada a depor o velho Bonifácio VIII, ao final da qual este papa de 88 anos fora esbofeteado portando a tiara pontificial. Nogaret se vira, por isso, excomungado, e fora necessário todo o poder de Felipe, o Belo, sobre Clemente V, segundo sucessor de Bonifácio, para obter a anulação da sentença. Esse caso difícil não era tão antigo assim, pois ocorrera havia onze anos; e os adversários de Nogaret jamais perdiam a ocasião de evocá-lo.

— Sabemos, senhor — replicou ele —, que vós sempre apoiastes os Templários. Sem dúvida, contáveis com eles para reconquistar, nem que fosse para a ruína da França, aquele trono fantasma de Constantinopla sobre o qual, ao que parece, nem sequer pudestes sentar-vos.

Assim ele devolvera insulto por insulto, e sua tez recobrou melhores cores.

— Raios! — exclamou Valois, levantando-se e derrubando a cadeira em que estava sentado.

Um latido vindo de sob a mesa fez com que os assistentes se sobressaltassem, com exceção de Felipe, o Belo, enquanto Luís de Navarra explodia numa gargalhada nervosa. O latido vinha do grande galgo que o rei havia mantido perto de si e que ainda não estava habituado a tais arroubos.

— Calai-vos, Luís — disse Felipe, o Belo, dirigindo a seu filho um olhar glacial.

Depois ele estalou os dedos, dizendo: "Lombardo, quieto!", e puxou para junto de sua perna a cabeça do cão. Luís de Navarra, que começava então a ganhar o apelido de Luís, o Cabeçudo, isto é, o Briguento e Confuso, Luís da Encrenca, baixou a cabeça para abafar seu riso descontrolado. Tinha 25 anos, mas sua idade mental não passava dos 15. Possuía alguns traços de semelhança física com o pai, mas seu olhar era fugidio e seus cabelos sem brilho.

— Vossa Alteza — disse Carlos de Valois solenemente, depois de o camareiro-mor ter posto de pé sua cadeira —, meu irmão, Deus é testemunha de quanto sempre pensei em vossos interesses e em vossa glória.

Felipe, o Belo, voltou-se para ele, e Carlos de Valois sentiu-se menos seguro para falar. Entretanto prosseguiu:

— E ainda é somente em vós, meu irmão, que eu penso, quando vejo que a força de vosso reino é tranquilamente destruída. Sem o Templo, refúgio da cavalaria, como poderíeis empreender uma nova cruzada, caso devêsseis fazê-lo?

Foi Marigny que se encarregou de responder.

— Sob o sábio reino de nosso rei — disse ele — não tivemos cruzada justamente porque a cavalaria estava calma, senhor, e porque não havia necessidade alguma de deslocá-la além-mar para dispensar inutilmente suas forças.

— Mas e a fé, senhor?

— O ouro retomado dos Templários engrandeceu mais o Tesouro, senhor, do que todo esse grande comércio que se organizava sob a auriflama da fé; e as mercadorias circulam muito bem sem as Cruzadas.

— Senhor, vós falais como um infiel!

— Eu falo como um servidor do reino, senhor!

O rei bateu levemente sobre a mesa.

— Meu irmão, hoje é dos Templários que tratamos. Peço-vos vosso conselho.

— Meu conselho... meu conselho? — repetiu Valois, pego de surpresa.

Ele sempre estava pronto a reformar o universo, mas jamais a dar opiniões precisas.

— Pois bem, meu irmão, que aqueles que conduziram tão bem o caso até aqui (e ele designou Nogaret e Marigny) possam ir até o fim. Quanto a mim...

E ele fez o gesto de Pilatos.

— Luís, vossa opinião — pediu o rei.

Luís de Navarra estremeceu e levou certo tempo para responder.

— E se confiássemos esses Templários ao papa? — disse, enfim.

— Calai-vos, Luís — disse o rei.

E ele trocou com Marigny um olhar de comiseração.

Remeter de volta ao papa o grão-mestre significava recomeçar tudo, questionar tudo novamente, tanto o fundo quanto a forma, apagar tudo o que fora feito com tanta dificuldade para tirar o processo de vários concílios, anular sete anos de esforços, reabrir caminho para todas as contestações.

"Tinha que ser este tolo, este pobre espírito incompetente que deve suceder-me no trono", pensava Felipe, o Belo. "Enfim, esperemos que daqui até lá ele tenha amadurecido."

Uma chuva típica de março veio crepitar contra os vidros emoldurados por estruturas de chumbo.

— Bouville? — disse o rei.

O camareiro-mor era todo devoção, obediência, fidelidade, desejo de agradar, mas não tinha grandes capacidades para tomar iniciativas. Ele se perguntava que resposta o soberano desejaria escutar.

— Estou refletindo, senhor, estou refletindo... — respondeu ele.

— Nogaret... vossa opinião?

— Que aqueles que recaíram na heresia sofram o castigo dos hereges, e sem mais tardar — respondeu o chanceler.

— O povo?... — perguntou Felipe, o Belo, deslocando seu olhar na direção de Marigny.

— Sua agitação, senhor, diminuirá tão logo deixem de existir aqueles que são a causa dela — disse o coadjutor.

Carlos de Valois tentou um último esforço.

— Meu irmão, considerai que o grão-mestre estava à altura de um príncipe soberano e que atentar contra sua cabeça significa atentar contra o respeito que protege as cabeças reais...

O olhar do rei cortou-lhe a fala.

Passaram-se alguns instantes pesados de silêncio, depois Felipe, o Belo, pronunciou:

— Jacques de Molay e Geoffroy de Charnay serão queimados na noite de hoje, na ilha dos Judeus, diante do jardim do palácio. A rebelião foi pública, o castigo será público. O senhor de Nogaret redigirá o decreto. E esteja dito.

Ele se levantou e todos os assistentes fizeram o mesmo.

— Ordeno que todos aqui presentes assistam ao suplício, meus senhores, e que meu filho Carlos também esteja presente. Que ele seja advertido — acrescentou.

Depois ele chamou:

— Lombardo!

E saiu, com o cão seguindo seus passos.

Nesse Conselho, do qual haviam participado dois reis, um ex--imperador, um vice-rei e vários dignitários, dois grandes senhores da guerra e da Igreja acabavam de ser condenados a morrer queimados. Mas nem sequer por um instante deu-se a impressão de que se tratava da vida e da carne humanas: tudo tinha sido feito unicamente em nome de princípios.

— Meu sobrinho — disse Carlos de Valois a Luís, o Cabeçudo —, teremos assistido, no dia de hoje, ao fim da cavalaria.

VIII
A torre dos amores

A NOITE CAÍRA. UM VENTO FRACO arrastava consigo odores de terra molhada, de lodo, de seiva em atividade, e mandava embora enormes nuvens escuras de um céu sem estrelas.

Uma barca que acabava de deixar a margem na altura da torre do Louvre avançava pelo rio Sena, cujas águas brilhavam como um escudo bem polido.

Dois passageiros estavam sentados nela, com seu mantos jogados sobre os ombros.

— Um tempo de cão, esse de hoje — disse o barqueiro que manejava lentamente seus remos. — De manhã levantamos com a neblina e não podemos enxergar dois palmos adiante do nariz. Depois, por volta das nove horas,[12] o sol dá as caras e a gente pensa que a primavera está chegando. A gente nem acaba de dizer isso e é um aguaceiro que recomeça para durar pela manhã inteira e parte da tarde. Agora começou a ventar de novo... É mesmo um tempo de cão...

— Mais depressa, meu homem — disse um dos passageiros.

— A gente faz o melhor que pode. Sabeis que sou velho, vou fazer 53 anos no dia de São Miguel. Não sou mais forte como vós, meus jovens senhores — respondeu o barqueiro.

Estava vestido de farrapos e parecia comprazer-se em falar como um choramingas.

Ao longe, do lado esquerdo, viam-se luzes piscando na ilha dos Judeus e, mais longe, janelas iluminadas no palácio da Cité. Havia um grande movimento de barcas daquele lado.

— Então, meus fidalgos, não ides ver a fogueira em que vão ser assados os Templários? — retomou o barqueiro. — Parece que o rei estará presente, juntamente com seus filhos. Será verdade?

— Parece que sim — respondeu um passageiro.

— E as princesas? Também estarão lá?

— Não sei... sem dúvida, deverão estar — disse o passageiro, virando a cabeça a fim de mostrar que ele não fazia questão de prosseguir a conversa.

Depois, disse em voz baixa a seu companheiro:

— Esse homem não me agrada, ele fala demais.

O segundo passageiro balançou os ombros com indiferença. Depois, após um silêncio, cochichou:

— Como é que foste prevenido?

— Por Jeanne, como sempre.

— Cara condessa Jeanne, quantos favores devemos a ela.

A cada remada, a torre de Nesle tornava-se mais próxima, alta massa escura erguida contra um céu escuro.

— Gautier — retomou o primeiro passageiro, pousando a mão sobre o braço de seu vizinho —, estou feliz esta noite. E tu?

— Eu também, Felipe, sinto-me bem à vontade.

Assim falavam os dois irmãos d'Aunay, ao se dirigirem para o encontro marcado com Branca e Margarida, que tinham querido vê-los tão logo souberam que seus esposos estariam ausentes durante a noite. E fora a condessa de Poitiers, prestativa, mais uma vez, para resolver os problemas amorosos alheios, que se encarregara de dar o recado aos dois jovens para que viessem.

Felipe d'Aunay sentia dificuldade em conter sua alegria. Todos os seus temores da manhã tinham se apagado, todas as suspeitas pareciam agora vãs. Margarida o chamara; Margarida o esperava; em alguns momentos ele a teria em seus braços e jurava ser o mais terno amante, o mais alegre, o mais ardente que se pode encontrar.

A barca encostou numa rampa sobre a qual se prolongavam as fundações da torre. A última cheia do rio tinha deixado no local uma camada de lodo.

O barqueiro estendeu os braços aos dois jovens para ajudá-los a descer.

— Então, homem, está combinado — disse-lhe Gautier d'Aunay —, tu nos esperas sem distanciar-te e sem seres visto.

— A vida inteira, se quiserdes, meu jovem senhor, a partir do momento em que me pagais para isso — respondeu o barqueiro.

— A metade da noite será suficiente — disse Gautier.

Ele lhe deu um tostão de prata, doze vezes mais do que o preço da corrida, e prometeu-lhe mais essa quantia quando retornasse. O barqueiro desmanchou-se em saudações.

Prestando atenção para não escorregar nem enlamear-se, os dois irmãos ganharam em alguns passos uma galeria subterrânea, onde bateram reproduzindo um sinal anteriormente combinado. A porta entreabriu-se. Uma camareira que segurava um candeeiro deu-lhes passagem e, após ter trancado novamente a porta, conduziu-os por uma escada em caracol.

O grande aposento redondo em que ela os introduziu estava iluminado apenas por alguns clarões do fogo que ardia na lareira. E esses clarões iam perder-se no alto da ogiva de um teto de abóbadas.

Aqui, como nos aposentos de Margarida, pairava um perfume de essência de jasmim; tudo estava impregnado dele, os estofados com aplicações de ouro recostados contra a muralha, os tapetes, as peliças de felinos espalhadas abundantemente sobre os leitos baixos, à moda oriental.

As princesas não estavam lá. A camareira saiu dizendo que ia adverti-las.

Os dois jovens, tendo tirado seus mantos, aproximaram-se da lareira e estenderam maquinalmente as mãos em direção às chamas.

Gautier d'Aunay era mais jovem que seu irmão Felipe cerca de vinte meses e parecia-se muito com ele, mas era mais baixo, mais sólido, mais louro. Tinha o pescoço largo, as maçãs do rosto rosadas e levava a vida divertidamente. Não parecia, como Felipe, alternativamente arrasado ou exaltado pela paixão. Era casado, e bem casado, com uma Montmorency, de quem já tinha três crianças.

— Eu continuo me perguntando — disse ele esquentando as mãos — por que Branca me escolheu para seu amante, e até mesmo por que ela tem um amante. Da parte de Margarida, isso se explica facilmente. Basta ver o Cabeçudo, com seu olhar sempre baixo, seu peito oco, e depois compará-lo com você, para compreender imediatamente por que ela o trai. E depois, tem tudo o mais, como sabemos...

Aludia, com isso, a segredos de alcova, à falta de vigor amoroso do jovem rei de Navarra e à discórdia surda que existia entre os dois cônjuges.

— Mas, quanto a Branca, eu realmente não compreendo — continuou Gautier d'Aunay. — Seu marido é belo, bem mais do que eu... Mas não estou protestando, meu irmão. Carlos é mais belo, tem a aparência do rei Felipe. Branca é amada por ele, e penso, apesar de tudo que me diz, que também o ama. Então, por quê? Saboreio minha sorte, mas não compreendo a razão dela. Seria simplesmente por que Branca quer imitar em tudo sua prima?

Ouviram-se leves ruídos de passos e de cochichos na galeria que ligava a torre ao palacete, e as duas princesas apareceram.

Felipe lançou-se em direção de Margarida, mas deteve de repente seu ímpeto. Na cintura de sua amante, percebera a algibeira que tanto o irritara naquela manhã.

— Mas o que tens, meu belo Felipe? — perguntou Margarida, estendendo os braços e oferecendo sua boca. — Não estás feliz?

— Estou, minha senhora — respondeu ele friamente.

— Mas o que há, então? O que te atormenta agora?

— Seria para... zombar de mim? — disse Felipe, apontando para a algibeira.

Ela caiu numa gargalhada quente.

— Como és tolo, como és ciumento, como me agradas! Pois ainda não entendeste que faço isso para brincar? Mas dou-te esta bolsa, se isso pode te acalmar.

Ela desenlaçou prontamente a algibeira de sua cintura. Felipe fez um gesto como quem ia protestar.

— Ora pois este louco — continuou ela —, este louco que se aflige sem motivo algum.

E, engrossando a voz, divertiu-se em imitar a ira de Felipe.

— Um homem! Que homem é este? Eu quero saber! É Robert d'Artois... é o senhor de Fiennes...

E de novo um maravilhoso riso cascateou em sua garganta.

— Foi uma parente que me enviou este presente, meu caro senhor sombrio, posto que queres mesmo saber — retomou ela. — E Branca recebeu o mesmo, e Jeanne também. Se fosse um presente de amor, crês que eu pensaria em oferecer-te, por minha vez? Pois agora é um presente de amor, para ti.

Ao mesmo tempo confuso e satisfeito, Felipe d'Aunay admirava a algibeira que Margarida colocara quase à força em sua mão.

Virando-se para sua prima, ela acrescentou:

— Branca, mostra tua algibeira a Felipe. Eu lhe dei a minha.

E ela murmurou no ouvido de Felipe:

— Aposto que logo, logo teu irmão terá recebido o mesmo presente.

Branca estava recostada a um dos leitos baixos; Gautier, ajoelhado junto dela, cobria-a de beijos, do pescoço até as mãos. Erguendo um pouco o corpo, ela perguntou, com a voz transformada pela espera do prazer:

— Mas não é imprudente, Margarida, o que estás fazendo?

— Ninguém sabe, e nós ainda não as usamos. Bastará advertir Jeanne. E depois, o dom de uma algibeira não é a melhor maneira de agradecer a esses fidalgos pelos serviços que eles nos prestam?

— Então — exclamou Branca —, se é assim, não quero que meu belo amante seja menos amado e menos presenteado que o teu!

E desenlaçou sua algibeira, que Gautier aceitou sem maiores cerimônias, já que seu irmão fizera o mesmo.

Margarida olhou para Felipe com uma expressão que significava: "Eu não disse?"

Felipe sorriu. Jamais poderia adivinhá-la, nem explicá-la. Seria esta a mesma mulher que, na manhã daquele mesmo dia, cruel, vaidosa, pérfida, tinha se obstinado a provocar seu ciúme e que, agora, oferecia-lhe um presente de vinte libras e jogava-se em seus braços, submissa, terna, quase trêmula?

— Se eu te amo tanto assim — murmurou ele —, acho que é mesmo porque eu seria incapaz de te compreender.

Nenhum galanteio poderia ser mais tocante para Margarida. Ela agradeceu a Felipe mergulhando os lábios em seu pescoço. Depois, separando-se dele, e com os ouvidos repentinamente atentos, exclamou:

— Estais ouvindo? Os Templários... Estão sendo levados para a fogueira.

Com o olhar brilhante, o semblante animado por uma curiosidade perturbadora, ela arrastou Felipe para a janela, para a alta seteira talhada em viés na espessa muralha, e abriu um estreito vitral.

O alto rumor da multidão penetrou o aposento.

— Branca, Gautier, olhai! — disse Margarida.

Mas Branca respondeu com um gemido feliz:

— Ah, não, eu não quero sair daqui; estou muito bem onde estou.

Entre as duas princesas e seus amantes, todo e qualquer pudor havia muito fora abolido, e eles estavam acostumados a entregar-se, uns diante dos outros, a todos os jogos da paixão. Branca às vezes ainda desviava os olhos e refugiava sua nudez nos cantos mal iluminados, ao passo que Margarida experimentava um aumento do prazer contemplando os amores alheios, bem como oferecendo-se aos olhares dos outros.

Mas naquele momento, colada à janela, ela estava entregue ao espetáculo que se desenrolava no meio do Sena. Lá, na ilha dos Judeus, cem arqueiros dispostos em círculo suspendiam suas tochas acesas; e as chamas de todas essas tochas, vacilando ao vento, formavam uma gruta de claridade em que se via nitidamente a imensa montanha de lenha e os ajudantes dos algozes que escalavam as pilhas de madeira. Aquém dos arqueiros, a ilhota, simples prado para onde normalmente levavam-se vacas e cabras para pastar, estava coberta por uma multidão apressada; um amontoado de barcas repletas de pessoas que queriam assistir ao suplício desfilava pelo rio.

Partindo da margem direita, uma barca mais pesada que as outras e cheia de homens armados que se mantinham de pé veio acostar na ilhota. Duas altas silhuetas cinzentas, usando estranhos chapéus, desceram dela. As silhuetas carregavam uma cruz. Então o rumor da multidão aumentou e transformou-se em clamor.

Quase ao mesmo tempo, uma galeria iluminou-se numa torre — a chamada torre da Água — construída na extremidade do jardim do palácio. Logo se viram sombras movendo-se na galeria. O rei e seu Conselho acabavam de instalar-se nela.

Margarida morreu de rir, e seu riso era modulado, em cascata, e não parava mais.

— Por que ris? — perguntou Felipe.

— Porque Luís está lá — respondeu ela — e, se estivesse de dia, ele poderia me ver.

Seus olhos brilhavam; seus cachos escuros dançavam sobre a fronte arredondada. Com um movimento rápido, ela fez surgir do vestido seus belos ombros ambarinos e deixou cair por terra suas roupas como se tivesse querido, através da distância e da noite, zombar do marido que ela detestava. Puxou em direção de suas ancas as mãos de Felipe.

No fundo da sala, Branca e Gautier estavam recostados um perto do outro, num enlace indistinto, e sobre o corpo de Branca viam-se reflexos de nácar.

Lá em meio ao rio, o clamor aumentava. Os Templários estavam sendo amarrados sobre a montanha de lenha na qual, logo após, o fogo seria ateado.

Margarida estremeceu sob o ar noturno e aproximou-se da lareira. Permaneceu por um momento olhando fixamente as chamas, expondo-se ao ardor das brasas até que as carícias do calor se tornassem insuportáveis. As chamas cobriam sua pele de luzes dançantes.

— Eles vão ser queimados, vão ser assados — disse ela com uma voz sôfrega e rouca — e nós... enquanto isso...

Seus olhos buscavam no coração das brasas imagens infernais que viessem alimentar seu prazer.

Virou-se bruscamente, encarando Felipe, e ofereceu-se a ele, de pé, como as ninfas da lenda ofereciam-se ao desejo dos faunos.

A sombra de ambos projetava-se contra as paredes, imensa, prolongando-se até o teto.

VIII
"Eu vos convoco ao tribunal de Deus..."

O JARDIM DO PALÁCIO SEPARAVA-SE DA ilha dos Judeus por um estreito braço de rio.[13] O monte de lenha fora erguido de forma a poder ser avistado a partir da galeria real da torre da Água.

Os curiosos não paravam de chegar, descendo dos dois lados das margens lamacentas do Sena, e a própria ilhota ia desaparecendo com o afluxo da multidão. Os barqueiros, naquela noite, faziam fortuna.

Mas os arqueiros estavam muito bem alinhados; os sargentos, disseminados em meio à multidão; piquetes de homens armados tinham tomado lugar sob as pontes e junto às saídas de todas as ruas que conduziam às margens.

— Marigny, podeis cumprimentar o preboste — disse o rei a seu coadjutor.

Durante a manhã teria sido possível temer que a agitação se transformasse em revolta, mas agora ela acabava em festa popular, em júbilo de festival, em divertimento trágico oferecido pelo rei a sua capital. Reinava uma atmosfera de quermesse. Bandidos misturavam-se aos burgueses que tinham vindo em família; as "moças fáceis" também acorriam, pesadamente maquiadas, das ruelas detrás de Notre-Dame, onde exerciam seu comércio. Garotos infiltravam-se por entre os pés das pessoas a fim de alcançarem as primeiras fileiras. Alguns judeus, concentrados em grupos tímidos, com a rodela amarela sobre o manto, tinham vindo assistir ao suplício que, dessa vez, não era destinado a eles mesmos. E as belas senhoras vestidas com suas peliças, em busca de emoções fortes, apertavam-se contra seus acompanhantes dando gritinhos nervosos.

O ar estava quase frio; o vento soprava em curtas rajadas. O clarão das tochas projetava sobre o rio reflexos semelhantes aos do mármore vermelho.

O senhor Alain de Pareilles, com o chapéu de ferro sobre a cabeça, a expressão aborrecida como sempre, mantinha-se a cavalo, diante de seus arqueiros.

Em volta da montanha de lenha, cuja altura ultrapassava o tamanho de um homem, os algozes e seus ajudantes, encapuzados de vermelho, apressavam-se, retificavam o alinhamento dos troncos, preparavam feixes de reserva, com a preocupação do trabalho bem-feito.

No topo do monte, o grão-mestre dos Templários e o preceptor da Normandia já estavam amarrados, lado a lado, aos esteios. Já tinha sido colocada sobre a cabeça dos dois homens a infamante mitra de papel dos hereges.

Um monge esticava em direção de seus rostos um crucifixo colocado na ponta de uma comprida lança e endereçava-lhes as últimas exortações. A multidão silenciou para escutar o monge.

— Em poucos instantes vós comparecereis diante de Deus. Ainda é tempo de confessar vossos erros e de vos arrepender... Rogo-vos, pela última vez...

Lá no alto, os condenados, imóveis entre o céu e a terra, com a barba pairando ao vento, nada responderam.

"Eles recusam-se a confessar; eles não se arrependem", murmuravam alguns dos assistentes.

O silêncio tornou-se mais denso, mais profundo. O monge tinha se ajoelhado ao pé da pira e recitava as preces em latim. O algoz-chefe tomou da mão de um de seus ajudantes o archote de estopa já aceso e girou-o diversas vezes para reanimar a chama.

Uma criança começou a chorar e ouviu-se estalar um tapa.

Alain de Pareilles virou-se para a galeria real como se solicitasse uma ordem; todos os olhares, todas as cabeças dirigiram-se para o mesmo lado. E a respiração de todos permaneceu em suspenso.

Felipe, o Belo, estava de pé junto à balaustrada, com os membros de seu Conselho alinhados de ambos os lados, todos formando sob a luz das tochas algo que se assemelhava a um baixo-relevo nos flancos da torre.

Os próprios condenados haviam erguido os olhos em direção à galeria. O olhar do rei e o do grão-mestre cruzaram-se, mediram-se, disputaram-se, retiveram-se.

Ninguém podia saber que pensamentos, que sentimentos, que lembranças passavam sob a fronte dos dois inimigos. Mas a multidão percebeu instintivamente que algo de grandioso, de terrível, de sobre-humano estava ocorrendo durante o enfrentamento mudo entre esses dois príncipes terrenos, um deles todo-poderoso e o outro, que também o fora.

Concordaria finalmente em humilhar-se e rogar por piedade o grão-mestre do Templo? E o rei Felipe, o Belo? Perdoaria, num gesto derradeiro de clemência, os condenados?

O rei fez um gesto com a mão e um anel faiscou num de seus dedos. Alain de Pareilles repetiu o gesto na direção do algoz e este enfiou o archote de estopa nos feixes. Um imenso suspiro escapou de milhares de peitos, suspiro de alívio e de horror, de turva alegria e de pavor, de angústia, de repulsa e de prazer misturados.

Diversas mulheres gritaram. Crianças esconderam a cabeça nos ombros dos pais. Uma voz de homem gritou:

— Bem que eu te disse para não vires!

A fumaça começou a subir em espirais espessas e uma rajada de vento levava-a em direção à galeria.

O senhor de Valois tossiu, com a maior ostentação de que foi capaz. Recuou para junto de Guilherme de Nogaret e Marigny e disse:

— Se isso continuar, seremos asfixiados antes que vossos Templários sejam queimados. Vós deveríeis, ao menos, ter providenciado madeira seca.

Ninguém respondeu ao comentário. Nogaret, com os músculos tensos, os olhos ardentes, saboreava rudemente seu triunfo. Essa fogueira era a conclusão de sete anos de lutas, de viagens esgotantes, de milhares de palavras ditas para convencer, milhares de páginas ditas para dar provas. "Assem, queimem", pensava ele. "Vós me destes problemas suficientes. Mas eu tinha razão, e estais vencidos."

Enguerrand de Marigny, imitando a atitude do rei, forçava-se a permanecer impassível e a considerar esse suplício como uma necessidade do poder. "Era preciso, era preciso", repetia a si mesmo. Mas, ao ver morrer esses homens, ele não podia evitar de pensar na morte, em *sua* morte. Os dois condenados deixavam enfim de ser abstrações políticas.

Hugues de Bouville orava sem chamar a atenção.

O vento mudou de direção, e a fumaça, a cada segundo mais espessa e quente, envolveu os condenados, ocultando-os, quase, da multidão. Ouviu-se os dois homens tossindo e soluçando contra os esteios.

Luís de Navarra pôs-se a rir tolamente, esfregando os olhos avermelhados.

Seu irmão Carlos, filho mais jovem do rei, desviava o olhar. O espetáculo, visivelmente, era insuportável para ele. Carlos tinha 20 anos. Era esguio, louro e róseo, e os que haviam conhecido seu pai na juventude diziam que eles se pareciam de maneira impressionante, mas o filho era menos vigoroso, menos imponente também, como se fosse a cópia enfraquecida de um grande modelo. A aparência estava lá, mas faltava a têmpera, bem como os dons do espírito.

— Acabo de ver luzes que se acendem em tua casa, na torre de Nesle — disse ele a Luís, a meia-voz.

— São sem dúvida os guardiães, que também querem se deleitar com os olhos.

— Pois eu lhes cederia de bom grado meu lugar — murmurou Carlos.

— O quê? Pois tu não te divertes vendo assar o padrinho de Izabel? — disse Luís de Navarra.

— É verdade... o senhor Jacques foi padrinho de nossa irmã... — murmurou Carlos.

— Cala-te, Luís — ordenou o rei.

Para dissipar o mal-estar que se apoderava dele, o jovem príncipe Carlos esforçou-se por ocupar seu pensamento com um objeto tranquilizador. Ele pôs-se a pensar em sua mulher, Branca, a representar para si mesmo o maravilhoso sorriso de Branca, os leves braços de Branca entre os quais, agora mesmo, ele ia tentar esquecer aquela atroz visão. Mas não pôde evitar a intrusão de uma lembrança infeliz, a lembrança das duas crianças que Branca lhe dera e que tinham morrido quase tão logo vieram ao mundo, duas criaturinhas que ele revia inertes, em seus cueiros bordados. Será que a sorte lhe concederia que Branca tivesse outros filhos e que eles sobrevivessem?

Os urros da multidão fizeram com que ele tivesse um sobressalto. As chamas acabavam de jorrar, enfim, da pira. Sob a ordem de Alain de Pareilles, os arqueiros apagaram suas tochas na relva e com isso a noite pareceu ainda mais iluminada pelo braseiro.

O preceptor da Normandia foi o primeiro a ser atingido. Ele fez um patético movimento de recuo quando o fogo correu em sua direção, e seus lábios abriram-se amplamente, como se buscasse em vão por um ar que fugia dele. Seu corpo, apesar da corda, dobrou-se quase em dois; sua mitra de papel caiu e num instante consumiu-se. O fogo girava em volta dele. Depois, uma onda de fumaça envolveu-o. Quando ela se dissipou, Geoffroy de Charnay estava em chamas, urrando e ofegando, e tentando safar-se do esteio, cuja base tremia. O grão-mestre inclinava o rosto na direção de seu companheiro e falava com ele; mas a multidão rugia agora tão fortemente a fim de superar o horror, que nada se pôde ouvir além da palavra "irmão", pronunciada por duas vezes.

Os ajudantes dos algozes corriam dando encontrões, tirando mais lenha da reserva e atiçando o fogo com seus compridos garfos de ferro.

Luís de Navarra, cujo pensamento dava voltas bem lentas, perguntou a seu irmão:

— Tens certeza de teres visto luzes na torre de Nesle? Eu não vejo nada.

E, por um breve instante, uma preocupação pareceu invadi-lo.

Enguerrand de Marigny pusera as mãos sobre os olhos, como para proteger-se do brilho das chamas.

— Bela imagem do inferno vós nos dais aqui, senhor de Nogaret! — disse o conde de Valois. — É em vossa futura vida que estais pensando?

Guilherme de Nogaret não respondeu.

Geoffroy de Charnay não passava agora de um objeto que pretejava, crepitava, inchava-se de bolhas, desmoronava lentamente nas cinzas, tornava-se cinzas.

Algumas mulheres desmaiaram. Outras aproximavam-se da margem do rio, depressa, para vomitar na água, quase que sob o nariz do rei. A multidão, de tanto ter urrado, acabara se acalmando, e alguns começavam a gritar que um milagre estava acontecendo, porque o vento, obstinando-se a soprar na mesma direção, deitava as chamas diante do grão-mestre, sendo que este ainda não fora atingido. Como era possível que ele aguentasse por tanto tempo? A pira, de seu lado, parecia intacta.

Depois, repentinamente, ocorreu um desmoronamento do braseiro e, reavivadas, as chamas estouraram diante do condenado.

— Pronto, ele também! — exclamou Luís de Navarra.

Os enormes olhos frios de Felipe, o Belo, não piscaram, nem sequer nesse momento.

E, de repente, a voz do grão-mestre elevou-se através da cortina de fogo e, como se se endereçasse a cada um, atingiu-os em pleno rosto. Com uma força impressionante, tal como ele fizera diante de Notre-Dame, Jacques de Molay gritava:

— Vergonha! Vergonha! Vós vedes morrer inocentes. A vergonha cairá sobre vós! Deus vos julgará!

A chama flagelou-o, queimou sua barba, calcinou em um segundo sua mitra de papel e iluminou seus cabelos brancos.

A multidão aterrorizada calou-se. Dir-se-ia que se queimava um profeta louco.

Desse rosto em fogo ecoou uma voz amedrontadora:

— Papa Clemente!... Cavaleiro Guilherme!... Rei Felipe!... Antes que se passe um ano eu vos convoco ao tribunal de Deus para nele receberdes o justo castigo! Amaldiçoados! Amaldiçoados! Que sejam todos amaldiçoados até a décima terceira geração de vossas raças!

As chamas entraram pela boca do grão-mestre e afogaram seu último grito. Depois, durante um tempo que lhe pareceu interminável, ele lutou contra a morte.

Finalmente se entregou. A corda rompeu-se. Desmoronou na fogueira e viu-se apenas sua mão, que permanecia erguida entre as chamas. Ela continuou assim até escurecer completamente.

A multidão permanecia lá e era toda murmúrios, espera irracional, consternação, angústia. Todo o peso da noite e do horror caíra sobre ela; os últimos estalos das brasas faziam-na estremecer. As trevas avançavam sobre as luzes declinantes da pira.

Os arqueiros quiseram empurrar as pessoas; que, no entanto, não queriam partir. Cochichavam:

— Não somos nós os amaldiçoados pelo grão-mestre. É o rei, não é? É o papa, é Nogaret...

Os olhares levantavam-se em direção à galeria real. O rei continuava apoiado à balaustrada. Olhava a mão escurecida do grão-mestre plantada nas cinzas vermelhas. Uma mão queimada; tudo o que restava da ilustre Ordem dos Cavaleiros do Templo. Mas essa mão estava imobilizada no gesto do anátema.

— Pois bem, meu irmão — disse o senhor de Valois, com um sorriso ruim. — Estais contente agora, não?

Felipe, o Belo, voltou-se para ele.

— Não, meu irmão — disse ele com um sorriso pérfido —, de forma alguma. Cometi um erro.

Valois empertigou-se, pronto para triunfar.

— Admitis, realmente?

— Sim, meu irmão — disse o rei. — Eu deveria ter ordenado que suas línguas fossem arrancadas antes de serem queimados.

Seguido por Nogaret, Marigny e Bouville, ele desceu a escadaria da torre, a fim de voltar aos seus aposentos.

Agora a pira estava cinza, com algumas estrelas de fogo que saltavam ainda rapidamente. A galeria estava repleta de um odor amargo de carne queimada.

— Isso fede — disse Luís de Navarra. — Realmente acho que isso fede demais. Vamos embora.

O jovem príncipe Carlos perguntava-se se chegaria a esquecer aquilo tudo, mesmo nos braços de Branca.

IX
Os larápios

INDECISOS, OS IRMÃOS D'AUNAY, QUE acabavam de sair da torre de Nesle, tinham escorregado no lodo e perscrutavam a escuridão.

O barqueiro desaparecera.

— Bem que eu sabia. Esse barqueiro não me agradava nem um pouco — disse Felipe. — Devíamos ter desconfiado.

— Eu lhe dei dinheiro demais — respondeu Gautier. — O espertalhão sem dúvida considerou que seu dia estava ganho e foi assistir ao suplício.

— Se for só isso, tanto melhor.

— O que queres dizer?

— Não sei... Esse homem veio nos propor de fazer a travessia, choramingando e dizendo que não tinha ganhado nada durante todo o dia. Dissemos a ele que esperasse e ganharia mais, e ele vai embora...

— Mas o que querias fazer? Não tínhamos escolha, o barqueiro estava sozinho.

— Exatamente — disse Felipe. — Além de tudo, fazia perguntas demais.

Ele aprumou os ouvidos, espreitando o barulho de remadas; mas tudo que se ouvia era o movimento das águas do rio e o rumor disperso das pessoas que voltavam para suas casas. Ao longe, na ilha dos Judeus, que a partir do dia seguinte começaria a ser chamada de ilha dos Templários, tudo estava apagado. Um odor de fumaça misturava-se ao odor desagradável do Sena.

— Só nos resta voltar para casa a pé — disse Gautier. — Vamos ficar enlameados até as coxas. Mas, pensando bem, isso não passa de um pequeno mal para tão grande prazer.

Avançaram ao longo do fosso da torre de Nesle, de braços dados para tentar não escorregar.

— Eu me pergunto de quem elas as receberam... — disse Felipe de repente.

— O quê?

— As algibeiras.

— Mas ainda estás pensando nisso? — perguntou Gautier. — Quanto a mim, confesso-te que pouco me importa. Que importância tem a proveniência quando o dom é prazenteiro?

Ao mesmo tempo, ele alisava a algibeira pendurada em sua cintura e sentia sob os dedos o relevo das pedras preciosas.

— Uma parente... Só pode ser alguém da corte — continuou Felipe. — Margarida e Branca não correriam o risco de que alguém reconheça essas bolsas que usamos. A menos... a menos que tenham fingido que as ganharam, quando na verdade elas mesmas é que as compraram.

Agora ele estava disposto a atribuir a Margarida todas as delicadezas de espírito.

— O que tu preferes: saber ou ter? — disse Gautier.

Nesse momento alguém assobiou, não longe deles. Eles se sobressaltaram e, ambos com o mesmo movimento, seguraram suas adagas. Um encontro numa hora daquelas, naquele lugar, só podia ser um mau encontro.

— Quem está aí? — disse Gautier.

Ouviram um outro assobio e nem tiveram tempo de tentar alguma reação.

Seis homens, saídos da noite, jogaram-se sobre eles. Três dos assaltantes, atacando Felipe, empurraram-no contra o muro, segurando-lhe os braços, de forma a impedi-lo de utilizar sua arma. Os três outros atacaram Gautier, mas com menos sucesso. Este jogara por terra um de seus agressores ou, mais exatamente, um dos agressores caíra ao esquivar-se de um golpe da adaga. Mas os dois outros, segurando-o pela cintura, torciam seu punho para fazer com que soltasse a arma.

Felipe sentiu que tentavam roubar sua algibeira.

Impossível pedir socorro. Este só poderia vir do palacete de Nesle. Os dois irmãos tiveram o mesmo reflexo e calaram-se. Seria preciso safar-se da situação por seus próprios meios, ou então... nada.

Escorando-se ao muro, Felipe debatia-se furiosamente. Ele não queria que lhe tirassem a algibeira. Esse objeto tornara-se, de repente, aquilo que ele possuía de mais precioso no universo e estava decidido a qualquer coisa para salvá-lo. Gautier estava mais inclinado a negociar. Que os roubassem, mas que não lhes tirassem a vida. Pois era bem possível que, depois de serem depenados, ainda fossem mortos e seus cadáveres jogados no Sena.

Nesse instante uma nova sombra irrompeu da noite. Um dos agressores gritou:

— Cuidado, camaradas! Cuidado!

O recém-chegado entrara na confusão e todos viram brilhar a lâmina de uma espada curta.

— Ah, seus velhacos! Patifes! Imbecis! — exclamou ele com uma voz poderosa, distribuindo golpes para todos os lados.

Os ladrões distanciaram-se como moscas tocadas com as mãos. Como um dos larápios passasse ao alcance dele, ele agarrou-o pelo colo e o jogou contra o muro. Todo o bando escapuliu sem mais tardar e o barulho de uma correria precipitada foi diminuindo ao longo do fosso. Depois veio o silêncio.

Felipe d'Aunay, sôfrego, avançou em direção ao seu irmão.

— Estás ferido? — perguntou.

— Não — disse Gautier, tão sôfrego quanto ele e esfregando a mão num de seus ombros. — E tu?

— Também não. Mas é milagre que tenhamos nos safado.

Juntos, eles se voltaram para seu salvador, que avançava na direção deles, recolocando na bainha a espada. Ele era grande, largo, poderoso; um sopro brutal escapava de suas narinas.

— Pois muito bem, senhor, nós vos devemos grandes favores — gritou Gautier. — Sem a vossa ajuda, não teríamos tardado a boiar na água com a barriga para cima. A quem temos a honra...

O homem ria, com um riso amplo e forte, um pouco forçado. O vento arrastava as nuvens e as desfiava diante da lua. Os dois irmãos reconheceram o conde Robert d'Artois.

— Por Deus, pois então sois vós, senhor! — exclamou Felipe.

— Com os diabos, meus donzéis — respondeu o homem —, também vos reconheço! Os irmãos d'Aunay! — exclamou. — Os mais formosos jovens da corte. Com os diabos... realmente não esperava por essa... Eu passava por aqui, quando ouvi o barulho; disse a mim mesmo: "Algum pacífico burguês deve estar sendo roubado." É verdade que Paris está infestada de salteadores e que esse tal de Ployebouche, o preboste... ele devia mesmo chamar é... Ployebosta... está mais interessado em puxar o saco de Marigny do que em sanear a cidade.

— Senhor d'Artois, nós não sabemos como agradecer por tão preciosa ajuda...

— Coisa de nada! — disse Robert d'Artois batendo com sua mão pesada no ombro de Felipe, que cambaleou. — Um prazer para mim.

É coisa natural para qualquer fidalgo socorrer aqueles que são atacados. Mas a satisfação é dupla quando se trata de gente conhecida, e fico vaidoso por ter conservado em vida, para meus primos Valois e Poitiers, seus melhores escudeiros. Só lamento que estivesse tão escuro. Ah... se a lua estivesse mais clara, eu realmente teria dado uma boa lição naqueles ladrões de bolsa. Não ousei espetar para valer, de medo de vos atingir... Mas dizei-me, meus donzéis, o que fazíeis neste lamacento recanto?

— Nós... nós estávamos passeando — disse Felipe d'Aunay, nem um pouco à vontade.

O gigante caiu numa gargalhada.

— Passeando! Um belo recanto e uma bela hora para passear! Estáveis passeando... enfiados na lama até as nádegas. Boa tirada! E ainda querem que eu acredite! Ah, a juventude! — disse ele jovialmente, esmagando outra vez o ombro de Felipe. — Sempre em busca de amor e com os cueiros pegando fogo! Como é bom ter a vossa idade.

De repente ele percebeu as algibeiras, que cintilavam.

— Ora bolas! — exclamou. — Com os cueiros em fogo, mas revestidos de uma bela decoração! Belo ornamento, meus donzéis, belo ornamento.

Ele examinava a algibeira de Gautier.

— Trabalho hábil... Matéria preciosa... E tilintando de nova... Não é com pagas de escudeiro que se pode comprar tais artigos. Os larápios não teriam feito mau negócio.

Ele se agitava, gesticulava, todo arruivado pela meia-luz, enorme, licencioso e turbulento. Começava a irritar seriamente os nervos dos dois irmãos. Mas como dizer àquele que acaba de lhes salvar a vida que ele não devia dar palpites onde não fora chamado?

— O amor recompensa, meus queridos — continuou d'Artois, ao mesmo tempo que andava em meio aos dois. — Sem dúvida vossas amantes são damas de elevadíssima classe e generosíssimas. Os jovens d'Aunay! Quem teria imaginado!

— O senhor se engana — disse Gautier com grande frieza. — Essas algibeiras nos vêm de família.

— Ah, então é isso, eu tinha certeza — disse ele. — De uma família que a gente visita por volta da meia-noite, sob as muralhas da torre de Nesle!... Bom... não diremos nada a ninguém. Pela honra de vossas belas. Eu vos aprovo, meus queridos. Deve-se preservar o nome das damas que se comem! Que Deus vos guarde, meus donzéis. E tratais de não sair mais de noite com todas essas joias.

Ele caiu numa nova gargalhada, empurrou um dos irmãos contra o outro como para fazer com que se abraçassem e depois os deixou lá, inquietos, contrariados, sem lhes dar o tempo necessário para que renovassem os agradecimentos. Atravessou a pequena ponte que se sobrepunha ao fosso e distanciou-se campo afora, em direção de Saint-Germain-de-Prés. Os irmãos d'Aunay subiram para o lado da porta de Buci.

— Tomara que ele não saia contando para a corte inteira onde nos encontrou — disse Felipe. — Crês que ele é capaz de manter fechada sua enorme boca?

— Creio que sim — disse Gautier. — Não é um mau-caráter. Sem sua enorme boca, como dizes, e seus enormes braços, não estaríamos aqui agora. Não devemos nos mostrar ingratos, pelo menos por enquanto.

— Aliás, poderíamos ter-lhe perguntado também o que ele fazia por aqui.

— Aposto que estava em busca de vagabundas! E agora deve estar a caminho de algum bordel — disse Felipe.

Ele estava enganado. Robert d'Artois havia apenas dado uma volta pelos lados do Pré-aux-Clercs. Depois de alguns instantes, voltou para a margem próxima da torre de Nesle. Então assobiou, exatamente o mesmo assobio que precedera o ataque aos irmãos.

E seis sombras, como anteriormente, destacaram-se da escuridão, e mais uma sétima, que se levantou de um barco. Mas as sombras, dessa vez, mantiveram-se em respeitosa atitude.

— Muito bem, vocês fizeram um bom trabalho e tudo correu como eu queria. Toma, Carl-Hans! — acrescentou ele, chamando o chefe dos malandros. — Divide isso entre todos.

E jogou-lhe uma bolsa.

— Vós me destes um belo golpe no ombro, senhor — disse o larápio.

— Ha! Fazia parte do trato — respondeu d'Artois, rindo. — Desaparecei, agora. Se precisar novamente, mando avisar.

Depois subiu na barca amarrada junto a um canto do fosso e a embarcação afundou com seu peso. O homem que se pôs a remar era o mesmo que atravessara os irmãos d'Aunay.

— Estais satisfeito, senhor? — perguntou ele.

Perdera completamente o tom de choramingas, parecia rejuvenescido de dez anos e não escondia seu vigor.

— Inteiramente, meu bravo Lormet! Tu lhes pregaste uma ótima peça! — disse o gigante. — E agora eu sei o que queria saber.

Recostou-se, esticou as pernas monumentais e pendurou sobre a água sua manzorras.

Segunda Parte

AS PRINCESAS ADÚLTERAS

I
O banco Tolomei

O SENHOR SPINELLO TOLOMEI ASSUMIU ARES pensativos e depois, baixando a voz como se temesse ser escutado por trás das portas, disse:

— Duas mil libras adiantadas? É uma soma que convém, senhor?

Seu olho esquerdo estava fechado; o direito brilhava, inocente e tranquilo.

Mesmo tendo se instalado na França havia longos anos, jamais conseguira perder seu sotaque italiano. Era um homem gordo, de queixo duplo, de tez morena. Seus cabelos embranquecidos, cuidadosamente cortados, caíam sobre o colarinho da capa de lã bordada com tiras de peliça, que se esticava na altura da cintura devido a seu ventre em forma de pera. Quando falava, levantava as mãos gordas e pontudas, e esfregava-as vagarosamente uma na outra. Seus inimigos asseguravam que seu olho aberto era o olho da mentira, e que mantinha fechado o olho da verdade.

Esse banqueiro, um dos mais poderosos de Paris, tinha modos de bispo. Ao menos nesse instante preciso, em que ele se endereçava a um prelado.

O prelado era Jean de Marigny, homem jovem e magro, elegante, aquele mesmo que, na véspera, no tribunal episcopal, diante do portal de Notre-Dame, tinha se sobressaído por sua postura enlanguescida e antes de reagir tão violentamente contra o grão-mestre. Arcebispo de Sens, cidade da qual dependia a diocese de Paris, e irmão de Enguerrand de Marigny, ele se mantinha minuciosamente informado dos negócios do reino.[14]

— Duas mil libras? — perguntou.

Ele fingiu desamassar sobre os joelhos o precioso tecido de seu hábito roxo, querendo esconder a feliz surpresa que lhe causava a cifra anunciada pelo banqueiro.

— Asseguro que é uma quantia que me convém perfeitamente — disse ele, afetando ares de desapego. — Então eu gostaria que acertássemos o mais depressa possível.

O banqueiro o espreitava tal como um gato faz com um belo pássaro.

— Mas podemos acertar tudo aqui mesmo — respondeu. — Muito bem — disse o jovem arcebispo. — E quando quereis que vos sejam trazidos os...

Ele interrompeu-se, pois acreditava ter ouvido ruídos detrás da porta. Mas não. Tudo estava tranquilo. Percebiam-se somente os rumores costumeiros da manhã na rua dos Lombardos, os gritos dos afiadores de lâminas, dos vendedores de água, de ervas, de cebola, de agrião selvagem, de queijo branco e de lenha. "Olha o leite, ó comadres, olha o leite! Cá comigo o bom queijo de Champagne!... Olha o carvão! Um saco por um tostão!..." Pelas janelas de três ogivas, feitas segundo a moda da cidade de Siena, a luz vinha iluminar suavemente as ricas tapeçarias, os aparadores de carvalho, o grande baú de ferro emoldurado.

— Os... artigos? — disse Tolomei, finalizando a frase do arcebispo. — Como vos for conveniente, senhor, como vos for conveniente.

Ele abriu o baú e dele tirou duas bolsas que colocou sobre uma escrivaninha abarrotada de plumas de ganso, de pergaminhos, de tabuinhas de contar e de estiletes.

— Mil em cada uma — disse ele. — Pegai-as desde já, se quiserdes. Elas estavam preparadas para Vossa Excelência. Tende a gentileza de assinar este recibo...

E ele estendeu a Jean de Marigny uma folha e uma pluma de ganso.

— De bom grado — disse o arcebispo, tomando a pluma sem tirar as luvas.

Mas, quando ia assinar, teve um movimento de hesitação. Na folha estavam enumerados os "artigos" que deveria entregar a Tolomei para que este os negociasse: material de igreja, cibórios de ouro, crucifixos preciosos, armas raras, todas essas coisas provenientes dos bens apreendidos fazia tempos nas comendadorias dos Templários e guardadas na arquidiocese. Ora, tais bens deveriam caber em parte ao Tesouro real, em parte à Ordem dos Hospitaleiros. Tratava-se, pois, de uma malversação que cometia o jovem prelado. Assinar essa lista bem agora, quando o grão-mestre mal acabara de ser queimado...

— Eu preferiria... — disse ele.

— Que os artigos não sejam vendidos aqui na França? — disse Tolomei. — Mas isso é evidente, senhor. *Non sono pazzo*, como se diz em meu país, isto é, não sou louco.

— Eu queria dizer... este recibo...

— Ninguém, além de mim, jamais tomará conhecimento dele. Isso interessa tanto a mim quanto a vós. Nós, os banqueiros, somos um pouco como os padres, senhor. Vós confessais as almas, nós confessamos as bolsas, e por isso somos comprometidos com o segredo. E mesmo sabendo que tais fundos servirão apenas para alimentar vossa inesgotável caridade, não direi nenhuma palavra a ninguém. É apenas para a eventualidade em que nos venha a acontecer alguma desgraça, a um ou outro... mas Deus nos livre e guarde. Ele fez o sinal-da-cruz e depois, rapidamente, por detrás da mesa, cruzou os dedos da mão esquerda.

— Será que são muito pesadas? — continuou, designando as bolsas, como se para ele a discussão estivesse encerrada.

— Meus criados esperam-me lá embaixo — respondeu o arcebispo.

— Então... assinai aqui, por favor — disse Tolomei, apontando com o dedo, sobre a folha, o lugar em que o arcebispo deveria assinar.

Este não podia mais recuar. Quando se é obrigado a associar-se a cúmplices, é obrigatório, também, que se confie neles.

— Aliás, senhor — continuou o banqueiro —, sabeis sem dúvida que por uma tal soma praticamente não posso ter lucros. Terei os inconvenientes e nenhum benefício. Mas quero pôr-me a vosso serviço porque sois um homem poderoso, e a amizade dos homens poderosos é mais valiosa do que o ouro.

Ele disse essas palavras com um ar bonachão, mas seu olho esquerdo permanecia fechado.

"Afinal, o que ele diz é verdade", pensou Jean de Marigny.

E assinou o recibo.

— A propósito, senhor — disse Tolomei —, sabeis dizer-me, que Deus o preserve, o que o rei achou dos cães de caça que lhe enviei ontem?

— Como? Mas então fostes vós que lhe enviastes aquele grande cão do qual ele não se separa mais e que chamou de Lombardo?

— Ele o chamou de Lombardo? Fico contente ao saber disso. Nossa Majestade, o rei Felipe, é muito espirituoso — disse Tolomei rindo. — Ontem de manhã, senhor, sabíeis que...

Ele ia contar a história, quando bateram à porta. Um escriturário apareceu, anunciando que o conde Robert d'Artois pedia para ser recebido.

— Está certo, vou vê-lo — disse Tolomei, despedindo com um gesto o escriturário.

Jean de Marigny se fechara em si mesmo.

— Eu preferiria... não o encontrar — disse ele.

— Claro, claro — respondeu o banqueiro delicadamente. — O senhor d'Artois fala demais.

Ele sacudiu um sininho. Um panô abriu-se e um jovem trajando um colete justo entrou imediatamente no aposento. Era o mesmo que, um dia antes, quase derrubara o rei de França.

— Meu sobrinho — disse a ele o banqueiro —, acompanha o monsenhor até a saída, sem passar pela galeria e cuidando para que ele não encontre ninguém. E leva isto para ele até a rua — acrescentou, dando-lhe as duas bolsas de ouro. — Até a vista, monsenhor!

O senhor Spinello Tolomei inclinou-se acentuadamente para beijar a ametista no dedo do prelado. Depois fechou novamente o pano.

Quando Jean de Marigny saiu, o banqueiro de Siena voltou à mesa, pegou o recibo assinado e dobrou-o cuidadosamente.

"*Coglione!*", murmurou. "*Vanesio, ladro, ma sopratutto coglione.*"*

Seu olho esquerdo abriu-se por um momento. Tendo trancado o documento no cofre, deixou por sua vez o aposento, a fim de acolher seu outro visitante.

Desceu até o térreo e atravessou a grande galeria, na qual a luz entrava por seis janelas e onde estavam instalados seus balcões, pois Tolomei não era apenas banqueiro, mas também importador e mercador de artigos raros, que iam desde as especiarias e os couros de Córdoba até os tecidos de Flandres, os tapetes bordados a ouro de Chipre e as essências da Arábia.

Uma dezena de vendedores ocupavam-se dos clientes que entravam e saíam sem parar; os contadores faziam seus cálculos, com o auxílio de tabuleiros especiais, em cujas casas eles empilhavam fichas de cobre; e a galeria inteira ressoava com o surdo zumbido do comércio.

---

* "Idiota! Vaidoso, ladrão, mas sobretudo idiota!"

Avançando rapidamente, o enorme italiano cumprimentava uns, retificava uma cifra, ralhava com um empregado ou fazia com que se recusasse, com um *miente* pronunciado entre os dentes, um pedido de crédito.

Robert d'Artois estava pendurado sobre um balcão de armas originárias das costas orientais do mar Mediterrâneo e examinava um pesado punhal incrustado com ouro e prata.

O gigante voltou-se com um movimento brusco quando o banqueiro pousou-lhe a mão sobre o braço e assumiu aquele ar rústico e jovial que geralmente ostentava.

— Então, senhor conde — disse-lhe Tolomei —, em que posso servir-vos?

— Tenho duas coisas a vos pedir.

— A primeira, imagino, deve ser dinheiro.

— Psst! — rugiu d'Artois. — Será que o mundo todo deve saber, usurário do inferno, que vos devo fortunas? Entremos para conversarmos à vontade.

Saíram da galeria. Uma vez em seu gabinete, no primeiro andar, e com a porta fechada, Tolomei disse:

— Senhor, se é para um novo empréstimo, temo que não seja mais possível.

— Por quê?

— Caro senhor Robert — replicou pausadamente Tolomei —, quando movestes processo contra vossa tia Mahaut, por causa da herança do condado de Artois, fui eu que paguei as contas. Vós perdestes esse processo.

— Mas eu o perdi por infâmia, vós sabeis muito bem! — exclamou d'Artois. — Eu o perdi devido às intrigas dessa cadela que é Mahaut... que ela morra! Só lhe deram o condado de Artois para que a Franche-Comté, por intermédio de sua filha, volte para a posse da Coroa. Tratações de espertalhões. Mas, diante da verdadeira justiça, eu é que deveria ser par do reino e o mais rico barão de França. E ainda serei, vós me escutais? Ainda serei, Tolomei!

E, com seu enorme punho, ele bateu na mesa.

— É o que desejo — disse Tolomei, sempre calmo. — Mas, enquanto esperamos, a realidade é que perdestes vosso processo.

Ele abandonara suas maneiras de igreja e comportava-se com d'Artois de maneira bem mais familiar do que com o arcebispo.

— Ainda assim, eu recebi a castelania de Conches e a promessa do condado de Beaumont-le-Roger, com cinco mil libras de renda — respondeu o gigante.

— Mas vosso condado continua não constituído e vós ainda não me reembolsastes nada. Ao contrário.

— Não consigo receber minhas rendas. O Tesouro me deve atrasados de diversos anos...

— Dos quais boa parte já me são devidos. Vós tivestes necessidade de dinheiro para consertar os tetos de Conches e as estrebarias...

— Tudo tinha sido queimado — disse Robert.

— Pois. Em seguida vós precisastes de dinheiro para manter vossos partidários em Artois...

— E o que poderia eu fazer sem eles? É graças a esses fiéis amigos, em Fiennes, em Souastre, em Caumont, bem como aos outros, que um dia chegarei a ganhar minha causa, nem que seja com armas em punho, se preciso for... Mas dizei-me, senhor banqueiro...

E o gigante mudou de tom, como se estivesse cansado de representar o papel de uma criancinha admoestada. Tomou o banqueiro pela capa, entre o polegar e o indicador, e começou a levantá-lo vagarosamente.

— Pois então dizei-me... vós pagastes meu processo, meus estábulos, meus partidários, está muito bem. Mas não tivestes uns lucrinhos graças a mim? Quem foi que vos anunciou há sete anos que os Templários iam cair numa verdadeira armadilha, quem foi que vos deu o conselho de pedir-lhes aqueles empréstimos que jamais tereis que reembolsar? Quem foi que vos advertiu das mudanças de moeda, o que vos permitiu aplicar todo o vosso dinheiro em mercadorias que depois foram vendidas com um ganho ainda muito maior? Quem foi mesmo?

As tradições das finanças são eternas e os altos banqueiros sempre tiveram seus informantes junto aos governos. O principal informante do senhor Spinello Tolomei era o conde Robert d'Artois, porque este era amigo e comensal do irmão do rei, Carlos de Valois, que fazia parte do Conselho restrito e lhe contava tudo.

Tolomei soltou-se dele, desamassou sua capa, sorriu e disse, com a pálpebra esquerda sempre fechada:

— Eu reconheço, senhor, eu reconheço... Vós me destes algumas vezes certas informações bem úteis. Mas...

— Mas... o quê?

— Ah... os benefícios que vós me proporcionastes estão bem longe de cobrir as somas que vos emprestei.

— É mesmo?

— É verdade, senhor — disse Tolomei com a expressão mais inocente e mais profundamente sentida.

Estava mentindo e tinha certeza de poder fazê-lo impunemente, pois Robert d'Artois era hábil na intriga, mas completamente inepto para os cálculos financeiros.

— Ah — disse este último, despeitado.

Ele coçou o rosto, balançou o queixo da direita para a esquerda.

— Mas ainda assim... Deveis estar bem contente com o que se passou na manhã de hoje com os Templários, não? — perguntou ele.

— Sim e não, senhor; sim e não. Há muito tempo que eles não mais prejudicavam nossos negócios. Contra quem vamos nos bater, agora? Contra nós mesmos, os lombardos, como se diz... O ofício de mercador de ouro não é nem um pouco fácil. Entretanto, sem nós, nada poderia ser feito... A propósito... — acrescentou Tolomei —, o Senhor Valois vos informou de alguma outra mudança na taxa da libra parisina, como andaram assegurando por aí?

— Não, não, nada que o indique... Mas desta vez — disse Artois, que continuava seu raciocínio — vou pegar Mahaut. Vou pegá-la porque suas filhas e sua prima estão em minhas mãos. E vou estrangulá-las... crac... como doninhas malignas!

O ódio endurecia seus traços e desenhava em sua expressão uma máscara quase bela. Ele se aproximara novamente de Tolomei, que pensava: "Este homem é capaz de qualquer coisa para se vingar... Pensando bem, estou decidido a emprestar-lhe ainda quinhentas libras..." Depois ele disse:

— Do que se trata?

Robert d'Artois baixou a voz. Seus olhos brilhavam.

— Aquelas desavergonhadas têm amantes e agora sei quem são eles. Mas... silêncio! Não quero ainda dar o alarme...

O banqueiro de Siena pôs-se a refletir. Já tinham lhe dito isso, e ele não tinha querido acreditar.

— Em que isso pode ser útil para resolver vossos problemas? — perguntou ele.

— Útil?! — exclamou d'Artois. — Ora essa, meu banqueiro, podeis imaginar a vergonha? A futura rainha de França e suas cunhadas, surpreendidas como rameiras com seus desqualificados amantes... Que escândalo! As duas famílias da Borgonha vão se afundar nessa lama até o pescoço: Mahaut perderá completamente o crédito na corte; os casamentos acabarão; as heranças desaparecerão das esperanças da coroa; aí poderei requerer a reabertura de meu processo, e então ganharei!

Caminhava de um lado para o outro e seus passos faziam vibrar o assoalho, os móveis, os objetos.

— E sois vós — disse Tolomei — que revelareis a vergonha? Ireis encontrar o rei...

— Mas não, senhor Tolomei, lógico que não... Se eu o fizesse, não me escutariam. Será outra pessoa, mais apropriada. Mas que não se encontra na França. E aí chego exatamente ao segundo pedido que ia vos fazer. Preciso de um homem discreto e de confiança para mandá-lo até a Inglaterra com uma mensagem.

— A quem, senhor?

— À rainha Izabel.

— Ah! — murmurou o banqueiro.

Depois houve um silêncio, durante o qual só se ouviram os barulhos da rua.

— É verdade que Izabel não tem fama de apreciar muito suas cunhadas francesas — disse finalmente Tolomei, que não precisava ouvir muito mais para compreender como é que d'Artois montara seu complô. — Vós sois muito amigo dela, não? E estivestes na Inglaterra há alguns dias, não é mesmo?

— Voltei de lá na semana passada e fui direto ao assunto.

— Mas por que não enviais à senhora Izabel um de seus homens, ou mesmo um mensageiro do senhor Valois?

— Meus homens são conhecidos e os do senhor Valois também, e neste país todos vigiam todos; cometeria um erro que logo estragaria meus planos. Então pensei que um mercador, mas um mercador no qual se possa confiar, seria mais conveniente. Vós tendes muitos homens que viajam para vos servir... Aliás, a mensagem não conterá nada que o portador possa temer.

Tolomei olhou o gigante nos olhos, meditou por um momento, e depois, enfim, fez soar o sininho de bronze.

— Vou tentar vos prestar serviço mais uma vez — disse ele.

O cortinado se abriu e o mesmo jovem que acompanhara o arcebispo reapareceu. O banqueiro o apresentou.

— Guccio Baglioni, meu sobrinho, recém-chegado de Siena. Não creio que os prebostes e sargentos de nosso amigo Marigny já o conheçam... Ainda que ontem cedo — acrescentou Tolomei a meia-voz, olhando o jovem com um ar falsamente severo — ele tenha se distinguido por uma bela proeza em relação ao rei de França... O que achais dele?

Robert d'Artois examinou Guccio.

— Belo rapaz — disse ele, rindo —, bem moldado, cintura elegante, olhos de trovador. Então seria ele que enviaríeis, senhor Tolomei?

— É como se fosse eu mesmo — disse o banqueiro — ... numa versão mais magra e mais jovem. Fui como ele, podeis acreditar, mas agora sou o único a lembrar-se disso.

— Se o rei Eduardo encontrá-lo, sodomita como ele é, correis o risco de que esse jovenzinho não retorne nunca mais.

E, dizendo isso, o gigante caiu numa gargalhada, sendo seguido pelo tio e seu sobrinho.

— Guccio — disse Tolomei —, tu vais conhecer a Inglaterra. Partirás amanhã de madrugada e irás a Londres até a casa de nosso primo Albizzi...

— Albizzi... conheço este nome — interrompeu d'Artois. — Ah! Isso mesmo, é o fornecedor da rainha Izabel...

— Exatamente, senhor. Então, Guccio, irás ter com Albizzi e de lá, com a ajuda dele, irás a Westminster entregar à rainha, e unicamente a ela mesma, a mensagem que o senhor d'Artois escreverá. Mais tarde direi exatamente tudo o que deves fazer.

— Eu preferiria ditar a mensagem — disse d'Artois —, manejo melhor as lanças do que vossas abomináveis plumas de ganso.

Tolomei pensou: "E ainda por cima desconfiado, o espertalhão; ele não quer deixar vestígios."

— À vontade, senhor. Sou todo ouvidos.

E ele próprio escreveu a seguinte carta:

"Vossa Majestade,

"As coisas que havíamos adivinhado são verídicas e ainda mais vergonhosas do que se podia crer. Sei quais são as pessoas e descobri-as tão bem que elas não poderão escapar, desde que ajamos rapidamente. Mas apenas Vossa Majestade tendes bastante poder para cumprir o

que planejamos, pondo um fim, por vossa vinda à França, a toda essa vilania que macula a honra de vossos parentes. Tenho como único desejo o de ser vosso servidor, de corpo e alma."

— E a assinatura, senhor? — perguntou Tolomei.

— Ei-la — respondeu d'Artois tirando de sua bolsa um enorme anel de prata que ele estendeu ao jovem.

Usava outro semelhante num dos dedos, mas de ouro.

— Tu entregarás isto à rainha Izabel; ela compreenderá... Mas tens certeza, trovador, de conseguires uma audiência logo após tua chegada?

— Ora, senhor — disse Tolomei —, não estamos lá tão mal colocados em relação aos soberanos da Inglaterra. Quando o rei Eduardo veio aqui, no ano passado, acompanhado da rainha Izabel, ele tomou emprestado a nossas companhias vinte mil libras, e associamo-nos entre nós para fornecê-las ao rei, pelas quais ainda não fomos reembolsados.

— Ele também?! — exclamou d'Artois. — A propósito, banqueiro... e aquele primeiro pedido que fiz?

— Ah... nunca poderei resistir a vossos pedidos, senhor — disse Tolomei, suspirando.

E ele foi pegar num cofre um saco que entregou a d'Artois, acrescentando:

— Quinhentas libras. É tudo o que posso fazer. Marcaremos isso em vossas contas, bem como a viagem de vosso mensageiro.

— Ah, banqueiro, banqueiro — exclamou d'Artois, com um grande sorriso que iluminou seu rosto —, tu és um amigo! Quando tiver de volta o meu condado paterno, farei de ti o meu tesoureiro.

— Conto mesmo com isso, senhor — disse o outro, inclinando-se.

— Se não, hei de te levar comigo para o Inferno, para que tu obtenhas para mim os favores do Diabo.

E o gigante saiu, largo demais para a porta, fazendo saltar o saco de ouro como uma bolinha na palma de sua mão.

— Emprestastes mais uma vez, meu tio? — disse Guccio, balançando a cabeça em sinal de reprovação. — Entretanto, dissestes...

— *Guccio mio, Guccio mio* — respondeu suavemente o banqueiro (e agora seus dois olhos estavam completamente abertos) —, lembra-te sempre disto: os segredos dos grandes deste mundo são os juros pelo dinheiro que lhes emprestamos. Hoje de manhã mesmo, monsenhor de Marigny e o senhor d'Artois forneceram-me cartas de crédito que valem bem mais do que ouro e com as quais haveremos de saber negociar quando for chegado o momento. Quanto ao ouro... recuperaremos um pouco dele.

Ele permaneceu por um instante pensativo, depois retomou:

— De volta da Inglaterra, darás uma volta. Passarás por Neauphle-le-Vieux.

— Está bem, meu tio — respondeu Guccio sem grande entusiasmo.

— Nosso contador local não consegue receber uma dívida que têm conosco os castelãos de Cressay. O pai morreu há pouco. Os herdeiros recusam-se a pagar. Parece que não têm mais nada.

— E como fazer, se eles não têm mais nada?

— Ora! Eles têm uma casa, têm terras, talvez tenham parentes. Que eles peçam empréstimos a outros a fim de nos pagarem. Se não puderem, tu irás ver o preboste de Montfort, pedirás a apreensão legal e venderás a propriedade. É duro, eu sei. Mas um banqueiro deve habituar-se a ser duro. Nada de piedade para os pequenos clientes, caso contrário não poderemos ser úteis aos grandes. Em que pensas, *figlio mio*?

— Na Inglaterra, meu tio — respondeu Guccio.

A volta por Neauphle parecia-lhe uma labuta, mas ele a aceitava de bom grado; toda a sua curiosidade, todos os seus sonhos de adolescente voltavam-se para Londres. Ele ia atravessar o mar pela primeira vez... A vida de mercador lombardo era, decididamente, agradável e reservava belas surpresas. Partir, enfrentar as estradas, levar aos príncipes mensagens secretas...

O velho banqueiro contemplou seu sobrinho com uma expressão de profunda ternura. Guccio era a única afeição daquele coração trapaceiro e vivido.

— Tu vais fazer uma bela viagem e invejo-te — disse ele. — Pouca gente da tua idade tem a ocasião de conhecer tantos lugares diferentes. Instrui-te, fareja e esquadrinha tudo o que vires, olha e, sobretudo, faz com que falem, mas fala pouco. Presta atenção quando te oferecerem bebidas; não dá às moças mais dinheiro do que elas valem e não esqueces de ser respeitoso diante das procissões... E se tu encontrares mais uma vez um rei em teu caminho, faz com que ele não me custe desta vez um cavalo ou um elefante.

— É mesmo verdade, meu tio — perguntou Guccio, sorrindo —, que a rainha Izabel é tão bela quanto dizem?

II
A rota de Londres

Certas pessoas sonham sempre com viagens e aventuras no intuito de aparecer, diante dos outros e de si mesmas, como heróis. Depois, quando a ocasião se apresenta e um perigo real aparece, elas se põem a pensar: "Que besteira me levou a fazer isso e por que cargas-d'água vim parar aqui?" Era exatamente o caso do jovem Guccio Baglioni. Tudo que ele mais desejara era conhecer o mar. Mas, agora que estava lá, teria dado qualquer coisa para estar em outro lugar.

Era o momento exato das marés de equinócio e, naquele dia, não tinham sido muito numerosos os navios a levantar âncora. Bancando um pouco o fanfarrão pelos cais de Calais, com a adaga na cintura e o manto jogado sobre os ombros, Guccio finalmente encontrara um capitão de navio que aceitasse embarcá-lo. Partiram à noite, e a tempestade começara quase que na saída do porto. Encerrado num pequeno reduto arrumado sob a ponte do navio, perto do grande mastro "é o lugar que sacode menos", dissera a ele o capitão e no qual uma espécie de almofada lhe servia de cama, Guccio estava passando a pior noite de sua vida.

As ondas chocavam-se contra a embarcação como chifradas de touro, e Guccio sentia oscilar o mundo em redor dele. Rolava de um lado para o outro no assoalho e se debatia demoradamente numa escuridão total, ora chocando-se contra as vigas de madeira do navio, ora contra os enormes rolos de corda endurecida pela água. Durante os breves instantes de trégua da tempestade, Guccio ouvia as velas batendo e uma massa d'água que desembocava na ponte. Ele se perguntava se toda a tripulação não teria sido varrida do navio e se agora ele não seria o único sobrevivente a bordo de uma embarcação desamparada que as águas lançavam contra o céu para logo depois jogá-la de novo em direção aos abismos marítimos.

"Eu vou morrer, com certeza", dizia Guccio a si mesmo. "Como é idiota morrer assim, na minha idade, engolido pelo mar. Jamais poderei rever Paris, nem Siena, nem minha família, jamais poderei rever o sol. Ah, se eu tivesse esperado apenas um dia ou dois em Calais! Que idiotice! Mas, se eu me safar desta, pela Santa Madona, fico em Londres, vou ser estivador, um patife qualquer, pouco importa, mas nunca mais porei os pés num navio."

Enfim, enlaçou com os dois braços o grande mastro e assim, ajoelhado na escuridão, grudado a ele, trêmulo, sentindo-se mal do estômago, com as roupas encharcadas, esperou o seu fim, prometendo ex-votos a Santa Maria della Nevi, a Santa Maria della Scala, a Santa Maria dei Servi, a Santa Maria del Carmine, ou seja, a todas as igrejas que ele conhecia em Siena.

Vinda a madrugada, a tempestade acalmou-se. Guccio, esgotado, olhou em volta de si: os caixotes, as velas, os encerados, as âncoras e as cordas amontoavam-se numa impressionante desordem; no fundo do navio, sob o assoalho danificado, um lençol d'água rolava de um lado para o outro.

O alçapão que dava acesso à ponte se abriu, e uma voz rude gritou:

— Olá! O senhor pôde dormir?

— Dormir? — disse Guccio com um tom cheio de rancor. — Eu bem que poderia estar morto agora.

Jogaram-lhe uma escada de corda e ajudaram-no a alçar-se até a ponte. Um forte sopro frio envolveu-o e fez com que ele tremesse de frio sob as roupas molhadas.

— Eu poderia ter sido advertido da tempestade, não? — disse Guccio ao capitão do navio.

— Ora, meu caro fidalgo, é verdade que tivemos uma noite ruim. Mas parecíeis tão apressado... E depois, para nós, trata-se de uma situação corriqueira — respondeu o capitão. — Agora estamos perto da costa.

Era um velho robusto, de cabelos grisalhos; observava Guccio com uma expressão folgazã.

Apontando o braço em direção de uma linha esbranquiçada que emergia da bruma, ele acrescentou:

— Estais vendo? É Dover, lá longe.

Guccio suspirou, apertando contra o corpo o manto.

— Em quanto tempo estaremos lá?

O outro levantou os ombros e respondeu:

— Duas ou três horas, não mais do que isso, pois o vento está soprando forte do lado do oriente.

Três marujos estavam estendidos sobre a ponte, exaustos de fadiga. Um outro, agarrado ao timão, mordiscava um pedaço de carne salgada, olhando fixamente para a proa do navio e para a costa inglesa.

Guccio sentou-se perto do velho marinheiro, ao abrigo de uma pequena parede feita com pranchas que barrava o vento, e, apesar da luz, do frio e das ondas, caiu adormecido.

Quando acordou, o porto de Dover estendia diante dele sua bacia retangular e suas fileiras de casas térreas com muros rústicos e tetos de pedra. À direita do canal destacava-se a morada do oficial da administração responsável pelo porto, vigiada por homens armados. O cais, abarrotado de mercadorias empilhadas e protegidas por guarda-ventos, fervilhava com uma multidão barulhenta. A brisa trazia odores de peixe, de alcatrão e de madeira podre. Pescadores circulavam, arrastando suas redes e carregando pesados remos aos ombros. Crianças puxavam por terra sacos maiores do que elas mesmas.

O navio, amainando as velas, entrou na bacia portuária.

A juventude costuma recuperar rapidamente as forças e as ilusões. Os perigos vencidos servem apenas para fazer com que ela tenha ainda mais confiança em si mesma, impulsionando-a rumo a outras empreitadas. Um sono de duas horas tinha sido o bastante para que Guccio esquecesse os pavores da noite. Não estava longe de atribuir a si mesmo todo o mérito por ter dominado a tempestade, e chegava a ver nisso um sinal de sua boa estrela. De pé sobre a ponte, numa pose de conquistador, a mão segurando com firmeza uma corda, olhava com apaixonada curiosidade o reino de Izabel, que ia chegando até ele.

A mensagem de Robert d'Artois costurada à sua roupa e o anel de prata fechado em sua bolsa de viagem pareciam-lhe a garantia de um grande futuro. Adentraria a intimidade do poder, conheceria reis e rainhas, o conteúdo dos tratados mais secretos. Com embriaguez, imaginava o futuro e já se via como um prestigioso embaixador, confidente admirado pelos poderosos da terra, diante de quem os mais altos personagens inclinavam-se. Participaria dos conselhos dos príncipes... Pois não havia o exemplo de seus compatriotas Biccio e Musciato Guardi, os dois famosos financistas toscanos que os franceses apelidavam de Biche e Mouche*, e que haviam sido, durante mais de dez anos, tesoureiros, embaixadores e familiares do austero Felipe, o Belo? Seria ainda melhor do que eles, e um dia contariam a história do ilustre Guccio Baglioni no começo de sua vida, quando ele

---

* "Corça e Mosca". (N.T.)

quase derrubara o rei de França numa esquina... O rumor do porto chegava até ele como se já fosse uma aclamação.

O velho marujo jogou uma prancha entre o navio e o cais. Guccio pagou por sua viagem e trocou o mar pela terra firme.

Como não transportasse mercadorias, não precisou passar pela "portagem", isto é, pela alfândega. Ao primeiro garoto encontrado, pediu para ser conduzido até a casa do lombardo da cidade.

Os banqueiros e mercadores italianos daquela época possuíam sua própria organização de correio e de frete. Organizados em "companhias" que levavam o nome de seu fundador, tinham suas feitorias em todas as principais cidades e portos; tais feitorias eram ao mesmo tempo uma espécie de sucursal bancária, um serviço postal e uma agência de viagem.

O lombardo de Dover fazia parte da companhia de Albizzi. Sentiu-se contente por receber o sobrinho do chefe da companhia de Tolomei e tratou-o da melhor maneira possível. Em sua casa, Guccio pôde lavar-se, suas roupas foram secadas e passadas; trocou seu ouro francês por ouro inglês e fez uma consistente refeição enquanto lhe preparavam uma montaria.

Ao mesmo tempo que comia, Guccio descrevia a tempestade que suportara, atribuindo-se um papel enaltecedor.

Estava lá um homem que chegara na véspera, um certo Boccaccio, ou Boccace, e que era viajante da companhia Bardi. Também vinha de Paris e assistira, antes de sua partida, ao suplício de Jacques de Molay; com seus próprios ouvidos ele ouvira a maldição do grão-mestre e servia-se de uma ironia precisa e macabra para descrever tal tragédia, o que encantava os comensais italianos. Era um personagem de cerca de 30 anos, com um semblante inteligente e vivo, com lábios finos e um olhar que parecia divertir-se com tudo. Como também se dirigia para Londres, Guccio e ele decidiram seguir juntos até lá.

Partiram ao meio-dia.

Lembrando-se dos conselhos do tio, Guccio incitou seu companheiro a falar, o que, aliás, era tudo o que ele queria. O *signor* Boccaccio parecia ter visto muitas coisas. Viajara por toda parte, Sicília, Veneza, Espanha, Flandres, e até mesmo pelo Oriente, e tinha conseguido safar-se habilmente de muitas aventuras; conhecia os costumes de todos esses países, tinha sua opinião sobre o valor comparado das religiões, desprezava os monges e detestava a Inquisição. Também parecia interessar-se muito pelas mulheres; deixava supor que tinha muita experiência com elas e sabia sobre elas, quer fossem ilustres ou desconhecidas, em curiosas anedotas. Fazia pouco-caso da virtude feminina, e sua linguagem sobre o assunto era bem picante, repleta de imagens que deixavam Guccio pensativo. Um espírito livre, esse *signor* Boccaccio, e totalmente fora do comum.

— Eu gostaria de ter escrito tudo isso, se tivesse tido tempo — disse ele a Guccio —, toda essa profusão de histórias e ideias que recolhi no decorrer de minhas viagens.

— Por que não fazeis isto, *signor*? — replicou Guccio.

O outro suspirou, como se confessasse algum sonho não satisfeito.

— Muito tarde... Não é com a minha idade que se pode vir a ser um letrado — disse ele. — Quando se tem por profissão o ganho do ouro há mais de trinta anos, já não é possível fazer outra coisa. E depois, se escrevesse tudo que sei, correria o risco de ser queimado.

Essa cavalgada lado a lado com um companheiro tão interessante, através de belos campos verdes, encantou Guccio. Ele aspirava com prazer o ar primaveril; as ferraduras dos cavalos batiam em seus ouvidos como uma canção feliz e também tinha de si mesmo uma excelente opinião, como se tivesse compartilhado das aventuras de seu companheiro.

À noite pararam num albergue. As pausas durante uma viagem predispõem às confidências. Enquanto bebia diante da lareira a forte cerveja servida em pichéis, aromatizada com zimbro, pimenta e cravo, o *signor* Boccaccio contou a Guccio que tinha uma amante francesa que lhe dera, no ano anterior, um menino batizado como Giovanni.

— Diz-se que as crianças que nascem fora do casamento são mais espertas e vigorosas do que as outras — observou sentenciosamente Guccio, que dispunha de algumas boas banalidades para alimentar a conversa.

— Sem dúvida, Deus lhes concede certos dons de espírito e de corpo a fim de compensar aquilo que lhes tira em termos de herança e respeito — respondeu o *signor* Boccaccio.

— Seja como for, essa criança terá um pai que poderá lhe ensinar muitas coisas.

— A menos que ela se ressinta por seu pai tê-la colocado no mundo em tão más condições — disse o viajante da companhia dos Bardi.

Dormiram no mesmo quarto. De madrugada, retomaram a rota. Restos de bruma ainda eram visíveis colando-se à terra. O *signor* Boccaccio estava calado; não era um homem da alvorada.

O tempo estava fresco e logo o céu clareou. As árvores ainda estavam nuas, mas o ar cheirava a seiva, e a terra já estava verde, com uma relva fresca e tenra. Inúmeras sebes cortavam os campos e as colinas. A paisagem cheia de vales, bordada por florestas, o brilho verde-azulado do Tâmisa visto do alto de uma das margens, uma matilha correndo pelos prados e seguida por cavaleiros, tudo isso seduziu Guccio. “A rainha Izabel tem um belo reino”, disse a si mesmo.

À medida que se acumulavam as léguas percorridas, essa rainha ocupava um lugar mais importante em seus pensamentos. Ao mesmo tempo em que cumpria sua missão, por que não tentar também agradá-la? A história dos príncipes e dos impérios oferecia incontáveis exemplos de coisas ainda mais surpreendentes. “Não é porque ela é rainha que deixa de ser mulher; ela tem 22 anos e seu esposo não a ama. Os nobres ingleses não devem ousar cortejá-la, por medo de desagradar ao rei. Ao passo que eu... eu sou um mensageiro secreto;

para vir até aqui enfrentei a tempestade... ajoelho-me diante dela, faço-lhe uma grande saudação, beijo a barra de seu vestido..."

Já estava escolhendo as palavras que o ajudariam a colocar seu coração a serviço da jovem e loura soberana... "Majestade, não sou nobre, mas sou um cidadão livre de Siena, e valho tanto quanto um fidalgo. Tenho 18 anos, e nenhum outro desejo me é mais caro do que o de contemplar vossa beleza, e oferecer-vos minha alma e meu sangue..."

— Estamos chegando — disse o *signor* Boccaccio.

Eles tinham chegado aos subúrbios de Londres sem que Guccio se desse conta. As casas iam se aproximando ao longo da estrada; o perfume de floresta desaparecera; o ar cheirava a turfa queimada.

Guccio olhava com surpresa ao seu redor. Seu tio Tolomei tinha lhe anunciado uma cidade extraordinária, e tudo que via era uma interminável sucessão de aldeias feitas de um amontoado de cabanas de paredes escurecidas, com ruelas sujas pelas quais passavam mulheres carregadas com pesados fardos, crianças esfarrapadas e soldados de cara feia.

De repente, em meio a uma multidão, a muitos cavalos e muitas charretes, os viajantes estavam diante da ponte de Londres. Duas torres quadradas fortificavam a cidade; à noite, eram estendidas correntes entre ambas e fechavam-se as portas. A primeira coisa que observou Guccio foi uma cabeça humana, ensanguentada, plantada sobre a ponta de uma das lanças que guarneciam tais portas. Os abutres voavam em torno desse rosto de olhos furados.

— A justiça do rei dos ingleses funcionou hoje cedo — disse o *signor* Boccaccio. — Assim é que os criminosos acabam aqui, ou aqueles que são assim chamados, o que torna mais fácil livrar-se deles.

— Curiosa placa de boas-vindas aos estrangeiros — disse Guccio.

— Uma maneira de fazer com que compreendam que não estão chegando a uma cidade dada aos galanteios e à ternura.

Essa ponte era a única então existente sobre o Tâmisa: era uma verdadeira rua construída acima da água e cujas casas de madeira, espremidas umas contra as outras, abrigavam todos os tipos de comércio.

Vinte arcos de aproximadamente vinte metros de altura sustentavam esse extraordinário edifício. Tinham sido necessários cerca de cem anos para construí-lo, e os londrinos tinham grande orgulho dele.

Uma água turva borbulhava em torno dos arcos; roupas secavam às janelas, mulheres esvaziavam seus baldes no rio.

Comparada à ponte de Londres, a ponte Vecchio, de Florença, não passava de um brinquedinho, e o Arno, comparado ao Tâmisa, assemelhava-se a um riacho. Guccio compartilhou sua observação com o companheiro.

— Mesmo assim, somos nós que ensinamos tudo aos outros povos — respondeu ele.

Demoraram quase vinte minutos para passar para o outro lado, tanto a multidão era compacta e tanto eram tenazes os mendigos que se grudavam a suas botas.

Chegando ao outro lado, Guccio percebeu, à direita, a torre de Londres, cuja enorme massa branca destacava-se contra o céu cinzento; depois, seguindo o *signor* Boccaccio, ele se embrenhou pelo centro da cidade. O barulho e a agitação das ruas, o rumor de vozes estrangeiras, o céu plúmbeo, o pesado odor de fumaça que impregnava a cidade, os gritos que saíam das tabernas, a audácia de moças desavergonhadas, a brutalidade dos soldados gritando, tudo isso surpreendeu Guccio.

Ao cabo de trezentos passos, os viajantes viraram à esquerda em Lombard Street, onde todos os bancos italianos estavam sediados. Casas com uma aparência exterior discreta, de um andar ou, no máximo, dois, mas muito bem-cuidadas, com portas enceradas e grades nas janelas. O *signor* Boccaccio separou-se de Guccio diante do banco Albizzi. Os dois companheiros de viagem deixaram-se, despedindo-se calorosamente, felicitando-se mutuamente por aquela amizade que nascia e prometendo rever-se muito depressa, em Paris.

III
Westminster

O SENHOR ALBIZZI ERA UM HOMEM grande, seco, do rosto comprido e moreno, sobrancelhas grossas e tufos de cabelos escuros que saíam por debaixo de um gorro. Deu provas ao visitante de uma afabilidade tranquila e senhoril. De pé, com o corpo envolto por um manto de veludo azul-escuro, a mão pousada sobre sua escrivaninha, Albizzi tinha os modos de um príncipe toscano.

Enquanto trocavam os cumprimentos costumeiros, o olhar de Guccio ia das altas cadeiras de carvalho aos cortinados de damasco, dos tamboretes incrustados de marfim aos ricos tapetes que cobriam o assoalho, da lareira monumental aos candelabros de prata maciça. E o jovem não podia se impedir de avaliar rapidamente: "Esses tapetes... quarenta libras, com certeza... esses candelabros, o dobro... A residência, caso cada cômodo esteja à altura deste aqui, vale três vezes mais do que a de meu tio." Pois Guccio sonhava em ser embaixador secreto e servidor mensageiro, mas nem por isso deixava de ser mesmo mercador, filho, neto e bisneto de mercadores.

— Devíeis ter embarcado num de meus navios... pois somos também armadores... e vir por Bolonha — disse o senhor Albizzi — e assim, meu primo, teríeis feito uma travessia mais confortável.

Ele mandou servir hipocraz, um vinho aromatizado que se bebia acompanhado de amêndoas cobertas de açúcar. Guccio explicou o motivo de sua viagem.

— Vosso tio Tolomei, que muito estimo, fez muito bem de vos enviar até mim — disse Albizzi, brincando com o grande rubi que usava na mão esquerda. — Hugh Le Despenser é um de meus principais clientes e deve-me favores. Por meio dele conseguiremos uma entrevista.

— Não é o amigo de coração do rei Eduardo? — interrogou Guccio.

— Amante do rei, quereis dizer, "a favorita", a florzinha do rei! Não, estou falando de Hugh Le Despenser pai. Sua influência é mais secreta, porém é grande. Ele se serve habilmente do gosto que tem seu filho pela sodomia e, se as coisas continuam assim, logo estará governando o reino.

— Mas é a rainha que preciso ver, não o rei — disse Guccio.

— Meu jovem primo — respondeu Albizzi com um sorriso —, aqui, como em toda parte, existem pessoas que, sem pertencer a um partido nem tampouco a seu adversário, aproveitam dos dois jogando de um lado e do outro. Sei o que posso fazer.

Ele chamou seu secretário e escreveu rapidamente algumas linhas num papel que depois selou.

— Ireis a Westmoutiers hoje mesmo, após o jantar, meu primo — disse ele depois de ter dispensado o secretário portador da mensagem. — Penso que a rainha vai vos receber em audiência. Passareis por um mercador de pedras preciosas e de joalheria, vindo expressamente da Itália e recomendado por mim. Apresentando vossas joias à rainha, podereis entregar-lhe vossa mensagem.

Ele se dirigiu até um cofre, abriu-o e dele tirou uma grande caixa achatada de madeira preciosa e fechaduras de cobre.

— Eis aqui vossas credenciais — acrescentou Albizzi.

Guccio levantou a tampa. Anéis, broches e fivelas, pérolas montadas em pendentes, um colar de esmeraldas e rubis repousavam num leito de veludo.

— E se a rainha quiser adquirir uma dessas joias, o que devo fazer?

Albizzi sorriu.

— A rainha não comprará nada diretamente, pois ela não tem dinheiro disponível e suas despesas são vigiadas. Quando ela deseja algo, faz com que eu saiba. No mês passado, ordenei que confeccionassem para ela três algibeiras que ela ainda me deve.

Depois da refeição — pela qual Albizzi desculpou-se, alegando que o cardápio era ordinário, quando, na verdade, era digno da mesa de um barão, Guccio dirigiu-se a Westminster. Estava acompanhado por um criado do banco, uma espécie de guarda pessoal, forte como um búfalo e que carregava a caixa pendurado à cintura por uma corrente de ferro.

Guccio avançava, o queixo empinado, com uma expressão de grande orgulho, e contemplava a cidade como se estivesse às vésperas de tornar-se proprietário dela.

O palácio, imponente devido às suas grandes proporções, mas sobrecarregado por detalhes excessivos, pareceu-lhe de mau gosto, em comparação com os que andavam sendo construídos na Toscana, especialmente em Siena, naquele tempo. “Essa gente já não tem sol, e ainda por cima parece que faz tudo para impedir que o pouco que tem entre em seus edifícios”, pensou ele.

Chegou pela entrada de honra. Os homens da guarda real aqueciam-se em volta de um grande braseiro. Um escudeiro aproximou-se.

— *Signor* Baglioni? Sois esperado. Vou conduzir-vos — disse em francês.

Sempre escoltado pelo criado que carregava a caixa de joias, Guccio seguiu o escudeiro. Atravessaram um pátio cercado de arcos, depois outro, subiram uma larga escadaria de pedra e penetraram nos apartamentos. As abóbadas eram altíssimas, estranhamente sonoras. À medida que avançava através de uma sucessão de salas frias e sombrias, Guccio esforçava-se em vão para conservar a autoconfiança, mas tinha a impressão de tornar-se cada vez mais pequenino. Avistou um grupo de jovens vestidos com ricos conjuntos bordados e cotas enfeitadas com peliças; no flanco esquerdo de cada um deles brilhava o cabo de uma espada. Era a guarda real de Izabel.

O escudeiro disse a Guccio que esperasse e deixou-o lá entre os fidalgos, que o consideravam com uma expressão zombeteira, trocando entre eles comentários que Guccio não podia ouvir.

De repente Guccio se sentiu tomado por uma inquietude surda. E se algo de imprevisto ocorresse? Se nesse pátio que ele sabia infestado de intrigas acabasse passando por um suspeito? Se, antes de ver a rainha, apanhassem-no, revistassem-no, descobrissem a mensagem?

Quando o escudeiro, vindo buscá-lo, tocou em seu braço, teve um sobressalto. Tomou a caixinha das mãos do servo de Albizzi; mas, em sua pressa, esqueceu que ele estava acorrentado à cintura do portador, que assim foi projetado para a frente. A corrente emaranhou-se. Ouviram-se risos, e Guccio experimentou a irritação do ridículo. De tal modo que chegou até a rainha humilhado, atrapalhado, confuso, e acabou encontrando-se diante dela antes mesmo de poder vê-la.

Izabel estava sentada. Uma mulher jovem, de rosto estreito e postura rígida mantinha-se de pé, junto a ela. Guccio ajoelhou-se e tentou encetar um cumprimento que ele não conseguia encontrar. A presença de uma terceira pessoa aumentava sua confusão. Mas por que idiota ilusão teria ele imaginado que a rainha estaria só ao recebê-lo?

Foi ela quem tomou a palavra.

— Lady Le Despenser, vejamos as joias que nos traz esse jovem italiano e se são realmente maravilhosas, como me disseram.

O nome "Le Despenser" veio atrapalhar definitivamente Guccio. Qual poderia ser o papel de uma Despenser na intimidade da rainha?

Tendo-se levantado obedecendo a um gesto de Izabel, ele abriu a caixa e apresentou-a. Lady Le Despenser, tendo dado apenas uma olhadela em seu interior, disse com uma voz breve e seca:

— Estas joias são de fato belíssimas, mas nada temos a fazer delas. Não podemos comprá-las, Vossa Majestade.

A rainha fez um gesto mal-humorado:

— Então, por que vosso sogro insistiu para que eu visse este mercador?

— Para prestar serviço a Albizzi, creio; mas já devemos demais a esse homem para que compremos mais agora.

— Eu sei, senhora — disse então a rainha —, que vós, vosso esposo e todos os vossos parentes preocupam-se tanto com as finanças do reino que se poderia dizer que elas vos dizem respeito exclusivamente. Mas, neste caso, vós tereis a tolerância de permitir que eu utilize como queira minhas próprias economias ou, pelo menos, aquilo que me sobrou delas... Aliás, senhora, aprecio muitíssimo o fato de me separarem sempre de minhas damas francesas a cada vez que recebo no palácio algum estrangeiro ou mercador, para que vossa sogra ou vós possais me fazer companhia, o que parece, na realidade, uma verdadeira guarda. Imagino que se essas mesmas joias fossem apresentadas a meu esposo ou ao vosso, eles encontrariam os meios para apoderarem-se delas, comportando-se como mulheres.

O tom da rainha era simples e frio, mas cada palavra explodia de ressentimento contra a família que, ao mesmo tempo que desonrava a coroa, pilhava o Tesouro real. Pois não somente a família Le Despenser — pai e mãe — enriquecia devido ao amor que o rei consagrava a seu filho, mas ainda a própria esposa consentia naquele escândalo e dava sua ajuda para que nada mudasse.

Vexada por tal investida, Eleanor Le Despenser retirou-se para um canto do imenso aposento, sem deixar, contudo, de observar a rainha e o jovem italiano.

Guccio, retomando um pouco do aprumo que comumente lhe era tão natural, mas que naquele dia desastradamente lhe faltava, ousou, enfim, olhar para a rainha. Era aquele o momento de fazer com que compreendesse que ele lamentava sua infelicidade e desejava servi-la. Mas encontrou uma tal frieza, uma tal indiferença, que seu coração tornou-se gelado. Os olhos azuis de Izabel tinham a mesma fixidez dos de Felipe, o Belo. Que meios poderiam existir de declarar a uma mulher como aquela: "Senhora, sofreis por outro, mas, quanto a mim, quero vos amar."

Tudo que Guccio pôde fazer foi designar o enorme anel de prata que ele colocara num canto do cofre, dizendo:

— Vossa Majestade far-me-ia a gentileza de examinar esta peça, observando sua cinzeladura?

A rainha pegou o anel e reconheceu os três castelos d'Artois gravados no metal, depois levantou os olhos para Guccio.

— Agrada-me ver isto — disse ela. — Tendes outros objetos que tenham sido trabalhados pela mesma mão?

Guccio tirou a mensagem de seu casaco, dizendo:

— Os preços estão anotados aqui.

— Aproximemo-nos da claridade, para que eu veja melhor — respondeu Izabel.

Ela se levantou e, acompanhada de Guccio, chegou até o vão de uma janela e pôde então ler tranquilamente a mensagem.

— Vós retornais a Paris? — murmurou a rainha.

— Tão logo vós ordenar, senhora — respondeu Guccio no mesmo tom.

— Dizei então ao senhor d'Artois que viajarei para a França dentro de algumas semanas e que agirei como foi tratado com ele.

Seu semblante se animara um pouco, mas sua atenção estava toda voltada para a mensagem e de forma alguma para o mensageiro.

Uma preocupação real em pagar bem aqueles que lhe serviam fez com que acrescentasse:

— Direi ao senhor d'Artois para recompensar-vos, e ele o fará melhor do que eu poderia fazer neste momento.

— A honra de vos ver e obedecer, senhora, é sem dúvida a mais bela recompensa.

Izabel agradeceu com um leve movimento da cabeça e Guccio compreendeu que entre uma bisneta de monsenhor São Luís e o sobrinho de um banqueiro toscano havia distâncias que de forma alguma poderiam ser transpostas.

Falando bem alto, para que a senhora Despenser a ouvisse, Izabel pronunciou:

— Conhecereis minha decisão em relação a esta fivela por intermédio de Albizzi. Adeus, senhor.

E então o dispensou com um gesto.

IV
A dívida

Apesar da cortesia de Albizzi, que lhe propunha permanecer em Londres por alguns dias, Guccio deixou a cidade no dia seguinte, bastante descontente consigo mesmo. Entretanto, cumprira perfeitamente sua missão, e em relação a isso só merecia elogios. Mas não se perdoava, livre cidadão de Siena que era, e por isso julgando-se em condições de igualdade com qualquer fidalgo, por ter se deixado perturbar a tal ponto por uma presença real. Pois por mais que fizesse, jamais poderia ocultar a si mesmo que tinha ficado mudo diante da rainha da Inglaterra, que não o honrara sequer com um sorriso. "Ah, é uma mulher como qualquer outra, afinal! Por que eu tremia tanto assim?", repetia a si mesmo num tom mal-humorado. Mas se dizia isso quando já estava bem longe de Westminster.

Ele ia sozinho, deglutindo seu despeito, pois não encontrara companhia, como na ida. Tal estado de espírito não o deixou durante toda a viagem e até mesmo se agravou, à medida que os lugares iam ficando para trás.

Por não ter sido recebido na corte da Inglaterra com a acolhida que pretendia, por não lhe terem prestado honrarias de príncipe, ele forjou a opinião, depois de sua volta à França, segundo a qual os ingleses constituíam uma nação bárbara. Quanto à rainha Izabel, se ela era infeliz, se seu marido a injuriava, certamente era porque merecia, e muito. "Como? Eu atravesso o mar, arrisco minha vida por ela, e tudo que recebo é um mero agradecimento como o foi se dá a um criado! Essa gente tem ares bem empertigados, mas não tem coração e rejeita a mais sincera devoção. É uma gente que não deve se surpreender caso seja mal-amada e traída."

A juventude não renuncia facilmente à sua sede de importância. Passando pelos mesmos caminhos em que, quatro dias antes, ele já se considerava embaixador e amante real, Guccio dizia agora a si mesmo, com raiva: "Como? Contra quem?" Não tinha a mínima ideia, mas era certo que precisava de uma revanche contra alguém.

E antes de mais nada, posto que o destino e o desdém dos reis queriam mantê-lo em sua condição de lombardo, ia revelar-se um lombardo como raramente se tinha visto. Um banqueiro poderoso, audacioso e artificioso; um agiota implacável. Seu tio o encarregara de passar pelo entreposto de Neauphle para receber uma dívida? Pois muito bem! Os devedores ignoravam que raio ia cair sobre suas cabeças!

Passando por Pontoise e atravessando a Île-de-France, Guccio chegou a Neauphle-le-Vieux no dia de São Hugo.

O entreposto Tolomei ocupava uma casa próxima à igreja, na praça central do burgo. Guccio adentrou-o com as passadas de um patrão, fez com que lhe mostrassem os registros, maltratou todos que pôde. Para que servia o contador principal? Seria preciso que ele mesmo, Guccio Baglioni, sobrinho do chefe da Companhia, se deslocasse para a cobrança de cada dívida que esperava? E, antes de mais nada, quem eram aqueles castelãos de Cressay que continuavam devendo trezentas libras? Deram-lhe as informações que pedia. O pai morrera; sim, isso

Guccio já sabia. E o que mais? Havia os dois filhos, de 20 e 22 anos. O que faziam? Caçavam... Uns desocupados, evidentemente. Havia também uma filha, de 16 anos... feia, certamente, concluiu Guccio. E a mãe, que comandava a casa desde a morte do senhor de Cressay. Gente da verdadeira nobreza, mas sem um tostão furado... Quanto valiam o castelo e os campos? Oitocentas, novecentas libras. Os Cressay tinham um moinho e cerca de trinta servos em suas terras.

— E não conseguis fazer com que paguem? — gritou Guccio. — Vós vereis: comigo isso não há de durar muito tempo! Como se chama o preboste de Montfort? Portefruit? Muito bem. Se até a noite de hoje eles não tiverem pago, irei ter com o preboste[15] e mando apreender os bens. Pronto!

E ele ganhou novamente a montaria, partindo a galope para Cressay, como se fosse tomar de assalto, sozinho, uma fortaleza. "Meu ouro ou a apreensão dos bens... meu ouro ou a apreensão. Que eles peçam ajuda a Deus e a seus santos."

Cressay, a meia légua de Neauphle, era um lugarejo construído sobre um flanco do vale do riacho Mauldre, que se podia atravessar com um bom salto de cavalo.

O castelo, como Guccio percebeu, não passava, na verdade, de um pequeno solar bastante danificado, sem fosso de proteção, já que o riacho lhe servia de defesa, com suas pequenas torres e as redondezas lamacentas. Tudo nele mostrava a pobreza e a má conservação. Os tetos cediam em diversos pontos; o pombal parecia ter poucas; as paredes musguentas tinham rachaduras profundas e os bosques vizinhos mostravam-se demasiadamente explorados.

"Pouco me importa. Meu ouro ou a apreensão", repetia Guccio a si mesmo ainda ao passar pela porta.

Mas alguém tivera a mesma ideia pouco antes dele, e esse alguém era precisamente o preboste Portefruit.

No pátio, havia um grande rebuliço. Três sargentos reais, com o bastão ornamentado pela flor de lis à mão, enlouquecendo com suas ordens alguns servos esfarrapados, comandavam a reunião do rebanho, amarrando os bois par a par e trazendo do moinho sacos de grãos que iam sendo carregados numa charrete do prebostado. Os gritos dos sargentos, a correria dos camponeses aterrorizados, os balidos de cerca de vinte ovelhas, o cacarejar das aves, tudo isso produzia uma bela confusão.

Ninguém prestou atenção em Guccio; ninguém veio pegar seu cavalo, que ele amarrou, sozinho, a uma escora. Um velho camponês que passou perto dele disse simplesmente:

— A desgraça entrou nesta casa. Se o patrão estivesse presente morreria pela segunda vez. Isso não é justo!

A porta da morada estava aberta e de dentro vinham os gritos de uma violenta discussão.

"Parece que não estou chegando em boa hora", pensou Guccio, cujo mau humor só ia aumentando.

Ele subiu os degraus que conduziam à soleira e, guiando-se pelas vozes, penetrou numa sala sombria, de paredes de pedra e forro de vigas.

Uma jovem, que ele não se deu ao trabalho de olhar, veio a seu encontro.

— Venho para tratar de negócios e gostaria de ver os senhores de Cressay — disse ele.

— Eu sou Maria de Cressay. Meus irmãos estão aqui, minha mãe também — respondeu a jovem com uma voz hesitante, apontando para o fundo do aposento. — Mas eles estão muito ocupados no momento...

— Pouco importa, eu espero — afirmou Guccio.

E, para afirmar sua vontade, foi para junto da lareira e estendeu a bota em direção ao fogo.

Na extremidade da sala, os outros gritavam. Ladeada por seus dois filhos, um barbudo, o outro glabro, mas ambos grandes e corados, a senhora de Cressay esforçava-se para enfrentar um quarto personagem que, como rapidamente compreendeu Guccio, era o próprio preboste.

A senhora de Cressay, conhecida nas vizinhanças como dama Eliabel, tinha o olhar brilhante, o peito forte e ostentava uns 40 anos generosos em sensualidade por detrás de suas vestimentas de luto.[16]

— Senhor preboste — gritava ela —, meu esposo endividou-se equipando-se para as guerras do rei, que lhe valeram mais ferimentos do que lucros, ao passo que a propriedade, sem homem, ia sendo tocada como era possível. Nós sempre pagamos todos os impostos reais e sempre demos esmolas a Deus. Que me digam quem fez melhor na província. E é para adular a gente de vossa espécie, senhor Portefruit, cujos avós andavam descalços pelo mundo afora, que vêm nos pilhar!

Guccio olhou em volta de si. Algumas escadinhas rústicas, duas cadeiras de espaldar, bancos fixados às paredes e um grande colchão cercado por um cortinado constituíam os móveis. Acima da lareira estava pendurado um velho escudo de cores desbotadas, que era o da batalha do finado senhor de Cressay.

— Vou dar queixa ao condado de Dreux — continuava dama Eliabel.

— O conde de Dreux não é o rei, e são as ordens do rei que estou cumprindo — respondeu o preboste.

— Não acredito, senhor. Não posso crer que o rei ordene que a gente da nobreza feudal seja tratada como malfeitores. Ou então o reinado chega ao fim.

— Dai-nos ao menos um pouco de tempo! — disse o filho barbudo. — Pagaremos em pequenas prestações.

— Vamos acabar com esse palavrório. Dar-vos tempo? Há muito que espero e vós ainda não pagais — concluiu o preboste.

Ele tinha os braços curtos, o rosto redondo e o tom decidido.

— Minha incumbência não é escutar vossas queixas, mas sim receber as dívidas — continuou ele. — Vós ainda deveis ao Tesouro trezentas libras. Se não as tendes, tanto pior; apreendo os bens e vendo-os.

Guccio pensou: "Esse espertalhão diz precisamente o que eu ia dizer, e depois de sua passagem não restará mais nada. Má viagem, esta, decididamente. Será que devo intervir de imediato?"

E ele sentiu um enorme mau-humor em relação àquele preboste indesejado que lhe puxava o tapete.

A jovem que o acolhera tinha permanecido nas proximidades de Guccio. Ele a olhou melhor. Era loura, com belas ondas de cabelos que lhe saíam pelo gorro, uma pele luminosa, um corpo delgado, reto e bem-formado. Guccio teve que reconhecer que tinha feito um julgamento apressado sobre ela.

Maria de Cressay, por seu lado, parecia extremamente incomodada pelo fato de um desconhecido assistir àquela cena. Não era todos os dias que um jovem cavaleiro de semblante agradável, ricamente vestido, passava por esses campos; era mesmo um azar que isso ocorresse justamente quando a família mostrava seu pior lado.

Lá no fundo da sala a discussão prosseguia.

— Pois já não basta perder o próprio esposo? Ter que pagar, ainda por cima, seiscentas libras para conservar seu próprio teto? Eu vou fazer uma queixa junto ao conde de Dreux — repetia, dama Eliabel.

— Já pagamos duzentas e setenta, que tivemos que tomar emprestadas — disse o filho barbudo.

— Apreender nossos bens é condenar-nos à fome, e vender o que temos é querer que morramos — disse o segundo filho.

— Ordens são ordens — replicou o preboste. — Conheço meu direito; faço a apreensão dos bens e coloco-os à venda.

Vexado como um ator que se vê na situação de ter seu papel roubado, Guccio disse à jovem:

— Esse preboste me é odiento. O que ele quer convosco?

— Não sei, e meus irmãos tampouco; compreendemos bem pouco todas essas coisas — respondeu ela. — Trata-se do imposto de sucessão da herança, que devemos pagar, agora que nosso pai faleceu.

— E é por isso que ele reclama seiscentas libras? — disse Guccio, franzindo as sobrancelhas.

— Ah, senhor... a desgraça caiu sobre nós — murmurou ela.

Seus olhos se encontraram, retiveram-se por um instante, e Guccio pensou que a jovem ia chorar. Mas não; ela resistia contra a adversidade, e foi por pudor, apenas, que desviou suas belas pupilas azul-escuras.

Guccio pensava. De repente, dando uma grande volta pela sala, ele veio plantar-se diante da autoridade administrativa e lançou:

— Permitis, senhor preboste! Vós não estaríeis roubando um pouquinho?

Estupefato, o preboste encarou-o e perguntou quem era ele.

— Isso não tem importância — replicou Guccio —, mais vale não saber imediatamente, se por infelicidade vossas contas não forem exatas. Mas tenho, eu também, algumas razões para interessar-me pelas contas do senhor de Cressay. Dizei-me qual o valor estimativo deste domínio.

Tendo em vista que o outro olhava-o com superioridade e ameaçava chamar seus sargentos, Guccio continuou:

— Cuidado! Estais falando com um homem que, ainda há cinco dias, era hóspede da rainha da Inglaterra e que teria o poder, mais tarde, de informar o senhor Enguerrand de Marigny sobre o comportamento dos prebostes. Respondei, senhor: quanto vale esta propriedade?

Tais palavras tiveram um forte efeito. Ao ouvir o nome de Marigny, o preboste sentiu-se perturbado; quanto à família, ela se calava, atenta, surpresa. E Guccio sentiu-se como se crescesse duas polegadas.

— A estimativa para o arrendamento de Cressay está por volta de três mil libras — respondeu finalmente o preboste.

— Três mil, realmente?! — Exclamou Guccio. — Três mil libras por este solar campestre, ao passo que o palacete de Nesle, que é um dos mais belos de Paris e que é a morada de Vossa Majestade, o rei de Navarra, está inscrito nos registros reais com o valor de cinco mil libras? Vossas estimativas são bem elevadas!

— Mas há as terras.

— O conjunto vale, no melhor dos casos, novecentas libras, e minhas fontes são seguras.

O preboste tinha uma enorme mancha de nascença no rosto, da cor da borra de vinho, em volta do olho esquerdo. E Guccio, ao mesmo tempo que falava, tinha o olhar fixo na mancha, o que acabou desarmando o preboste.

— Podeis dizer-me agora — retomou Guccio — a quanto equivale o imposto de sucessão?

— São quatro tostões para cada libra do valor estimado.

— Vós mentis, senhor Portefruit. A porcentagem é de dois tostões para cada libra para os nobres, em todos os arrendamentos. Vós não sois o único a conhecer a lei, somos dois... Este homem serve-se de vossa ignorância para vos extorquir dinheiro — disse Guccio, endereçando-se à família Cressay. — Pois ele vem vos amedrontar falando em nome do rei, mas não vos diz que, recebendo os impostos, pagará ao Tesouro o que está prescrito pelas ordenanças, embolsando todo o restante. E, se vos obriga à venda, quem é que vai comprar a propriedade, não por três mil libras, mas sim por novecentas, ou quinhentas, ou mesmo somente como pagamento pelas dívidas da família Cressay? Não seríeis por acaso vós mesmos, senhor preboste, que teríeis a intenção de comprar a propriedade?

Toda a irritação de Guccio, seus despeitos, sua ira, encontravam uma utilidade e uma exultação. Ele se aquecia ao falar. Enfim, tinha a ocasião de ser importante, de se dar ao respeito, de posar como homem forte. Passando alegremente para o campo que tinha vindo atacar, tomava a defesa dos mais fracos e aparecia agora como reparador de injustiças.

Quanto ao preboste, suas grandes faces redondas haviam empalidecido e apenas sua pinta em volta do olho conservava uma cor escura. Agitava seus braços curtos demais com um movimento de pato. Protestava, alegando boa-fé. Não era ele quem fazia as contas. Alguém poderia ter cometido algum erro... seus contadores, ou os responsáveis pelos arrendamentos.

— Pois muito bem, então vamos refazer essas contas! — disse Guccio.

Bastaram alguns instantes para que ele demonstrasse que, com tudo somado, a dívida principal e os juros, os Cressay deviam apenas cem libras e alguns tostões.

— Agora, ordenai então a vossos sargentos que soltem os bois, levem de volta para o moinho o trigo e que deixem em paz essa gente honesta!

E, puxando o preboste pela manga, levou-o até a porta. O outro atendeu prontamente e gritou aos sargentos que tinha ocorrido um erro, que era preciso verificar, que voltariam outro dia e que, por enquanto, tudo fosse recolocado no lugar. Ele pensava que tinha acabado, mas Guccio levou-o de volta até o meio da sala, dizendo-lhe:

— E, agora, devolvei-nos cento e setenta libras.

Pois Guccio havia de tal forma tomado o partido dos Cressay que ele começava a dizer "nós" ao defender a causa deles.

Nesse momento o preboste enfureceu-se, mas Guccio acalmou-o depressa.

— Pois eu não ouvi agora mesmo que, anteriormente, já havíeis recebido duzentas e setenta libras?

Os dois irmãos aquiesceram.

— Então, senhor preboste... cento e setenta — disse Guccio, estendendo a mão.

O gordo Portefruit quis argumentar. O que estava pago, estava pago. Era preciso consultar os livros do prebostado. Aliás, ele não trazia consigo uma tal soma. Voltaria outro dia.

— Seria melhor que tivésseis esse ouro em vossa bolsa. Tendes certeza de não teres recolhido nada, hoje?... Os investigadores do senhor de Marigny são rápidos — declarou Guccio —, e em nome de vosso interesse é preferível encerrar imediatamente esta questão.

O preboste hesitou um instante. Chamar os sargentos? Mas o jovem tinha ares tão vivos e trazia uma boa adaga pendurada ao flanco. E, depois, havia os dois irmãos Cressay, solidamente talhados, e cujos dardos de caça estavam ao alcance da mão, sobre um cofre. Os camponeses certamente tomariam o partido de seus senhores. Era realmente mau negócio, no qual ele não devia se aventurar, sobretudo caso a história viesse a chegar aos ouvidos de Marigny... Ele se rendeu, e tirando de sob a capa uma enorme bolsa, contou os excedentes realizados em suas cobranças. Somente depois Guccio o deixou partir.

— Não esqueceremos de vosso nome, senhor preboste — gritou-lhe o italiano da entrada do solar.

E voltou, rindo generosamente, mostrando todos os dentes, que nele eram belos, brancos e bem-formados.

Logo a família o rodeou, arrebatou-o com tantas bênçãos, tratando-o como um salvador. Na efusão geral, a bela Maria de Cressay pegou a mão de Guccio e nela pousou seus lábios; depois pareceu um pouco espantada pelo que ousara fazer.

Guccio, encantado consigo mesmo, instalou-se às maravilhas em seu novo papel. Acabava de se comportar segundo o ideal dos valentes: ele era o cavaleiro errante que chega a um castelo desconhecido para socorrer a jovem em perigo, libertar dos malvados a viúva e os órfãos.

— Mas enfim, quem sois vós, senhor, a quem tanto devemos? — perguntou Jean de Cressay, aquele que usava barba.

— Chamo-me Guccio Baglioni; sou sobrinho do banqueiro Tolomei, e venho para receber uma dívida.

O silêncio caiu no aposento. Toda a família trocou olhares angustiados e consternados. E Guccio teve a impressão de ser despojado de uma bela armadura.

Dama Eliabel foi a primeira a se recuperar. Apoderou-se do ouro deixado pelo preboste e, sorrindo superficialmente, disse com um tom divertido que fazia questão, antes de mais nada, que o benfeitor da família compartilhasse com eles o jantar.

Saiu apressada, ordenou a seus filhos diversas tarefas e depois, reunindo-os na cozinha, disse-lhes:

— Tenhamos cuidado; trata-se, apesar de tudo, de um lombardo. Sempre é preciso desconfiar dessa gente, sobretudo quando presta favores a alguém. É lamentável que vosso pai tenha tido que recorrer a eles. Mostremos a este que aqui está, que aliás tem ótimo aspecto, que nós não temos dinheiro; mas façamos as coisas de forma que não possa esquecer que somos nobres.

Por sorte, seus dois filhos tinham trazido da caça, um dia antes, o bastante para receber um convidado; além do mais, ela mandou matar algumas aves, e dessa forma foi possível providenciar dois serviços de pratos diferentes, tal como rezava a etiqueta. O primeiro serviço compunha-se de um caldo à moda alemã servido com ovos fritos, um ganso, um guisado de coelho e uma lebre assada; o segundo, de uma rabada de javali ao molho, um frango, e de um manjar ao leite com amêndoas.

Cardápio pequeno, mas que para eles era uma grande variação em vista das fervuras ordinárias feitas com farinha e lentilhas, com as quais a família se contentava na maior parte do tempo.

Levou-se certo tempo para preparar tudo isso. Fizeram subir da adega hidromel, sidra e até mesmo os últimos frascos de um vinho um tanto ou quanto alterado. A mesa foi posta sobre cavaletes no salão, junto a um dos bancos fixos. Uma toalha branca descia até o assoalho, e os convivas levantaram-na até os joelhos para com ela enxugarem as mãos. Os pratos estavam posicionados no meio da mesa, e cada qual se servia diretamente com as mãos.

Três camponeses que comumente cuidavam da criação tinham sido chamados para assegurar o serviço. Eles exalavam um certo cheiro de porcos e de coelhos.

— Nosso trinchador real! — exclamou dama Eliabel com uma mímica que exprimia desculpas e ironia, ao mesmo tempo que designava o manco que cortava as rodelas de pão, que acompanhavam a carne, grossas como pedras de amolar. — É preciso dizer, senhor Baglioni, que ele está mais acostumado a rachar madeira... Isso explica tudo...

Guccio comeu e bebeu muito. O copeiro tinha a mão pesada, e dir-se-ia que ele dava a beber aos cavalos.

A família instigou Guccio a falar, o que ele fez de bom grado. Contou sua tempestade no canal da Mancha, de tal forma que seus hospedeiros deixaram cair a comida no molho. Ele falou de tudo, dos acontecimentos, do estado das estradas, dos Templários, da ponte de Londres, da Itália, da administração de Marigny. A escutá-lo, aparecia como íntimo da rainha da Inglaterra, e insistiu tanto sobre o mistério de sua missão que seria possível acreditar que haveria uma guerra entre os dois países. "Eu não posso dizer mais do que isso, pois trata-se de segredo do reino e não cabe a mim revelá-lo." Aquele que se exibe assim diante dos outros acaba se persuadindo do que conta; e Guccio, vendo agora de outro modo as coisas, considerava sua viagem como um grande sucesso.

Os dois irmãos Cressay, jovens valentes, porém pouco perspicazes, e que jamais tinham posto o nariz fora da cidade de Dreux, contemplavam com admiração e inveja esse moço que era mais jovem do que eles e que já tinha visto e feito tantas coisas.

Dama Eliabel, um pouco apertada em seu vestido, olhava com ternura e sem resistência o jovem toscano e, apesar de sua prevenção contra os "lombardos", ela confessava que havia muito charme em seus cabelos encaracolados, seus dentes brilhantes, seus olhos escuros e até mesmo no sotaque cantado de Guccio. Ela lhe dizia coisas agradáveis.

"Desconfia sempre da adulação", dissera muitas vezes Tolomei a seu sobrinho. "A adulação é o pior perigo para um banqueiro. Dificilmente se pode resistir a ela, e para nós é preferível enfrentar um ladrão do que um adulador."

Mas Guccio bebia aquelas palavras como se fossem hidromel. Na verdade, ele falava sobretudo para Maria de Cressay, essa jovem que não tirava os olhos dele, levantando seus belos cílios dourados. Maria tinha uma maneira de escutar, com os lábios entreabertos semelhantes a uma romã aberta ao meio, o que despertava em Guccio a vontade de falar cada vez mais.

O distanciamento enobrece facilmente as pessoas. Para Maria, Guccio representava exatamente o príncipe estrangeiro em viagem. Era o imprevisto, o inesperado, o sonho tantas vezes sonhado, inacessível, e que, de repente, bate à porta com um rosto verdadeiro, um corpo elegantemente vestido, uma voz.

O deslumbramento que ele lia no olhar de Maria logo fez com que Guccio a considerasse a mais bela jovem que vira no mundo, a mais desejável. Comparada a ela, a rainha da Inglaterra parecia-lhe fria como a lápide de um túmulo. "Se ela viesse até a corte, devidamente vestida para isso", dizia-se ele, "numa semana seria a mulher mais admirada."

Quando os comensais enxaguaram as mãos, cada qual estava um pouco embriagado, e a noite acabava de cair.

Dama Eliabel decidiu que o jovem não poderia partir numa hora daquelas e rogou-lhe que aceitasse pernoitar, por mais modesta que fosse sua casa.

Ela assegurou-lhe que sua montaria estaria em boas mãos e que já fora conduzida ao estábulo. Assim a existência do cavaleiro aventureiro podia continuar, e Guccio achava a vida realmente exaltante.

Logo dama Eliabel e sua filha retiraram-se. Os irmãos Cressay conduziram o viajante até o quarto reservado aos hóspedes de passagem e que parecia não ser usado havia muito tempo. Mal tinha se deitado, Guccio mergulhou no sono, pensando numa boca semelhante a uma romã madura, na qual ele sorvia todo o amor do mundo.

V
A rota de Neauphle

ACORDOU-O CERTA MÃO DESCONHECIDA QUE pesava suavemente sobre seu ombro. Ele quase a pegou e apertou-a contra seu rosto... Abrindo os olhos, viu, acima dele, o peito abundante e o rosto sorridente de dama Eliabel.

— Dormistes bem, senhor?

O dia ia alto. Guccio, um pouco incomodado, garantiu que passara uma excelente noite e que pretendia agora arrumar-se o mais cedo possível.

— É uma vergonha estar vestido assim diante de vós, senhora — disse ele.

Dama Eliabel chamou o camponês manco que, na véspera, servira o jantar; deu-lhe ordem de atiçar o fogo e também de trazer uma bacia de água quente e "panos de enxugar", isto é, toalhas.

— Outrora, tínhamos no castelo uma boa casa de banhos quentes e mesmo uma sala a vapor. Mas estava tudo caindo, pois a construção datava da época dos antepassados de meu finado marido e jamais tivemos dinheiro bastante para reformá-la. Hoje serve para armazenar lenha. Ah! A vida não é nem um pouco fácil para a gente do campo!

"Estou entendendo, ela começou sua pregação em nome do perdão da dívida", pensou Guccio.

Ele sentia a cabeça um tanto pesada devido às bebidas do dia anterior. Perguntou por Jean e Pierre de Cressay; ambos tinham saído para a caça, ainda de madrugada. Mais hesitante, perguntou por Maria. Dama Eliabel respondeu que sua filha tinha precisado ir até Neauphle para fazer algumas compras para a casa.

— Irei até lá agora mesmo — disse Guccio. — Se soubesse, teria podido conduzi-la em meu cavalo para evitar-lhe a caminhada.

Ele se perguntou se a castelã não teria querido, propositalmente, distanciar toda a família, a fim de estar a sós com ele. Ainda mais que, depois de o camponês ter trazido a bacia de água, da qual derrubou a metade no chão, dama Eliabel continuou no quarto, aquecendo as toalhas diante da lareira. Guccio esperava que se retirasse.

— Mas podeis vos lavar, meu jovem senhor — disse ela. — Nossas servas são tão desajeitadas que arrancariam vossa pele ao enxugar-vos. O mínimo que posso fazer é cuidar de Vossa Senhoria.

Balbuciando um agradecimento, Guccio decidiu desnudar-se até a cintura; evitando encarar a castelã, aspergiu de água quente a cabeça e o torso. Era bem magro, como é normal em sua idade, mas bem-feito apesar do tamanho pequeno. "Posso dar-me por contente por ela não ter preparado uma banheira e obrigar-me a desnudar-me sob seus olhos. Essa gente do campo tem um comportamento bem curioso."

Quando acabou, dama Eliabel veio até ele com as toalhas aquecidas e pôs-se a enxugá-lo. Guccio pensava que, indo embora depressa e fazendo galopar o cavalo, teria chances de alcançar Maria na rota de Neauphle, ou de encontrá-la no burgo.

— Tendes uma bela pele, senhor — disse de repente dama Eliabel com a voz um tanto trêmula. — As mulheres podem ter inveja de uma pele tão suave... e imagino que deve haver muitas que a apreciam bastante. Essa bela cor morena deve agradar muito.

Ao mesmo tempo, ela acariciava suas costas com a ponta dos dedos, ao longo das vértebras, o que provocou cócegas em Guccio, e ele virou-se, rindo.

O olhar de dama Eliabel estava perturbado, seu peito agitado, e um singular sorriso modificava-lhe o rosto. Guccio enfiou prontamente a camisa.

— Ah, como é bela a juventude! — continuou dama Eliabel. — Vendo Vossa Senhoria, aposto que aproveitais muito e que vos servis de tudo que ela proporciona.

Ela se calou por um instante; depois, no mesmo tom, continuou:

— Então, meu gentil senhor, o que fareis por nossa dívida?

"Pronto", pensou Guccio.

— Podeis nos pedir o que bem quiserdes. Sois nosso benfeitor e vos abençoamos. Se quereis o ouro devolvido por esse preboste espertalhão, ele vos pertencerá; levai as cem libras, se quiserdes. Mas vistes em que situação nos encontramos e mostrastes que tendes bom coração.

Ela o olhava amarrar as calças, e os sapatos ao mesmo tempo. Para Guccio, essas não eram as boas condições para uma discussão de negócios.

— Aquele que nos salva seria o mesmo que pode causar nossa perda? — prosseguiu ela. — Vós, gente da cidade, não sabeis como nossa posição é difícil. Se ainda não pagamos vosso banco, é porque realmente não pudemos. A gente do rei nos explora, como vós mesmo vistes. Os servos não trabalham mais hoje em dia como no passado. Desde a promulgação dos decretos do rei Felipe, que encorajavam a remissão deles, a ideia de alforria atormenta a cabeça deles. Não conseguimos mais nada dos servos, e esses camponios estão começando a considerar-se como da mesma raça que vós e eu.

Ela acentuou uma leve pausa, a fim de permitir ao jovem lombardo que apreciasse tudo o que esse "vós e eu" continha de adulador.

— E é preciso acrescentar a tudo isso que tivemos dois anos péssimos para as colheitas. Mas, se Deus quiser, basta que a próxima seja boa...

Guccio, que pensava unicamente em partir à procura de Maria, tentou subtrair-se à conversa.

— Não sou eu, é meu tio quem decide — disse ele.

Mas ele já sabia que fora vencido.

— Podeis mostrar a vosso tio que conosco seu dinheiro é sábia e seguramente aplicado; desejo que ele só tenha devedores de nossa qualidade. Dai-nos ainda um ano e vos pagaremos os juros. Fazei isto por mim, eu vos serei muito agradecida — disse dama Eliabel, tomando-lhe as mãos.

Depois, um pouco confusa, ela acrescentou:

— Sabeis, gentil senhor, que desde vossa chegada, ontem... talvez uma senhora jamais devesse dizer uma coisa dessas... eu senti por vós grande amizade? Sabeis que eu faria tudo que está a meu alcance para vos contentar?

Guccio não teve a presença de espírito de responder: "Pois bem, pagai então vossa dívida e ficarei muito contente."

Era evidente que a viúva estava mais inclinada a pagar com sua própria pessoa e era possível perguntar-se se ela se dispunha ao sacrifício para ganhar maior prazo de pagamento, ou se ela se servia da dívida para ter a ocasião de se sacrificar.

Como bom italiano que era, Guccio pensou que seria divertido seduzir ao mesmo tempo a filha e a mãe. Dama Eliabel ainda tinha seus encantos; suas mãos rechonchudas não deixavam de ser suaves, e seu colo, por mais abundante que fosse, parecia ter conservado firmeza. Mas isso só poderia ser um divertimento a mais, e não valia a pena, por ele, deixar escapar a outra presa.

Guccio livrou-se das pressões de dama Eliabel, garantindo-lhe que ia se esforçar para arranjar as coisas; mas precisava correr até Neauphle e expor o problema a seus contadores.

Saiu para o pátio, apressou o manco para que selasse seu cavalo e partiu para o burgo. Nada de encontrar Maria no caminho. Galopando, Guccio se perguntava se a jovem era realmente tão bela como ele achara na véspera, se não se enganara sobre as promessas que acreditou ler em seus olhos, e se tudo aquilo — que talvez não passasse de ilusões de um final de jantar — merecia tanta pressa. Pois existem mulheres que, ao olharem um homem, dão-lhe a impressão de oferecer-se a ele desde o primeiro instante; mas isso não passa de sua expressão natural; elas olham um móvel ou uma árvore da mesma maneira e, no final das contas, não entregam absolutamente nada...

Guccio não avistou Maria na praça de Neauphle. Deu uma olhada pelas ruas das redondezas, entrou na igreja, onde permaneceu pelo tempo de fazer o sinal da cruz, depois foi até o entreposto. Lá acusou os contadores de lhe terem dado informações incorretas. Os Cressay eram gente de qualidade, gente de honra, pagadora de suas dívidas. Era preciso estender o prazo de vencimento para pagamento. Quanto ao preboste... era um verdadeiro biltre... Ao mesmo tempo que falava, Guccio não parava de olhar pela janela. Os empregados assentiam com a cabeça, contemplando esse jovem louco que mudava de ideia de um dia para o outro, e pensavam que seria uma pena caso o banco acabasse indo parar realmente em suas mãos.

— Pode ser que eu volte com frequência; esse entreposto precisa ser acompanhado de perto — disse a eles no momento de despedir-se.

Pulou para a sela, e os pedregulhos voaram sob as ferraduras do cavalo. "Sem dúvida ela deve ter passado por um atalho. Vou reencontrá-la no castelo, mas lá será difícil estar a sós com ela."

Logo depois de sair do burgo, distinguiu uma silhueta que se apressava em direção a Cressay e reconheceu Maria. Então, bruscamente, ouviu cantar os pássaros, descobriu que o sol brilhava, que era o mês de abril e que pequeninas folhas começavam a cobrir as árvores. Por causa desse vestido que avançava pelos prados, a primavera, à qual

Guccio não prestara muita atenção nos últimos três dias, acabava de aparecer-lhe.

Diminuiu a marcha do cavalo quando chegava perto de Maria. Ela olhou-o, não muito surpresa por sua presença, mas como se acabasse de ganhar o mais belo presente do mundo. A caminhada tinha colorido seu rosto, e Guccio percebeu que ela era ainda mais bela do que julgara na véspera.

Ele ofereceu-se para levá-la na garupa. Ela sorriu aquiescendo e seus lábios se entreabriram novamente como uma fruta. Guccio dirigiu o cavalo até um barranco e debruçou-se, dando a Maria seu braço e seu ombro. A jovem era leve; ela se alçou agilmente e partiram devagar. Por um momento ficaram em silêncio. Faltavam palavras a Guccio. O presunçoso, de repente, não encontrava nada para dizer.

Sentiu que Maria quase não ousava apoiar-se nele. Perguntou-lhe então se ela estava acostumada a andar assim, a cavalo.

— Com meu pai ou com meus irmãos... apenas com eles — respondeu ela.

Jamais andara assim, tão próxima às costas de um estranho. Ela se atreveu um pouco e segurou-se com maior firmeza.

— Estais com pressa de voltar? — perguntou Guccio.

Ela não deu resposta, e ele fez o cavalo entrar por um sendeiro que cortava a estrada.

— Vossa região é bela — continuou ele após outro silêncio —, tão bela quanto a minha Toscana.

Não se tratava somente de um elogio de apaixonado. Guccio descobria, maravilhado, a suavidade da Île-de-France, suas colinas ladeadas por florestas, seus horizontes azulados, seus cortinados de álamos dividindo os campos, e o verde mais leitoso, mais frágil dos centeais que acabavam de brotar, suas sebes de pilriteiros nas quais despontavam brotos túrgidos.

Que torres eram aquelas avistadas ao longe, mergulhadas numa bruma leve, do lado em que se põe o sol? Maria teve grande dificuldade para responder que eram as torres de Montfort-l'Amaury.

Ela experimentava uma mistura de angústia e felicidade que a impedia de falar, que a impedia de pensar. Até onde levava aquele sendeiro? Ela não sabia mais. Para onde a conduzia o cavaleiro? Também não sabia. Ela obedecia a algo que ainda não tinha nome, que era mais forte que o temor do desconhecido, mais forte que os preceitos ensinados e as advertências dos confessores. Ela se sentia inteiramente entregue a uma vontade estranha. Suas mãos crispavam-se um pouco mais contra aquele manto, contra as costas daquele homem que era, diante de sua forte sensação de soçobro, a única certeza do universo.

O cavalo que continuava marchando com as rédeas bem soltas parou, sozinho, para abocanhar uns brotos.

Guccio desceu, tomou Maria em seus braços e colocou-a no chão. Mas ele não a soltou e permaneceu com as mãos em volta de sua cintura, que o surpreendeu ao descobrir tão fina e estreita. A jovem permanecia imóvel, prisioneira, inquieta, mas consentindo que seus dedos a enlaçassem. Guccio sentiu que era preciso falar; e foram palavras italianas que lhe vieram aos lábios a fim de exprimir seu amor:

— *Ti voglio bene, ti voglio tanto bene.*

Ela pareceu compreendê-las, de tanto que sua voz bastava para dar-lhes um sentido.

Assim, contemplando Maria à luz do sol, Guccio viu que os cílios da jovem não eram dourados como acreditara, nem seus cabelos eram realmente louros. Ela era uma castanha com reflexos ruivos, com uma tez de loura e grandes olhos azul-escuros, muito bem desenhados sob belas sobrancelhas. O que provocava aquele brilho dourado que emanava dela? De minuto em minuto, Maria tornava-se para Guccio mais exata, mais real, e era perfeitamente bela nessa realidade. Ele abraçou-a mais estreitamente, deixou escorregar lenta e suavemente a mão por suas ancas, subindo depois em direção ao torso, aprendendo assim a verdade daquele corpo.

— Não... — murmurou ela, impedindo sua mão de continuar.

Mas, como se temesse decepcioná-lo, aproximou um pouco seu rosto do dele. Ela entreabrira os lábios e seus olhos estavam fechados. Guccio debruçou-se em direção a sua boca, em direção àquela fruta que ele tanto cobiçava. E permaneceram assim durante longos segundos, rodeados pelo chilreio dos pássaros, por latidos longínquos e por toda a profunda respiração da natureza que parecia tirar a terra de sob seus pés.

Quando seus lábios se separaram, Guccio observou o tronco esverdeado e torto de uma grande macieira que crescia ali perto, e essa árvore pareceu-lhe surpreendentemente bela e viva, como se ele jamais tivesse visto outra parecida em toda a sua vida. Um corvo saltitava em meio ao centeio que brotava; e o jovem da cidade permanecia surpreso por esse beijo campestre.

— Vós viestes, enfim viestes — murmurou Maria.

Ter-se-ia dito que ela o esperava desde a noite dos tempos. Não parava de fitá-lo.

Ele quis novamente sua boca, mas dessa vez ela recusou.

— Não, precisamos voltar — disse ela.

Maria estava certa de que o amor aparecera em sua vida, e por enquanto estava maravilhada. Não desejava nada mais.

Depois de montar novamente na garupa de Guccio, ela passou os braços em volta do peito do jovem italiano, recostou a cabeça contra seu ombro e deixou-se ficar, ao ritmo da marcha, ligada ao homem que Deus lhe enviara.

A moça tinha gosto pelo milagre e pelo absoluto. Por um instante sequer ela imaginou que Guccio pudesse estar numa disposição de alma diferente da sua, nem que o beijo trocado pudesse ter para ele outro significado, menos importante do que tinha para ela.

Ela só se endireitou e retomou a postura que convinha quando os tetos de Cressay apareceram no vale.

Os dois irmãos tinham retornado da caça. Dama Eliabel viu sem grande prazer a chegada de Maria em companhia de Guccio. Por mais que eles se esforçassem para que nada transparecesse, aqueles dois tinham uma expressão de felicidade que provocou o despeito da rechonchuda castelã e inspirou-lhe pensamentos de severidade em relação à filha. No entanto, ela não ousou dizer coisa alguma na presença do jovem banqueiro.

— Eu encontrei a senhorita Maria e pedi-lhe que me mostrasse as redondezas de vossa propriedade — disse Guccio. — Bela terra, esta que possuís.

E depois acrescentou:

— Dei ordens para que aumentem o prazo de vosso pagamento até o ano que vem; espero que meu tio aprove o que fiz. Seria possível recusar algo a tão nobre dama?

Então dama Eliabel cacarejou um risinho e assumiu uma expressão de discreto triunfo.

Todos agradeceram muito a Guccio; entretanto, quando ele anunciou que ia embora, ninguém insistiu muito para que ficasse. Era mesmo um cavaleiro encantador, aquele jovem lombardo, e tinha lhes prestado um enorme favor... mas, na verdade, ninguém o conhecia realmente, pensando bem. O prazo de pagamento estava prolongado, isso era o essencial. Dama Eliabel não teve grandes dificuldades para se convencer de que seus encantos haviam ajudado muito.

A única pessoa que desejava realmente que Guccio ficasse não podia nem ousava dizer nada.

A fim de dissipar o vago incômodo que se instalara, forçaram Guccio a levar um quarto de cabrito-montês que os irmãos tinham matado e fizeram com que prometesse que voltaria. Ele prometeu, olhando para Maria.

— Pelos juros da dívida, eu hei de voltar, estejais certos — disse ele com um tom jovial para não se entregar completamente.

Uma vez sua bagagem fechada, retomou a sela.

Vendo-o distanciar-se ao longe, descendo em direção ao riacho, a senhora de Cressay suspirou fortemente e declarou a seus filhos, menos para informá-los do que para alimentar suas próprias ilusões:

— Meus jovens, tendes uma mãe que ainda sabe como falar aos donzéis. Fiz uma boa manobra com este aí, e vós o teríeis achado mais rude se eu não tivesse tomado minhas providências.

Com medo de se trair, Maria já havia entrado em casa.

Na rota de Paris, Guccio, galopando, considerava-se um sedutor irresistível que só precisava pôr os pés em qualquer castelo para subjugar os corações. A imagem de Maria junto à macieira, perto do riacho, não o abandonava. E ele prometeu a si mesmo que voltaria em breve a Neauphle, muito em breve, talvez mesmo dentro de alguns dias...

Chegou à rua dos Lombardos na hora do jantar e conversou com seu tio Tolomei até altas horas da noite. Este aceitou sem dificuldade as explicações que Guccio lhe deu sobre a dívida da família Cressay; ele tinha outras preocupações. Mas Tolomei pareceu interessar-se especialmente pelo comportamento do preboste Portefruit.

Durante toda a noite, Guccio teve a impressão de que Maria habitava seu sono. No dia seguinte já pensava um pouco menos nela.

Conhecia, em Paris, duas mulheres de mercadores, bonitas burguesas de 20 anos, que não lhe eram indiferentes. Ao término de quatro dias, ele esquecera sua conquista de Neauphle.

Mas os destinos formam-se lentamente e ninguém sabe, em meio a todos os nossos atos semeados ao acaso, quais deles germinarão e chegarão a desenvolver-se, tal como árvores. Ninguém podia imaginar que o beijo trocado às margens do rio Mauldre levaria Maria até o berço de um rei.

Lá em Cressay, Maria começava a esperar.

VI
A rota de Clermont

VINTE DIAS MAIS TARDE, A pequenina cidade de Clermont-l'Oise vivia uma animação totalmente incomum. Das portas até o castelo real, da igreja ao prebostado, havia um enorme movimento de gente. As pessoas mal conseguiam andar nas ruas e entrar nas tavernas; havia um rumor alegre por toda parte, com os panôs de procissão flutuando às janelas. Pois os pregoeiros públicos haviam anunciado, naquela manhã, bem cedo, que o senhor de Poitiers, segundo filho do rei, e seu tio, o senhor de Valois, vinham até ali para acolher, em nome do soberano, sua irmã e sobrinha, a rainha Izabel da Inglaterra.

Esta, que desembarcara três dias antes sobre o solo francês, estava a caminho, por uma estrada da Picardia. Deixara Amiens de manhã; se tudo corresse bem, chegaria a Clermont no final da tarde. Izabel dormiria lá e, no dia seguinte, juntando sua escolta inglesa à francesa, se dirigiria ao castelo de Maubuisson, perto de Pontoise, onde seu pai, Felipe, o Belo, a aguardava.

Pouco antes das nove horas, avisados da proximidade dos príncipes franceses, o preboste, o capitão local e os almotacéis atravessaram uma das portas da cidade — a porta de Paris — a fim de apresentar as chaves aos membros da família real. Felipe de Poitiers e Carlos de Valois, que cavalgavam à frente do cortejo, receberam as boas-vindas e penetraram em Clermont.

Atrás deles vinham mais de cem fidalgos, escudeiros, criados e homens de armas, cujos cavalos levantavam uma enorme nuvem de poeira.

Uma cabeça sobressaía-se entre todas as outras: a de Robert d'Artois. Para cavaleiro gigante, montaria gigante. Esse colossal senhor, montado num enorme cavalo percherão ruço, usando botas vermelhas, manto vermelho, cota de armas de seda vermelha, chamava forçosamente a atenção. Enquanto em muitos cavaleiros a fadiga era visível, d'Artois permanecia ereto na sela como se tivesse acabado de nela montar.

Na verdade, o que garantia os ares repousados de Robert d'Artois, desde a partida de Pontoise, era o sentimento agudo de vingança. Era o único a conhecer o verdadeiro objetivo da viagem da jovem rainha da Inglaterra, o único a imaginar seus desdobramentos. E saboreava antecipadamente o prazer rude e secreto que isso lhe causava.

Durante todo o trajeto, não cessara de vigiar Gautier e Felipe d'Aunay, que faziam parte do cortejo, o primeiro como escudeiro da casa Poitiers, e o mais jovem como escudeiro da casa Valois. Os dois moços estavam maravilhados pela excursão e por todo aquele aparato real. A fim de brilhar ainda mais, eles haviam amarrado — com inocência e vaidade — a suas capas as belas algibeiras presenteadas pelas amantes. Vendo esses objetos brilharem sobre a cintura dos dois, Robert d'Artois sentiu passar por seu peito as ondas de uma imensa alegria cruel e teve dificuldade para conter o riso. "Continuai, meus engraçadinhos, meus basbaques, patetas", dizia-se ele, "vamos... sorri pensando nos belos seios de vossas damas. Pensai bastante, pois não podereis mais tocar neles; e respirai bem no dia de hoje, pois estou certo de que não tereis ainda muitos outros pela frente."

Ao mesmo tempo, como um enorme tigre brincando com as garras escondidas, ele endereçava aos irmãos d'Aunay cordiais saudações, ou lhes lançava algum alegre assobio.

Depois de terem sido salvos por ele da armadilha da torre de Nesle — que o próprio Robert preparara —, os dois moços consideravam-se como seus devedores e sentiam-se obrigados a testemunhar-lhe amizade. Quando o cortejo se deteve, convidaram d'Artois a beber em sua companhia um cântaro de vinho, na soleira do albergue.

— A vossos amores — disse-lhes d'Artois, levantando a taça. — E conservai bem o gosto deste vinhozinho!

Pela rua principal deslizava um denso rio de gente, o que atrasava a marcha dos cavalos. A brisa agitava levemente os panôs multicoloridos que ornamentavam as janelas. Um mensageiro chegou galopando e anunciou que o cortejo da rainha da Inglaterra estava à vista; logo se armou uma enorme balbúrdia.

— Apressai vossos homens — gritou Felipe de Poitiers a Gautier d'Aunay.

Depois, voltando-se para Carlos de Valois:

— Chegamos na hora, meu tio.

Carlos de Valois, todo trajado de azul, e um pouco congestionado pelo cansaço, contentou-se em inclinar a cabeça. Ele teria de bom grado dispensado essa cavalgada; seu humor estava lúgubre.

O cortejo avançou em direção à rota de Amiens.

Robert d'Artois aproximou-se dos príncipes e pôs-se lado a lado com Valois. Ainda que despossuído da herança da família d'Artois, Robert era mesmo assim primo do rei e seu lugar estava garantido na fileira das primeiras cabeças reais de França. Olhando a mão envolta em luvas de Felipe de Poitiers, que segurava firmemente as rédeas de seu cavalo preto, Robert pensava: "É por causa de ti, meu primo magrelo, foi para que te dessem a Comté-Franche que tiraram de mim o condado de Artois. Mas, antes mesmo que o dia de amanhã tenha chegado ao fim, tu terás uma ferida que faz com que nem a honra, nem a fortuna de um homem possam se restabelecer facilmente."

Felipe, conde de Poitiers e marido de Jeanne de Borgonha, tinha 21 anos. Por seu físico, tanto quanto pela maneira de ser, era diferente de todos os outros membros da família real. Não possuía a beleza majestosa e fria do pai, nem a turbulenta boa disposição do tio. Parecia com a mãe, nobre de Navarra. Rosto, corpo e membros compridos, muito grandes, seus gestos eram sempre comedidos, sua voz precisa, um pouco seca; nele tudo — o olhar, a simplicidade dos trajes, a cortesia controlada das palavras — manifestava uma natureza reflexiva, decidida, em que a cabeça dominava em relação aos impulsos do coração.

Ele já era, no reino, uma força com a qual não se podia deixar de contar.

O encontro entre os dois cortejos deu-se a meia légua de Clermont. Quatro arautos da casa real francesa, agrupados no meio do caminho, elevaram seus compridos clarins e tocaram algumas notas graves. Os ingleses responderam soprando em instrumentos semelhantes, mas de tonalidade um pouco mais aguda. Os príncipes avançaram, e a rainha Izabel, esguia e ereta, montada em sua mansa égua branca, recebeu a breve saudação de boas-vindas que lhe dirigiu seu irmão, Felipe de Poitiers. Em seguida, Carlos de Valois veio beijar a mão da sobrinha; depois foi a vez do conde d'Artois que, por meio da profunda inclinação que fez à rainha, soube assegurar-lhe que não havia nem obstáculo nem empecilho no desenrolar dos planos que tinham maquinado juntos.

Enquanto ocorria essa troca de cumprimentos, de perguntas e notícias, as duas escoltas esperavam e se observavam. Os cavaleiros franceses julgavam os trajes dos ingleses. Estes, imóveis e dignos, com o sol batendo nos olhos, usavam orgulhosamente, bordados sobre suas cotas, os emblemas das armas da Inglaterra; mesmo sendo em sua maioria franceses, por origem e nome, via-se que estavam preocupados em fazer um belo papel em terra estrangeira.[17]

Vindo da grande liteira azul e dourada que carregava a rainha, ouviu-se um grito infantil.

— Minha irmã — disse Felipe —, trouxestes então novamente nosso pequeno sobrinho? Não é cansativo demais para uma criança tão pequena?

— Eu não teria sossego deixando-o em Londres sozinho — respondeu Izabel.

Felipe de Poitiers e Carlos de Valois perguntaram-lhe qual era a razão de sua vinda; ela declarou simplesmente que queria ver seu pai, e eles compreenderam que não saberiam nada além disso, pelo menos naquele momento.

Um tanto exausta pela longa duração da viagem, ela desceu de sua égua branca e tomou lugar na grande liteira carregada por duas mulas recobertas de veludo. As escoltas puseram-se novamente a caminho em direção de Clermont.

Aproveitando-se do fato de que Poitiers e Valois retornavam para a cabeça do cortejo, d'Artois empurrou seu cavalo para perto da liteira.

— A cada dia estais mais bela, minha prima — disse-lhe ele.

— Nada de mentiras. Não posso parecer bela após uma semana de caminho e de poeira — respondeu a rainha.

— Quando se ama a lembrança de alguém durante semanas e semanas, não se vê poeira alguma, só se veem os olhos da pessoa querida.

Izabel afundou-se um pouco mais em suas almofadas. Sentia-se de novo tomada por essa incomum fraqueza que a surpreendera em Westminster, diante de Robert. "Será mesmo verdade que ele me ama", pensava ela, "ou me faz os mesmos galanteios que dirige a qualquer mulher?" Por entre o cortinado da liteira, via sobre o cavalo malhado a imensa bota vermelha e a espora dourada; via aquela coxa cujos músculos espremiam-se contra o arção da sela; e ela se perguntava se, a cada vez que se encontrasse na presença daquele homem, estaria sujeita a tal perturbação, a tal desejo de abandonar-se... Ela esforçou-se para se dominar. Não era de forma alguma por razões pessoais que estava ali.

— Meu primo, aproveitemos este momento em que podemos conversar. Contai-me o que tendes para contar.

Rapidamente, fingindo que comentava a paisagem, ele lhe contou o que sabia e o que fizera, como tinha vigiado as duas princesas reais, como tinha preparado a armadilha da torre de Nesle.

— E quem são esses homens que desonram a coroa francesa? — perguntou Izabel.

— Eles estão a vinte passos daqui. Fazem parte da escolta que vos acompanha.

E ele lhe deu as informações essenciais sobre os irmãos d'Aunay, seus feudos, seu parentesco e suas alianças.

— Quero vê-los — disse Izabel.

Com gestos exagerados, d'Artois chamou os dois jovens.

— A rainha notou vossa presença — disse ele ao mesmo tempo que dava uma piscadela.

Os semblantes dos dois moços iluminaram-se de orgulho e prazer.

D'Artois trouxe-os até a liteira, como se estivesse lhes fazendo o maior bem do mundo e, enquanto cumprimentavam a rainha com uma exagerada inclinação de cabeça, ele disse, afetando jovialidade:

— Vossa Majestade, eis aqui os senhores Gautier e Felipe d'Aunay, os mais leais escudeiros de vosso irmão e de vosso tio. Eu vos recomendo todos os dois. Eles são de certa forma meus protegidos.

Izabel examinou friamente os dois rapazes, perguntando-se o que teriam eles no rosto e nos modos que pudesse afastar do dever as filhas de um rei. Eram belos, sem dúvida, e a beleza dos homens sempre incomodava um pouco Izabel. De repente, ela notou as algibeiras na cintura dos dois cavaleiros e seus olhos procuraram imediatamente os de Robert.

Este sorriu ligeiramente.

A partir deste momento ele poderia se retirar da história. Nem sequer precisaria assumir diante da corte o papel desagradável de delator. "Belo trabalho, Robert", dizia a si mesmo.

Os irmãos d'Aunay, com a cabeça cheia de sonhos, voltaram para seus lugares na escolta.

Os sinos de todas as igrejas de Clermont, de todas as capelas, de todos os conventos, soavam vigorosamente e, da pequena cidade em júbilo, já se ouviam os clamores de boas-vindas àquela rainha de 22 anos que trazia para a corte francesa a mais surpreendente infelicidade.

VII

Tal pai, tal filha

UM CASTIÇAL DE PRATA NIQUELADA, encimado por um enorme círio rodeado de uma coroa de velas, iluminava, sobre a mesa, o maço de pergaminhos que o rei acabava de examinar. Do outro lado das janelas, as formas do parque se desmanchavam no crepúsculo; Izabel, com o rosto voltado para a escuridão, olhava as sombras que desciam sobre cada uma das árvores.

Desde a época de Branca de Castela, Maubuisson, nas redondezas de Pontoise, era morada real, e Felipe, o Belo, havia feito dela uma de suas residências habituais. Gostava daquela propriedade silenciosa, fechada por altas muralhas, devido a seu parque e sua abadia, onde as irmãs beneditinas levavam uma vida tranquila, ritmada pelos ofícios religiosos. O próprio castelo não era grande, mas Felipe, o Belo, apreciava a calma do lugar.

"É aqui que eu venho aconselhar a mim mesmo", declarara um dia o rei.

Ele se reunia ali com sua família e uma corte reduzida.

Izabel chegara à tarde, terminando sua viagem. Encontrara suas três cunhadas, Margarida, Jeanne e Branca, com um semblante perfeitamente sorridente, e respondera convenientemente a suas palavras de acolhida.

A ceia fora breve. E agora Izabel estava fechada a sós com seu pai, no aposento em que ele gostava de ficar. O rei Felipe a observava com aquele olhar glacial que dirigia a qualquer criatura humana, mesmo seus filhos. Esperava que ela falasse e ele não ousava começar. "Vou causar-lhe tamanho mal", pensava ela. E de repente, por causa daquela presença, daquele parque, daquelas árvores, daquele silêncio, um grande sopro de lembranças da infância invadiu os pensamentos de Izabel, ao mesmo tempo que ela lamentava sua própria vida.

— Meu pai — disse ela —, meu pai, sou tão infeliz. Ah! Como a França me parece distante desde que me tornei rainha da Inglaterra! E como me fazem falta os dias que ficaram para trás!

Ela teve que lutar contra a tentação das lágrimas.

— Foi para me dizer isto, Izabel, que fizestes tão longa viagem? — perguntou o rei com uma voz sem nenhum calor.

— Se não é a meu pai, a quem poderei dizer que não conheço a felicidade? — respondeu ela.

O rei olhou pela janela, agora escura, e cujos vidros vibravam devido ao vento, depois olhou para as velas e para a lareira.

— A felicidade... — disse ele lentamente. — Mas o que é a felicidade, minha filha, senão concordar com seu próprio destino?

Eles estavam sentados em cadeiras de carvalho, um diante do outro.

— Sou uma rainha, é verdade — disse ela em voz baixa. — Mas por acaso sou tratada como tal na Inglaterra?

— Tratam-vos mal?

Ele não fizera a pergunta demonstrando grande surpresa, posto que sabia muito bem o que ela responderia.

— Vós ignorais com quem me casastes? — disse ela. — Seria um verdadeiro marido aquele que abandona o leito conjugal desde o primeiro dia? Aquele cujas preocupações, cujos sorrisos, cujos cuidados não se endereçam a sua esposa? Aquele que não me dirige uma palavra sequer? Que foge de mim como se eu estivesse atacada pela lepra e que distribui a homens, meu pai, a homens — nem mesmo sequer a mulheres — todos os favores que deveriam ser para mim?

Felipe, o Belo, sabia de tudo aquilo havia muito tempo, e havia muito tempo sua resposta estava pronta.

— Eu não vos casei com um homem, Izabel, mas sim com um rei. Não vos sacrifiqueis por um erro. Quantas vezes precisarei vos ensinar o que devemos a nossos Estados, quantas vezes precisarei dizer que não nascemos para nos entregarmos a nossas dores pessoais? Não vivemos de modo algum nossas próprias vidas, mas sim a de nossos reinos, e somente por eles é que podemos encontrar algum contentamento... caso nos conformemos a nosso destino.

Ele se aproximara do castiçal enquanto falava. A luz desenhava relevos ebúrneos sobre seu belo rosto.

"Eu só poderia ter amado um homem que se parecesse com ele", pensou Izabel. "E nunca amarei ninguém, pois nunca encontrarei homem que se assemelhe a ele."

Depois ela disse:

— Não foi para chorar meus males que vim até aqui, meu pai. Mas estimo que tenhais me lembrado o respeito de si mesmo que convém às pessoas da família real, e também que a felicidade não deve ser nosso objetivo. Eu gostaria que em volta de Vossa Majestade todos pensassem da mesma maneira.

— Por que viestes?

Ela tomou coragem:

— Porque meus irmãos desposaram duas vagabundas, meu pai, porque eu soube disso e porque sou tão austera quanto vós mesmos na defesa da honra.

Felipe, o Belo, suspirou.

— Sei que não amais vossas cunhadas. Mas o que vos separa delas...

— O que me separa delas, meu pai, é a honestidade. Sei coisas que vos ocultaram. Escutai-me, pois não vos trago apenas palavras. Conheceis o jovem senhor Gautier d'Aunay?

— São os dois irmãos que confundo sempre. O pai deles esteve comigo em Flandres. Este do qual falais desposou uma Montmorency, não é isso? E está a serviço de meu filho Poitiers, como escudeiro...

— Ele também está a serviço de vossa nora Branca, mas de outra maneira. E seu irmão caçula Felipe, que está a serviço de meu tio Valois...

— Sim — disse o rei —, sim...

Uma leve dobra horizontal dividia sua testa geralmente livre de qualquer ruga.

— Pois bem, este está a serviço de Margarida, que vós escolhestes para ser um dia rainha de França. Quanto a Jeanne, não parece ter amante algum; mas é sabido que, no mínimo, ela oculta os prazeres de sua irmã e de sua prima, que protege as visitas de seus enamorados à torre de Nesle e que se acomoda muitíssimo bem em um dos mais velhos ofícios que se conhece... E Vossa Majestade precisa saber que toda a corte fala disso.

Felipe, o Belo, levantou a mão.

— As provas, Izabel?

— Vós encontrareis as provas amarradas à cintura dos irmãos d'Aunay. Duas algibeiras que enviei no mês passado a minhas cunhadas e que reconheci ontem, usadas por esses fidalgos, presentes na escolta que me trouxe até aqui. Não me ofende o pouco-caso que vossas noras fazem de meus presentes. Mas, que tais joias sejam dadas a escudeiros, só pode ser em pagamento de um serviço. Imaginai do que se trata. Se tendes necessidade de outros fatos, creio poder obtê-los facilmente.

Felipe, o Belo, olhava para a sua filha.

Ela fizera sua acusação sem hesitar, sem enfraquecer, com algo de determinado no fundo dos olhos, algo de irredutível em que ele mesmo se reconhecia. Ela era realmente sua filha.

Ele se levantou, permaneceu por um longo momento diante da janela.

— Vinde comigo — disse ele enfim. — Vamos ter com elas.

Ele abriu a porta, atravessou um aposento escuro, abriu uma segunda porta que ia sair no caminho externo que circundava o palácio no último andar, de onde ele era guardado pelos vigias. De repente o vento da noite os envolveu, fazendo bater e voar as capas que usavam. Rajadas curtas de vento sacudiam as pedras de ardósia do teto. Lá de baixo subia o cheiro da terra úmida. Ao ouvirem os passos do rei e de sua filha, os arqueiros puseram-se de pé.

Os apartamentos das três noras ficavam numa outra ala do castelo de Maubuisson. Quando se encontrou diante da porta das princesas, Felipe, o Belo, deteve-se por um instante. Escutou. Risos e gritinhos de alegria chegavam até ele através da porta de carvalho. Ele olhou Izabel.

— É o que precisa ser feito — disse ele.

Izabel inclinou a cabeça sem dar resposta. O rei abriu a porta.

Margarida, Jeanne e Branca deram um grito de surpresa, e os risos interromperam-se imediatamente.

Brincavam com umas marionetes e reconstituíam uma cena inventada por elas mesmas e que, encenada um dia por um saltimbanco, tinha-as divertido muito em Vincennes; a cena irritara o rei.

As marionetes eram feitas à imagem dos principais personagens da corte. O pequeno palco representava o quarto do rei em que este aparecia, deitado num leito ladeado por um cortinado de ouro. O senhor Valois batia à porta e pedia para falar com seu irmão. Hugues de Bouville, o camareiro-mor, respondia que o rei não queria falar com ninguém e que proibira que o incomodassem. O senhor Valois ia embora furioso. Depois vinham bater à porta as marionetes representando Luís de Navarra e o príncipe Carlos. Bouville dizia o mesmo aos filhos do rei. Enfim, precedido por três sargentos-maceiros, apresentava-se Enguerrand de Marigny e imediatamente abriam-se-lhe as portas, enquanto lhe diziam: "Senhor, que sejais bem-vindo, o rei deseja vos ver."

Tal sátira parecera inapropriada a Felipe, o Belo; ele proibira que a repetissem. Mas as jovens princesas desobedeciam-no em segredo, experimentando ainda mais contentamento pelo próprio fato de ela ser proibida.

Elas variavam o texto e excediam-se em zombarias, sobretudo quando manejavam as marionetes que representavam seus maridos.

Diante da entrada do rei e de Izabel, elas reagiram como colegiais surpreendidas ao fazer algo errado. Margarida pegou depressa um avental jogado numa cadeira e o vestiu para cobrir seu colo descoberto demais. Branca prendeu suas tranças, que soltara imitando a ira do tio Valois.

Jeanne, que era a mais calma, disse com vivacidade:

— Nós acabamos agora, Vossa Majestade; mas vós teríeis podido ouvir tudo, sem que houvesse motivo para vos encolerizar. Vamos arrumar tudo.

E ela bateu palmas.

— Vinde, Beaumont, Comminges, minhas servas...

— Inútil chamar vossas damas de companhia — disse brevemente o rei.

Ele quase não olhara a brincadeira delas, mas sim elas mesmas. A mais jovem, Branca, tinha 18 anos, as duas outras 20 e 21. Ele as vira crescer, tornar-se belas, desde que tinham chegado, cada uma, por volta de seus 12 ou 13 anos, a fim de esposar um de seus filhos. Mas elas não pareciam ter mais juízo agora do que naquele tempo. Ainda brincavam com marionetes... Seria possível que Izabel tivesse razão? Seria possível que uma grande malícia feminina existisse naqueles seres, que lhe pareciam ainda crianças? "Talvez pensou afinal não conheço nada das mulheres."

— Onde se encontram vossos esposos? — perguntou ele.

— Na sala de armas, Vossa Majestade — respondeu Jeanne.

— Como vedes, eu não vim sozinho — continuou ele. — Dizei sempre que vossa cunhada não vos aprecia. Entretanto contaram-me que ela vos deu, a cada uma, um belíssimo presente...

Izabel viu uma espécie de clarão apagando-se nos olhos de Margarida e de Branca.

Felipe, o Belo, prosseguiu calmamente:

— Mostrai-me então essas algibeiras enviadas da Inglaterra.

O silêncio que veio depois dessas palavras, partiu o mundo em dois. Havia, de um lado, o rei de França, a rainha da Inglaterra, a corte, os barões, os reinos; e, de outro lado, três mulheres cujo erro acabava de ser descoberto e para as quais ia começar um longo pesadelo.

— Pois bem, minhas filhas? Por que não respondeis?

Ele continuava a olhá-las fixamente, com seus olhos imensos, cujas pálpebras não piscavam.

— Deixei minha algibeira em Paris — disse Jeanne.

— Eu também, eu também — logo disseram as outras duas.

Felipe, o Belo, dirigiu-se vagarosamente para a porta. Suas noras, pálidas, observavam seus gestos.

A rainha Izabel tinha se encostado contra a parede e respirava ofegante.

Sem se virar, o rei disse:

— Já que essas algibeiras estão em Paris, enviaremos dois escudeiros para buscá-las, imediatamente.

Ele abriu a porta, chamou um homem que montava guarda e ordenou-lhe que fosse procurar os irmãos d'Aunay.

Branca não resistiu. Deixou-se cair num tamborete, com o rosto pálido, o coração falhando, e sua fronte inclinou-se para o lado, como se desmaiasse. Jeanne a sacudiu pelo braço para obrigá-la a controlar-se.

Margarida, com suas mãozinhas morenas, torcia mecanicamente o pescoço de uma marionete.

Izabel não se movia, sentindo sobre ela os olhares de Margarida e de Jeanne; seu papel de delatora tornava-se difícil de suportar. De repente ela sentiu um grande cansaço. "Irei até o fim", pensou.

Os irmãos d'Aunay entraram apressados, confusos, quase que dando encontrões um contra o outro, devido a tamanha vontade de servir e sentir seu valor reconhecido.

Izabel estendeu a mão.

— Meu pai — disse ela —, esses fidalgos parecem ter adivinhado vosso desejo, posto que trazem à cintura as algibeiras que queríeis ver.

Felipe, o Belo, virou-se para as noras.

— Podeis explicar-me como e por que esses escudeiros estão em posse do presente que vos enviou vossa cunhada?

Nenhuma delas respondeu.

Felipe d'Aunay olhou para Izabel com surpresa, tal como um cão que não entende porque está apanhando, depois voltou-se para seu irmão mais velho, em busca de proteção. Gautier estava boquiaberto.

— Guardas! Vinde ao rei! — gritou Felipe, o Belo.

Sua voz provocou um sopro de ar frio pela espinha dos presentes; e repercutiu, insólita, terrível, através do castelo e da noite. Havia mais de dez anos, desde a batalha de Mons-en-Pévèle precisamente, quando ele tinha inflamado suas tropas e obtido a vitória, jamais tinham-no ouvido gritar, e ninguém mais se lembrava de que ele podia ter tanta força para gritar assim. Aliás, essas foram as únicas palavras que ele pronunciou nesse tom.

— Chamai vosso capitão — disse a um dos homens que acudira.

Aos outros ele ordenou que se mantivessem diante da porta. Ouviu-se uma pesada correria e, um instante mais tarde, o senhor Alain de Pareilles entrou, com a cabeça descoberta, acabando de se recompor.

— Senhor Alain — disse-lhe o rei —, prendei estes dois escudeiros. Ao calabouço e às algemas! Eles terão que depor diante de minha justiça.

Gautier d'Aunay quis reagir.

— Vossa Majestade — balbuciou ele —, Vossa Majestade...

— Basta — disse Felipe, o Belo. — É ao senhor de Nogaret que devereis falar... Senhor Alain — continuou o rei —, as princesas serão mantidas aqui por vossos homens até nova ordem. Estão proibidas de sair. Todos estão proibidos — servos, parentes, até mesmo seus esposos — de entrar neste recinto ou de falar com elas. Sois responsáveis pelo cumprimento dessas ordens.

Por mais surpreendentes que fossem, Alain de Pareilles ouviu tais ordens sem piscar. Nada poderia surpreender o homem que detivera o grão-mestre dos Templários. A vontade do rei era a única lei.

— Vamos, senhores — disse ele aos dois irmãos, mostrando a porta.

Gautier, pondo-se a caminho, murmurou:

— Oremos a Deus, Felipe... Está tudo acabado...

O barulho de seus passos, inaudível em meio aos dos homens de armas, foi diminuindo aos poucos.

Margarida e Branca escutaram esses ruídos de solas que levavam com eles seus amores, sua honra, sua fortuna, a vida inteira. Jeanne perguntava-se se ela conseguiria fazer com que a desculpassem. Margarida, bruscamente, jogou ao fogo a marionete rasgada. Branca, de novo, estava à beira de um desmaio.

— Vem, Izabel — disse o rei.

Eles saíram. A jovem rainha da Inglaterra vencera; mas sentia-se extenuada e estranhamente emocionada pelo fato de seu pai ter-lhe dito: “Vem, Izabel.” Era a primeira vez, desde sua mais remota infância, que ele falava com ela assim, chamando-a por “tu”.

Eles retomaram, um seguindo o outro, o caminho de volta até os aposentos do rei. O vento empurrava enormes nuvens sombrias no céu. O rei passou por seu gabinete, pegou o candelabro de prata e partiu em busca de seus filhos. Sua sombra imensa embrenhou-se por uma escadaria em caracol. O coração pesava em seu peito e ele nem sequer sentiu as gotas de cera quente que escorriam sobre seus dedos.

VIII
Mahaut de Borgonha

POR VOLTA DE MEIA-NOITE, DOIS cavaleiros que tinham feito parte da escolta de Izabel distanciaram-se do castelo de Maubuisson. Eram Robert d'Artois e seu criado Lormet, que fazia as vezes de camareiro, confidente, companheiro de armas e de viagem, e fiel executor de todas as ordens do conde.

Tendo deixado por alguma obscura razão a casa dos condes de Borgonha, Lormet de Dolois, desde que Robert o acolhera, jamais tinha se separado dele por uma noite sequer. Era impressionante ver esse pequeno homem rechonchudo, espadaúdo e já grisalho preocupar-se com seu jovem e gigante senhor, seguindo-o passo a passo para socorrê-lo em qualquer empreitada, como ocorrera recentemente no caso da armadilha da torre de Nesle.

O dia estava nascendo quando os dois cavaleiros chegaram às portas de Paris. Eles amainaram o passo de seus cavalos impetuosos e Lormet bocejou algumas vezes. Com mais de 50 anos, era mais resistente do que um jovem escudeiro e suportava muito bem as longas marchas a cavalo, mas ficar sem dormir era algo que o abatia.

No centro de Paris, na praça de Grève, via-se, como de costume, o ajuntamento de serventes diversos em busca de trabalho. Contramestres dos canteiros de obras do rei e capitães de navio circulavam entre os grupos para contratar ajudantes, carregadores e mensageiros. Robert d'Artois atravessou a praça e tomou a rua Mauconseil, na qual morava sua tia, Mahaut d'Artois.

— Sabes, Lormet — disse o gigante —, eu quero que essa cadela tome conhecimento da desgraça que lhe acontece por meu intermédio. Eis aí um grande momento de prazer em minha vida. Quero ver a cara ruim da minha tia quando eu lhe contar o que está acontecendo em Maubuisson. E quero que venha até Pontoise; e que ainda aumente sua desgraça indo esganiçar diante do rei. Quero que ela morra de despeito.

Lormet deu um bom bocejo.

— Ela vai morrer de despeito, senhor, ela vai morrer, podeis ter certeza, vós fazeis tudo o que é preciso para que isso ocorra — disse ele.

Eles chegavam então ao imponente palacete dos condes d'Artois.

— Pois não é uma vilania que ela esteja se empavonando nessa grande morada que meu avô mandou construir? — continuou Robert. — Eu é que deveria viver aqui!

— Esse dia chegará, senhor, esse dia chegará.

— E tu serás meu zelador, ganhando cem libras por ano.

— Obrigado, senhor — respondeu Lormet como se ele já desempenhasse uma alta função e tivesse embolsado o dinheiro.

D'Artois desceu de seu cavalo percherão, jogou as rédeas a Lormet e estendeu a mão para a aldraba, com a qual bateu algumas vezes na porta.

Abriu-se então o batente, dando passagem a um guardião de belo tamanho, bem acordado, e que trazia à mão uma clava do tamanho de um braço.

— Quem vem lá? — perguntou o guardião, indignado com tal barulho.

Mas Robert d'Artois empurrou-o para o lado e penetrou no palacete. Uma dezena de criados e servas ocupavam-se com a limpeza matinal dos pátios, corredores e escadarias. Robert, empurrando todos, ganhou o andar em que se localizavam os apartamentos.

— Alguém por aqui?

Um doméstico acudiu, todo assustado, carregando um balde.

— Minha tia, Picard! Tenho que ver minha tia já!

Picard, homem da cabeça chata e de poucos cabelos, largou seu balde e respondeu:

— Ela está tomando sua refeição, senhor.

— Pois muito bem, eu não me incomodo! Avisa-a da minha chegada, e depressa!

Improvisando rapidamente uma expressão de dor e emoção, Robert d'Artois seguiu o criado até o quarto.

Mahaut, condessa d'Artois, par do reino, ex-regente da região de Franche-Comté, era uma poderosa mulher entre 40 e 45 anos, dona de uma carcaça alta e sólida, de flancos maciços. Seu rosto gordo dava uma impressão de força e vontade. Possuía uma testa larga e arredondada, os cabelos ainda bem castanhos, os lábios com um pouco de buço, a boca vermelha.

Tudo era grande naquela mulher, os traços, os membros, o apetite, as iras, a avidez de possuir, as ambições, o gosto pelo poder. Com a energia de um guerreiro e a tenacidade de um legista, ela mantinha sua corte de Arras como mantivera a corte de Dole, vigiando a administração de seus territórios, exigindo a obediência de seus vassalos, sabendo controlar a força dos outros, mas atingindo impiedosamente o inimigo indefeso.

Doze anos de luta contra seu sobrinho tinham-lhe ensinado a conhecê-lo bem. A cada vez que ocorria uma dificuldade, a cada vez que os senhores d'Artois mostravam-se recalcitrantes, a cada vez que uma cidade protestava contra certos impostos, Mahaut não tardava a desvendar por detrás daquilo a mão secreta de Robert.

"É um lobo selvagem, um grande lobo cruel e falso", dizia a condessa ao pensar nele. "Mas eu tenho a cabeça mais sólida, e ele vai acabar se destruindo sozinho com seus próprios golpes."

Eles quase não se falavam havia longos meses e só se viam, por obrigação, na corte.

Naquela manhã, sentada diante de uma mesinha arrumada ao pé de sua cama, a condessa Mahaut mastigava, fatia após fatia, uma porção de patê de lebre que constituía o início de sua refeição matinal. Da mesma maneira que Robert se aplicava em fingir emoção e pena, ela passou a aplicar-se, desde que ele entrou, a fingir naturalidade e indiferença.

— Ora quem vejo em plena aurora! Meu sobrinho, chegais como uma tempestade! Por que tanta pressa?

— Senhora minha tia — exclamou Robert —, tudo está perdido!

Sem mudar de atitude, Mahaut regou tranquilamente a garganta com uma bela taça de vinho d'Artois, de uma bela cor rubi, que era o seu preferido.

— O que perdestes, Robert? Outro processo? — perguntou ela.

— Minha tia, juro que não é este o momento de termos outra disputa. A desgraça se abate sobre a nossa família e não podemos brincar com isso.

— Qual é a desgraça que poderia ser tão ruim para nós dois ao mesmo tempo? — disse Mahaut com um calmo cinismo.

— Minha tia, estamos nas mãos do rei.

Mahaut deixou transparecer um pouco de inquietude no olhar. Ela se perguntava que armadilha ele estaria montando para ela e o que significava todo aquele preâmbulo.

Com um gesto que lhe era familiar, arregaçou as mangas, descobrindo parte de seus antebraços fortes e carnudos. Depois bateu a mão sobre a mesa e chamou:

— Thierry!

— Só poderei falar convosco a sós — afirmou Robert. — O que venho dizer-vos diz respeito a nossa honra.

— Ah! Tu podes dizer qualquer coisa diante de meu chanceler.

Ela estava desconfiada e queria uma testemunha.

Por um breve instante, mediram-se pelo olhar; ela atenta, ele deleitando-se com a comédia que representava. "Vai, chama então todo mundo", pensava ele, "que todos escutem!"

Era algo de especial ver aqueles dois seres que se observavam, mediam-se, enfrentavam-se e que tinham tantos traços em comum, aqueles dois touros da mesma estirpe e do mesmo sangue, que se assemelhavam tanto e se detestavam igualmente.

A porta se abriu e Thierry d'Hirson apareceu. Cônego titular da catedral de Arras, chanceler de Mahaut e também um pouco seu amante, aquele homem pequenino, balofo, do rosto redondo, nariz pontudo e branco, exalava autoridade e segurança.

Cumprimentou Robert e disse-lhe, olhando-o por cima das pálpebras, o que lhe forçava a deixar cair para trás a cabeça:

— Coisa bem rara vossa visita, senhor.

— Parece que meu sobrinho tem algo a me informar sobre uma terrível desgraça — disse Mahaut.

— Infelizmente! — suspirou Robert, deixando-se cair numa cadeira.

Esperou um momento. Mahaut começava a trair-se, mostrando certa impaciência.

— Nós tivemos alguns conflitos, minha tia... — continuou ele.

— Bem mais do que isso, meu sobrinho; foram brigas horrendas e que terminaram sem vantagem para vós.

— É mesmo, é mesmo, e Deus é minha testemunha para dizer que vos desejei todo o mal possível!

Ele recomeçava seu golpe preferido, a boa franqueza de suas más intenções, para dissimular a arma que tinha nas mãos.

— Mas nunca vos desejei coisa semelhante — continuou Robert. — Pois sabeis que sou bom nobre e firme em relação a tudo que diz respeito à honra.

— Mas do que se trata, enfim? Fala, ora! — exclamou Mahaut.

— Vossas filhas, minhas primas, são adúlteras e isso foi provado. Elas foram detidas por ordem do rei, e Margarida com elas.

Mahaut não se mostrou golpeada imediatamente. Não acreditava no que ouvira.

— De onde tiras esta fábula?

— Eu mesmo soube, minha tia; e toda a corte, em Maubuisson, também sabe. Tudo se passou quando caiu a noite.

Ele experimentou grande prazer em extenuar os nervos de Mahaut contando-lhe o problema pedacinho por pedacinho, dizendo apenas aquilo que ele queria.

— Elas confessaram? — perguntou Thierry d'Hirson, olhando sempre por cima das pálpebras.

— Não sei — respondeu Robert. — Mas os jovens d'Aunay estão, neste momento, confessando eles mesmos, entregues aos cuidados de vosso amigo Nogaret.

— Meu amigo Nogaret... — repetiu lentamente Thierry d'Hirson. Mesmo se fossem inocentes, uma vez submetidas a ele sairiam irremediavelmente marcadas.

— Minha tia — continuou Robert —, percorri em plena noite as dez léguas que vão de Pontoise a Paris para adverti-la, pois ninguém pensava em fazer isso. Pensai ainda que são os maus sentimentos que me motivam?

Mahaut observou seu sobrinho por um instante e, no drama em que se encontrava, pensou: "Talvez, às vezes, ele seja capaz de alguma boa ação."

Depois, com um tom ríspido, disse-lhe:

— Queres comer?

Só por essas palavras, Robert compreendeu que ela estava realmente abalada.

Ele se serviu de um faisão frio que cortou em dois, com as mãos, e que começou a morder. De repente, viu sua tia mudar estranhamente de cor. Inicialmente, a região da garganta, acima do vestido enfeitado com pelos de arminho, tornou-se vermelho-escarlate, depois o pescoço, a parte inferior do rosto. Via-se que o sangue invadia suas faces, atingia a testa, que se tornava carmesim. A condessa Mahaut levou a mão até o peito.

"Pronto! Ela vai morrer", pensou Robert. "Ela vai morrer!"

Logo ele se decepcionou, pois a condessa levantou-se, afastando num gesto brusco, com o braço, o patê de lebre, as taças e a prataria, que foram parar no chão ruidosamente.

— As vagabundas! — urrou ela. — Depois de tudo o que fiz por elas, depois de eu ter-lhes arranjado os casamentos que arranjei... Deixar-se surpreender como duas vagabundas. Pois bem! Que elas percam tudo! Que sejam presas, empaladas, enforcadas!

O cônego-chanceler não se movia. Estava acostumado às iras da condessa.

— Pois é isso mesmo o que eu penso, minha tia. Estão isoladas, e ninguém pode...

— Então eu vou falar com o rei! Beatriz! Beatriz! — chamou a condessa.

Um cortinado se abriu, e uma moça alta, de cerca de 20 anos, morena, com os seios redondos e firmes, as ancas pronunciadas, as pernas compridas, entrou sem apressar-se. Desde que a viu, Robert d'Artois sentiu-se atraído por ela.

— Beatriz, tu ouviste tudo, não é? — perguntou Mahaut.

— Sim, condessa... — respondeu a jovem com uma voz que era levemente zombeteira e que se arrastava um pouco no final das palavras. — Eu estava atrás da porta, como de costume...

A curiosa lentidão que se imprimia em sua voz, em seus gestos, também transparecia em sua maneira de se mover e de olhar. Dava uma impressão de moleza ondulante e de anormal placidez; mas a ironia brilhava em seus olhos, entre longos cílios pretos. A infelicidade dos outros, suas lutas e dramas deviam com certeza dar-lhe enorme prazer.

— É a sobrinha de Thierry — disse Mahaut a Robert, apontando para ela. — Fiz dela minha primeira-dama de companhia.

Beatriz d'Hirson encarava Robert d'Artois com uma traiçoeira falta de pudor. Estava visivelmente curiosa para conhecer aquele gigante do qual ouvira falar como alguém maléfico.

— Beatriz — continuou Mahaut —, manda preparar minha liteira e selar seis cavalos. Vamos para Pontoise.

Beatriz continuava a olhar Robert nos olhos e teria sido possível pensar que ela não escutara. Havia naquela bela jovem algo de irritante e perturbador. Estabelecia com os homens, desde a primeira abordagem, uma relação de imediata cumplicidade, como se não lhes opusesse resistência alguma. Mas ao mesmo tempo fazia com que eles se perguntassem se ela não seria, por acaso, completamente estúpida ou se não estaria zombando deles.

"Bela rameira... Eu faria dela, de bom grado, meu passatempo de uma noite", pensou Robert enquanto ela saía sem pressa do aposento.

Do faisão, só restavam os ossos, que ele jogou no fogo. Agora, Robert estava com sede. Pegou, sobre um aparador, um jarro d'água de que se servira Mahaut e bebeu um bom gole.

A condessa andava de um lado para o outro, dobrando as mangas do vestido.

— Não deixarei minha tia sozinha num dia como este — disse d'Artois. — Eu vos acompanho. É um dever de família.

Mahaut levantou os olhos para ele, ainda um pouco desconfiada. Depois ela se decidiu, finalmente, a estender-lhe as mãos.

— Tu me prejudicaste muitas vezes, Robert, e aposto que ainda farás isto. Mas hoje, devo reconhecer que tu te comportas como um moço valoroso.

IX
O sangue dos reis

No porão comprido e baixo do velho castelo de Pontoise, em que Nogaret acabava de interrogar os irmãos d'Aunay, a luz do dia começava lentamente a penetrar. Um galo cantou, depois outros dois, e ouviu-se o voo da passarada próximo aos respiradouros que tinham sido abertos para deixar entrar um pouco de ar fresco. Uma tocha fixada à parede crepitava, juntando seu cheiro acre ao dos corpos torturados. Guilherme de Nogaret disse, em voz baixa:

— A tocha.

Um dos algozes, que descansava encostado à parede, foi pegar num canto do porão uma outra tocha; ele a acendeu com as brasas de um tripé sobre o qual descansavam os ferros rubros de tão quentes, agora inúteis, destinados à tortura. Tirou de seu suporte a tocha usada e apagou-a, substituindo-a pela nova. Depois voltou para seu lugar, perto de um outro algoz. Os dois "atormentadores", como eram então chamados, tinham olheiras vermelhas de tanto cansaço. Seus antebraços musculosos e peludos, sujos de sangue, pendiam ao lado de seus aventais de couro. Um cheiro forte exalava deles.

Nogaret levantou-se do tamborete em que tinha permanecido sentado durante o interrogatório, e sua silhueta magra duplicou-se numa sombra trêmula projetada sobre as pedras cinzentas.

Da extremidade do porão chegava uma respiração ofegante entrecortada por soluços; os irmãos d'Aunay gemiam numa só voz.

Nogaret debruçou-se sobre eles. Os dois rostos assemelhavam-se estranhamente. A pele tinha o mesmo tom cinzento, com rastos úmidos, e os cabelos, colados pelo suor e pelo sangue, revelavam a forma dos crânios. Um estremecimento acompanhava o lamento contínuo que saía dos lábios rasgados.

Gautier e Felipe d'Aunay tinham sido crianças, e depois jovens, felizes. Viveram para satisfazer seus prazeres e desejos, suas ambições e vaidades. Como todos os jovens de sua idade, tinham seguido um treinamento para o ofício das armas; mas tudo que tinham sofrido até então não passava de males reais porém ínfimos, ou males inventados pelo espírito. Ainda ontem, faziam parte do cortejo do poder e todas as esperanças pareciam-lhes legítimas. Uma única noite transcorrera e agora não passavam de animais abatidos, e se ainda estavam em condição de desejar algo, só poderia ser o aniquilamento.

Sem demonstrar nenhuma piedade, nem tampouco nenhum desgosto, Nogaret observou por um momento os dois moços, depois reergueu-se. O sofrimento dos outros, o sangue dos outros, os insultos de suas vítimas, seu ódio ou desespero não o atingiam. Essa insensibilidade, que era uma disposição natural, ajudava-o a servir os interesses superiores do reino. Possuía vocação para o bem público, como outros podem ter vocação para o amor.

A palavra vocação é o nome nobre da paixão. Aquela alma de chumbo e ferro não conhecia dúvida nem limites quando se tratava de satisfazer as razões de Estado. Os indivíduos não contavam para ele, e ele próprio contava pouco.

Existe na história uma linhagem singular, continuamente renovada, de fanáticos da ordem. Devotados a um ídolo abstrato e absoluto, para eles as vidas humanas não têm valor algum quando atentam contra o dogma das instituições; e dir-se-ia que esquecem que a coletividade que servem é composta por homens.

Nogaret, ao torturar os irmãos d'Aunay, não entendia seus lamentos; tudo que lhe vinha à mente é que estava reduzindo as causas da desordem.

— Os Templários foram mais resistentes — disse ele.

E, como assistente, ele pudera contar apenas com os atormentadores locais, e não com os da Inquisição de Paris.

Sentia os rins pesados e uma dor no meio das costas. "É o frio", pensou.

Mandou fechar os respiradouros e aproximou-se do tripé em que a brasa ainda estava viva. Estendeu as mãos, esfregou-as uma contra a outra, depois massageou a região dos rins, resmungando.

Os dois torturadores, sempre apoiados contra a parede, pareciam cochilar.

Sentado a uma pequena mesa, onde ele mesmo escrevera durante toda a noite — pois o rei desejara que não houvesse a presença de escrivão —, cotejou as folhas do interrogatório e arrumou-as numa pasta de pergaminho. Depois, suspirando, dirigiu-se para a porta e saiu.

Então os torturadores vieram até Gautier e Felipe d'Aunay e tentaram colocá-los de pé. Como não conseguiram fazê-lo, pegaram pelos braços, tal como se pega crianças doentes, aqueles dois corpos que tinham torturado e os levaram até o calabouço vizinho.

O velho castelo de Pontoise, que agora só servia como capitania e prisão, ficava aproximadamente a meia légua da residência real de Maubuisson. Nogaret percorreu a pé essa distância, escoltado por dois sargentos do prebostado. Andava rapidamente, no ar frio da manhã carregado de perfumes da floresta úmida.

Sem responder à saudação dos arqueiros, atravessou a corte de Maubuisson e penetrou o edifício, sem prestar atenção aos cochichos provocados por sua passagem nem à expressão de vigília mortuária dos camareiros e dos fidalgos na sala dos guardas.

— O rei — solicitou ele.

Um escudeiro precipitou-se a fim de guiá-lo em direção aos apartamentos, e o chanceler real encontrou-se então face a face com a família real.

Felipe, o Belo, estava sentado, com o cotovelo apoiado no braço da cadeira, o queixo na mão. Olheiras azuis desenhavam-se sob seus olhos. Junto dele estava Izabel; as duas tranças douradas que emolduravam seu rosto acentuavam a dureza de sua expressão. Fora ela que obrara pela infelicidade. Ela compartilhava, segundo a opinião alheia, a responsabilidade pelo drama e, devido ao estranho elo que une o delator ao culpado, se sentia quase em acusação.

O senhor de Valois batia nervosamente os dedos sobre a beirada da mesa e balançava a cabeça como se algo o incomodasse na altura do pescoço. O segundo irmão do rei ou, mais precisamente, seu meio-irmão, o senhor Luís de França, conde de Évreux, de aparência calma e vestido sem espalhafato, também estava presente.

Enfim, encontravam-se agrupados, em seu infortúnio comum, os principais interessados, os três filhos do rei, os três esposos, sobre os quais acabava de abater-se a catástrofe e, ao mesmo tempo, o ridículo: Luís de Navarra, abalado por uma tosse nervosa; Felipe de Poitiers, enrijecido pelo esforço para parecer calmo; e Carlos, com seus belos traços de adolescente transtornados pelo primeiro pesar de sua vida.

— A coisa foi confessada, Nogaret? — perguntou Felipe, o Belo.

— Ah... Vossa Alteza, a vergonha... o horror foi confessado.

— Fazei-nos a leitura.

Nogaret abriu a pasta de pergaminho e começou:

"Nós, Guilherme de Nogaret, cavaleiro, secretário-geral do reino e chanceler de França pela graça de Vossa Majestade, o amado senhor Felipe quarto, ouvimos, no dia de hoje, vigésimo quinto do mês de abril do ano de mil trezentos e quatorze, entre meia-noite e cinco horas da manhã, no castelo de Pontoise, com a assistência dos atormentadores do prebostado da dita cidade, os senhores Gautier d'Aunay, donzel vassalo do senhor Felipe, conde de Poitiers, e Felipe d'Aunay, escudeiro do Senhor Carlos, conde de Valois..."

Nogaret apreciava o trabalho bem-feito. Claro que os dois irmãos d'Aunay haviam inicialmente negado, mas o chanceler tinha uma maneira para conduzir os interrogatórios, diante da qual os escrúpulos da galanteria não podiam resistir por muito tempo. Obtivera dos jovens a confissão completa e detalhada. O tempo em que as aventuras das princesas tinham começado, as datas dos encontros, as noites na torre de Nesle, os nomes dos servos cúmplices, e tudo aquilo que, para os culpados, representara paixão, febre amorosa e prazer estava agora enumerado, consignado, detalhado, exposto nas minutas do interrogatório.

Izabel quase não ousava olhar para seus irmãos, e eles mesmos hesitavam em trocar olhares entre si. Durante cerca de quatro anos eles tinham sido assim enganados, tapeados, traídos; cada palavra de Nogaret arrasava-os ainda mais de tanta infelicidade e vergonha.

O enunciado das datas colocava para Luís de Navarra uma terrível questão: "Durante os seis primeiros anos de nosso casamento, não tivemos filhos. A criança chegou apenas depois de esse Aunay ter entrado na cama de Margarida... Então a pequena Jeanne..." E ele não conseguia ouvir mais nada, porque repetia incessantemente, em meio ao zumbido do sangue que lhe esquentava as orelhas: "Minha filha não é minha... Minha filha não é minha..."

O conde de Poitiers, quanto a ele, esforçava-se para não perder nada da leitura. Nogaret não tinha podido fazer com que os irmãos d'Aunay dissessem que a condessa de Poitiers tinha um amante, nem tirar deles um nome qualquer. Ora, após tudo que eles tinham confessado, era bem plausível pensar que, caso tivessem conhecido a existência desse amante, caso ele existisse, eles o teriam entregado. Que a condessa Jeanne tivesse desempenhado um papel bastante infame de cúmplice... quanto a isso, não havia dúvidas, Felipe de Poitiers refletia.

> "Considerando que a questão foi suficientemente esclarecida, e posto que a voz dos prisioneiros tornava-se inaudível, decidimos encerrar a sessão, a fim de fazer o relatório a nosso soberano."

O chanceler acabara. Arrumou as folhas e esperou.

Após alguns instantes, Felipe, o Belo, mudou de posição.

— Senhor Guilherme — disse ele —, vós nos instruístes sobre coisas dolorosas. Depois que tivermos julgado o ocorrido, vós destruireis tudo isso.

E ele apontou para a pasta de couro.

— A fim de que restem traços do drama apenas em nossa memória.

Nogaret inclinou-se e saiu.

Houve um longo silêncio, depois, de repente, alguém gritou:

— Não!

Era o príncipe Carlos, que tinha se levantado. Ele repetiu: "Não!", como se fosse para ele impossível admitir a verdade. Suas mãos tremiam, suas faces tinham a aparência rósea do mármore, e ele não conseguia reter as lágrimas.

— Os Templários... — disse ele, com uma expressão desvairada.

— O que dizeis, Carlos? — perguntou Felipe, o Belo.

Ele não apreciava que evocassem essa lembrança recente demais. Ainda ouvia, como todos os presentes, com exceção de Izabel, a voz do grão-mestre... "Amaldiçoados até a décima terceira geração de vossas raças..."

Mas Carlos não pensava na maldição.

— Naquela noite — balbuciou ele —, estavam juntos.

— Carlos — disse o rei —, fostes um esposo bem fraco; fingi, ao menos, que sois um príncipe forte.

Foi a única palavra de apoio que o jovem recebeu do pai.

O senhor de Valois ainda não dissera nada, e para ele era uma verdadeira penitência permanecer calado por tanto tempo. Aproveitou desse momento para explodir.

— Pelo sangue de Deus — exclamou ele —, passam-se coisas bem estranhas no reino, até mesmo sob o teto do rei! A cavalaria morre, senhor meu irmão, e com ela toda a honra...

E depois disso se lançou numa incrível diatribe, cuja ênfase atrapalhada alimentava-se, na verdade, de uma grande perfídia. Para Valois, tudo se explicava. Os conselheiros do rei, Marigny à frente, tinham querido abater as ordens da cavalaria; mas a boa moral vinha com isso desmoronar. Os legistas surgidos do nada para a ocasião inventavam não se sabe que novo direito, tirado dos institutos romanos, a fim de com ele substituir o bom e velho direito feudal. O resultado não fazia por esperar. No tempo das Cruzadas, as mulheres permaneciam sós durante longos anos; sabiam conservar sua honra e nenhum vassalo teria se aventurado a subtraí-la. Agora... tudo não passava de vergonha e licenciosidade. Como era possível? Dois escudeiros...

— Um deles está a vosso serviço, meu irmão — disse secamente o rei.

— Tanto quanto o outro é vassalo[18] de vosso filho, meu irmão — replicou Valois, apontando para o conde de Poitiers.

Este afastou suas mãos compridas.

— Cada um de nós pode ser enganado pela criatura à qual concedeu sua confiança.

— Pois é precisamente por isso — exclamou Valois, que se servia de qualquer coisa para argumentar — que o pior crime que pode cometer um vassalo é o de seduzir e roubar a honra da mulher de seu suserano! Os irmãos d'Aunay quase...

— Considerai-os mortos, meu irmão — interrompeu o rei.

E com a mão fez um gesto ao mesmo tempo negligente e determinado, que valia mais do que qualquer sentença, e prosseguiu:

— O que precisamos acertar é a sorte das princesas adúlteras... Esperai, meu irmão, a fim de que eu interrogue antes meus filhos... Falai, Luís.

No momento que abria a boca, Luís de Navarra foi sacudido pela tosse, e duas placas vermelhas vieram desenhar-se sobre suas maçãs do rosto. Todos respeitaram esse seu momento de sufocamento. Depois de ter recuperado finalmente o fôlego, exclamou:

— Logo dirão que minha filha é uma bastarda! Isso é o que vão dizer. Uma bastarda!

— Se vós sois o primeiro a aclamar tal coisa, Luís — respondeu o rei —, certamente outros não irão se privar de repeti-la.

— É verdade... — disse Carlos de Valois, que ainda não havia pensado naquilo, e cujos olhos azuis iluminaram-se de repente um estranho brilho.

— E por que não dizer, se é a verdade? — continuou Luís, perdendo completamente o controle.

— Calai-vos, Luís... — disse o rei francês, batendo no braço da cadeira. — Dizei somente vossa opinião sobre o castigo que deve ser reservado a vossa esposa.

— Que lhe tirem a vida! — respondeu o Cabeçudo. — A dela e as das outras duas. Das três. Morte, morte, morte para elas!

Ele repetiu "Morte" com os dentes apertados, enquanto imitava no vazio, com a mão, o gesto de cortar cabeças.

Então, Felipe de Poitiers, pedindo a seu pai a palavra com o olhar, disse:

— A dor vos transtorna, Luís. Não pesa na alma de Jeanne um pecado tão terrível quanto o de Margarida e Branca. Lógico, ela é culpada por ter servido aos arrebatamentos das duas, e por isso perdeu muito de seu mérito. Mas o senhor Nogaret não obteve prova alguma de que ela tenha traído seu casamento.

— Fazei com que ela seja também torturada e vereis se ela não confessa — gritou Luís. — Ela ajudou a macular a minha honra e a de Carlos; se nos amais, fazei com que ela seja tratada da mesma maneira que as duas outras pérfidas.

Felipe de Poitiers esperou um pouco.

— Vossa honra me é cara, Luís — disse ele. — Mas a região de Comté-Franche me é tão cara quanto ela.

Os assistentes se olharam e Felipe prosseguiu:

— Vós tendes por certa a Navarra, Luís, que herdamos de nossa mãe; vós já sois rei e tereis, o mais tarde possível, se Deus quiser, a França. Ao passo que eu tenho apenas Poitiers, com que nosso pai agraciou-me, e nem sequer sou par de França. Mas pela ligação com Jeanne, minha mulher, sou conde palatino de Borgonha e senhor de Salins, cujas minas de sal produzem a maior parte de minha renda. Que Jeanne seja aprisionada num convento, por todo o tempo necessário para que tudo seja esquecido, e mesmo para sempre, se isto é necessário para a vossa honra, isso é o que proponho; mas que ninguém atente contra a sua vida.

O senhor Luís de Évreux, que até então permanecera calado, aprovou Felipe.

— Meu sobrinho tem razão, tanto diante de Deus quanto em relação ao reino — disse ele, com uma voz penetrante, mas sem ênfase. — A morte é coisa grave, que muito nos atormenta e pela qual não podemos nos decidir quando encolerizados.

Luís de Navarra lançou-lhe um olhar furioso.

Havia na família dois clãs, e isso fazia muito tempo. Valois tinha a afeição de seus sobrinhos Luís e Carlos, que eram fracos, influenciáveis e que ficavam boquiabertos diante de sua eloquência, sua vida de aventuras, seus tronos perdidos. Felipe de Poitiers, ao contrário, pendia para o lado de seu tio de Évreux, personagem calmo, direito, racional, que não estorvava a vida do reino com suas ambições e contentava-se muito bem com suas terras normandas que ele administrava sabiamente.

Os assistentes não se surpreenderam ao vê-lo apoiar seu sobrinho preferido; as afinidades entre eles eram conhecidas.

Mais surpreendente foi a atitude de Valois que, depois de ter feito aquele discurso furioso, deixou Luís de Navarra sem apoio e pronunciou-se, ele também, contra a pena de morte. O convento lhe parecia um castigo suave demais para as culpadas; mas a prisão, a fortaleza para o resto da vida — ele insistiu bastante sobre essa última palavra —, eis aí o que aconselhava.

Semelhante mansuetude no ex-imperador de Constantinopla não era a expressão de uma disposição natural. Ela só podia ser resultante de algum cálculo, cálculo feito imediatamente quando Luís de Navarra pronunciou a palavra "bastarda". De fato...

De fato, qual era o estado atual da descendência real? Luís de Navarra tinha como única herdeira a pequena Jeanne, que desde então estava manchada pela grave suspeita de ilegitimidade, o que poderia levantar um obstáculo a seu eventual acesso ao trono. Carlos não tinha herdeiros, pois sua mulher Branca só dera à luz natimortos. Felipe de Poitiers tinha três filhas, que poderiam ainda ser atingidas pelo escândalo... Ora, se as esposas culpadas fossem executadas, os três príncipes se apressariam para contrair novas núpcias, com todas as chances de ter então outros filhos. Ao passo que, se as esposas fossem trancafiadas por *toda a vida*, permaneceriam casados, impedidos de contrair outras uniões e, portanto, de assegurar a linhagem.

Carlos de Valois era um príncipe imaginativo. Semelhante a esses capitães que, partindo para a guerra, sonham com a eventualidade de que todos os oficiais acima deles morram e já se veem no comando do exército; assim, o irmão do rei, olhando o peito escavado de seu sobrinho Luís, o Cabeçudo, e a magreza de Felipe de Poitiers, pensava que a doença bem poderia fazer na família estragos consideráveis. Havia também os acidentes de caça, as lanças que matam durante os torneios, os cavalos que derrubam; e não era coisa rara que os tios sucedessem a seus sobrinhos...

— Carlos! — disse o homem das pálpebras imóveis que, por enquanto, era o único e verdadeiro rei de França.

Valois estremeceu, como se temesse que adivinhassem seus pensamentos. Mas não era a ele, e sim a seu terceiro filho, que Felipe, o Belo, se dirigia.

O jovem príncipe afastou as mãos do rosto. Estava chorando.

— Branca! Branca! Como isso é possível, meu pai? Como pôde?... — gemeu ele. — Ela dizia tanto que me amava e me provava isso de forma tão bela...

Izabel fez um movimento que exprimia impaciência e desprezo. "Esse amor dos homens pelos corpos que possuíram", pensava ela, "essa facilidade que têm para acreditar em mentiras à condição de possuírem o ventre que desejam!"

— Carlos... — insistiu o rei, como se falasse a um fraco de espírito. — O que aconselhai como castigo para vossa esposa?

— Não sei, meu pai, não sei. Eu quero me esconder, quero partir, quero ir para um convento.

Caberia ao pai pedir o castigo pela mulher que enganara seu filho.

Felipe, o Belo, compreendeu que não tiraria mais nada dele. Olhava seus filhos como se jamais os tivesse visto; refletia sobre a ordem em que tinham vindo ao mundo e se dizia que, às vezes, a natureza não sabe servir aos tronos. Quantas imbecilidades poderiam ser realizadas caso Luís, seu primogênito, irracional, impulsivo e cruel, chegasse ao comando do reino? E de que poderia lhe servir o mais jovem, que se afundava diante do primeiro drama? O mais dotado para reinar era, sem dúvida, Felipe de Poitiers. Mas Luís quase não o escutava, isso era evidente.

— Teu conselho, Izabel? — perguntou a sua filha, baixinho, virando-se para ela.

— Mulher que errou — respondeu ela — deve ser para sempre impedida de transmitir o sangue dos reis. E o castigo deve ser conhecido do povo, para que ele saiba que os crimes cometidos por uma mulher ou filha de rei são mais duramente castigados do que os de uma mulher de servo.

— É bem pensado — disse o rei.

De todos os seus filhos era ela, na verdade, a única que teria dado o melhor soberano.

— Justiça será feita pela manhã — disse o rei, erguendo-se.

E ele se retirou a fim de ir consultar, como sempre, Marigny e Nogaret a respeito de sua decisão.

X
O julgamento

DURANTE TODO O TRAJETO DE Paris a Pontoise, a condessa Mahaut, em sua liteira, buscou os melhores argumentos para atenuar a ira do rei. Porém, ela mal chegava a afirmar as próprias ideias. Pensamentos demais a invadiam, temores demais, bem como a fúria contra a loucura de suas filhas, a idiotice de seus maridos, a imprudência de seus amantes, contra todos que, por leviandade, cegueira ou busca da sensualidade, arriscavam-se a arruinar a laboriosa construção de seu poder. Mãe de princesas repudiadas, o que seria de Mahaut? Estava mesmo decidida a sujar tanto quanto pudesse a rainha de Navarra e a jogar sobre ela toda a culpa. Margarida não era sua filha. Para suas próprias crias, Mahaut pregaria a tese da influência, do mau exemplo...

Robert d'Artois conduzira de bom grado a tropa, querendo mostrar-se zeloso. Experimentava um grande prazer ao ver o cônego-chanceler sacudido no alto da sela e, sobretudo, ao ouvir os gemidos da tia. Cada vez que escapava um lamento da grande liteira, sacudida pelas mulas, Robert, como por acaso, tocava mais depressa os animais. A condessa deixou escapar um estertor de alívio quando, enfim, viu aparecer ao longe a fileira de árvores próxima das torres de Maubuisson.

Logo toda a equipagem entrou no pátio do castelo. Um grande silêncio reinava no local, rompido somente pelos passos dos arqueiros.

Mahaut desceu da liteira e perguntou ao oficial de plantão onde estava o rei.

— Ele está fazendo justiça, senhora, na sala capitular.

Seguida por Robert, Thierry d'Hirson e Beatriz, Mahaut dirigiu-se à abadia. Apesar de sua fadiga, ainda andava depressa e com firmeza.

A sala capitular oferecia naquele dia um espetáculo inabitual. Sob as arcadas frias que de costume abrigavam as assembleias das freiras, toda a corte de França mantinha-se estarrecida diante de seu rei.

Algumas fileiras de rostos viraram-se para trás quando a condessa Mahaut entrou, e um murmúrio percorreu o recinto. Uma voz, que era a de Nogaret, parou de ler.

Mahaut viu o rei, com a coroa na cabeça e o cetro na mão, os olhos bem abertos, imóvel.

Na terrível função de justiceiro que desempenhava, Felipe, o Belo, parecia ausente do mundo, ou melhor, parecia estar em comunicação com um universo mais vasto que o mundo visível. A rainha Izabel, Carlos de Valois, Luís de Évreux, bem como os três príncipes e diversos grandes barões, estavam sentados ao lado dele. Ao pé do estrado, três pequeninos monges ajoelhados inclinavam em direção às lajotas suas cabeças raspadas. Alain de Pareilles mantinha-se um pouco retirado, de pé, com as mãos cruzadas sobre o suporte de sua espada.

"Deus seja louvado", pensou Mahaut. "Cheguei a tempo. Ainda estão julgando algum caso de bruxaria ou sodomia." Ela se preparava para ir ao estrado sobre o qual sua condição de par do reino dava-lhe o direito de subir, porém, de repente, sentiu fraquejar as pernas. Um dos penitentes ajoelhados tinha erguido a cabeça: Mahaut reconheceu sua filha Branca. As três princesas tinham tido as cabeças raspadas e estavam vestidas com o camisolão grosseiro dos réus. Mahaut cambaleou ao ver a cena, soltando um grito surdo, como se a tivessem golpeado no ventre. Mecanicamente, agarrou-se ao braço de seu sobrinho, porque era o primeiro braço que se encontrava ao alcance.

— Tarde demais, minha tia! Ai, chegamos tarde demais — disse Robert d'Artois, que saboreava plenamente sua vingança.

O rei fez sinal ao chanceler, que retomou a leitura do julgamento:

— "...E, tendo em vista que tais testemunhos e confissões provaram adultério, as referidas senhoras Margarida, esposa do senhor rei de Navarra, e Branca, esposa do senhor Carlos, serão aprisionadas na fortaleza de Château-Gaillard, e isto, para o resto dos dias que Deus lhes conceder em vida."

— Para toda a vida — murmurou Mahaut —, elas foram condenadas para o resto da vida.

"E a senhora Jeanne, condessa palatina de Borgonha e esposa do senhor de Poitiers, tendo em vista que não foi provado que ela cometeu delito de adultério e que tal crime não pode lhe ser atribuído, mas tendo sido estabelecida sua cumplicidade com as culpadas, será presa na torre de Dourdan, por tanto tempo quanto será necessário para seu arrependimento e pelo tempo que queira o rei."

Houve um silêncio, durante o qual Mahaut pensou, olhando para Nogaret: "Foi ele, foi esse cão quem fez tudo isso, esse cão raivoso, com sua vontade de denunciar e torturar. Vai me pagar. Vai me pagar com a vida." Mas o chanceler ainda não acabara sua leitura.

"Também os senhores Gautier e Felipe d'Aunay, tendo atentado contra a honra e tendo traído o dever feudal cometendo adultério com pessoas de majestade real, serão submetidos ao suplício da roda, terão sua pele arrancada vivos, serão castrados, decapitados e enforcados sobre o cadafalso público de Pontoise, na manhã do dia seguinte ao de hoje. Assim nosso sábio, poderosíssimo e amado rei julgou e determinou."

Os ombros das princesas tremiam durante o enunciado dos suplícios que esperavam seus amantes. Nogaret enrolou seu pergaminho e o rei levantou-se. A sala começou a esvaziar-se, sob um longo murmúrio que ecoava entre aquelas paredes acostumadas à prece. A condessa Mahaut viu que evitavam sua proximidade e seu olhar. Queria ir até suas filhas, mas Alain de Pareilles barrou-lhe a passagem.

— Não, senhora — disse ele. — O rei autoriza unicamente seus filhos, caso desejem, a ouvir o adeus de suas esposas e seu arrependimento.

Ela logo virou-se para o rei, mas este já saíra, bem como Luís de Navarra e Felipe de Poitiers.

Dos três esposos, apenas Carlos permanecera. Ele aproximou-se de Branca.

— Eu não sabia... Eu não queria... Carlos! — disse ela, caindo em soluços.

A lâmina deixara sobre sua cabeça pequenas manchas vermelhas.

Mahaut mantinha-se a alguns passos, sustentada por seu chanceler e sua dama de companhia.

— Minha mãe! — gritou Branca. — Dizei a Carlos que eu não sabia, dizei-lhe que tenha piedade de mim!

Jeanne de Poitiers passava as mãos sobre as orelhas, que nela eram um pouco de abano, como se não pudesse se habituar a senti-las nuas.

Encostado a um pilar perto da porta, Robert d'Artois, com os braços cruzados, contemplava o resultado de sua obra.

— Carlos, Carlos! — repetia Branca.

Nesse momento elevou-se a voz dura de Izabel da Inglaterra.

— Lembrai que sois um príncipe — disse ela.

Tais palavras provocaram um sobressalto de ira na terceira condenada, Margarida de Borgonha.

— Nada de fraquezas, Carlos! Nada de piedade! — exclamou ela. — Imitai vossa irmã Izabel, que não pode compreender os impulsos do coração. Em seu coração só fel e ódio. Sem ela, vós jamais teríeis sabido coisa alguma. Mas ela me odeia, ela vos odeia, ela nos odeia a todos.

Izabel fitou Margarida com uma ira fria.

— Que Deus perdoe vossos crimes — disse ela.

— Ele levará menos tempo para perdoar os meus crimes do que para fazer de vós uma mulher feliz — lançou-lhe Margarida.

— Eu sou uma rainha — replicou Izabel. — Posso não ter a felicidade, mas pelo menos tenho um cetro e um reino que respeito.

— Quanto a mim, posso não ter tido a felicidade, mas pelo menos tive o prazer, que vale mais do que todas as coroas do mundo, e não me arrependo de nada!

Erguida diante de sua cunhada que usava o diadema real, Margarida, com a cabeça raspada, o rosto devastado pela angústia e pelas lágrimas, encontrava ainda forças para insultá-la, feri-la e justificar seus atos.

— Estávamos na primavera — disse ela com uma voz espremida, ofegante —, eu tinha o amor de um homem, o calor e a força de um homem, a alegria de possuir e de ser possuída... tudo que vós não conheceis, tudo que morreis de vontade de conhecer e que não conhecereis jamais! Ah! Não deveis ser nem um pouco atraente na cama, a ponto de ter um marido que prefere buscar o prazer junto a outros homens!

Pálida, incapaz de responder, Izabel fez sinal a Alain de Pareilles.

— Não — gritou Margarida. — Não tendes nada a dizer ao senhor de Pareilles. Eu já o comandei, e talvez venha ainda a comandá-lo de novo um dia. Ele bem que sofreria ao ter que obedecer novamente a minhas ordens.

Ela deu as costas e indicou com um sinal ao chefe dos arqueiros que estava pronta. As três condenadas saíram, atravessaram escoltadas o pátio de Maubuisson e voltaram para o quarto que lhes servia de cela.

Depois que Alain de Pareilles fechou a porta, Margarida jogou-se na cama, mordendo os lençóis, enfurecida.

— Meus cabelos, meus lindos cabelos — dizia Branca, soluçando.

Jeanne de Poitiers tentava recordar-se do aspecto da torre de Dourdan.

XI
O suplício

A ALVORADA DEMOROU A CHEGAR PARA todos que tinham passado uma noite sem repouso, sem esperança e sem esquecimento. Deitados lado a lado num monte de palha, numa cela do prebostado de Pontoise, os irmãos d'Aunay aguardavam a morte. Sob ordem do chanceler real, tinham cuidado de seus ferimentos, que não sangravam mais; também seus corações batiam melhor e a carne maltratada tinha recuperado um pouco de força, tudo isso para que pudessem melhor apreciar os suplícios aos quais estavam condenados.

Em Maubuisson, nem as princesas condenadas, nem seus esposos, nem Mahaut, nem o próprio rei tinham podido dormir. Izabel tampouco dormira, obcecada que estava pelas palavras de Margarida.

Robert d'Artois, ao contrário, depois de suas vinte léguas de cavalgada, tinha mergulhado no sono sem sequer tirar as botas, jogando-se na primeira cama que apareceu, na casa que o hospedava. Lormet, pouco antes do amanhecer, teve que sacudi-lo para que não perdesse o prazer de assistir à partida de suas vítimas.

No pátio da abadia, três grandes coches cobertos de lona preta tinham estacionado, e o senhor Alain de Pareilles fazia com que se alinhassem, sob a luminosidade rósea da madrugada, sessenta cavaleiros trajando proteção de couro para as pernas, cota de malha e capacete de ferro, que formariam a escolta do comboio, inicialmente em direção de Dourdan, depois rumo à Normandia.

Por detrás de uma das janelas do castelo, a condessa Mahaut olhava, com a testa apoiada ao vidro e ombros sacudidos por sobressaltos.

— Estais chorando... senhora? — perguntou Beatriz d'Hirson, com sua voz arrastada.

— Isso pode me acontecer — respondeu rudemente Mahaut.

Depois, como Beatriz já estivesse completamente trajada, com vestido, chapéu e capa, ela acrescentou:

— Tu vais sair?

— Sim, senhora, vou ver o suplício... se me permites...

A praça Martroy, em Pontoise, em que ocorreria a execução dos irmãos d'Aunay, já estava tomada pela multidão quando Beatriz chegou. Burgueses, camponeses e soldados acorriam desde a alvorada. Os proprietários das casas diante da praça tinham alugado a bom preço as janelas de suas fachadas, onde se viam várias fileiras de cabeças espremidas umas contra as outras.

Os pregoeiros públicos, no dia anterior, tinham anunciado o julgamento nos quatro cantos da cidade, "submetidos ao suplício da roda, terão a pele arrancada vivos, serão castrados, decapitados...". O fato de os condenados serem jovens, nobres e ricos e, sobretudo, o fato de que o crime fosse um grande escândalo amoroso ocorrido no seio da família real excitava a curiosidade e a imaginação de todos.

O cadafalso fora montado durante a noite. Ele se levantava a dois metros do solo e sobre ele estavam colocadas, horizontalmente, as duas rodas, bem como o suporte de madeira sobre o qual repousaria a cabeça dos condenados no momento da decapitação. Detrás, estava o patíbulo.

Dois algozes, os mesmos que haviam interrogado os irmãos d'Aunay, agora trajando gorros e aventais vermelhos, subiram pela escadinha que levava até a plataforma. Dois ajudantes os seguiam, carregando os baús pretos que continham seus instrumentos. Um dos carrascos girou as rodas, que gemeram. Então a multidão pôs-se a rir, como diante de um número de saltimbanco. Alguns disseram coisas engraçadas; a multidão se agitava e algumas pessoas fizeram circular, indo de mão em mão, uma jarra de vinho que enfim chegou até os algozes. Eles beberam, e a multidão aplaudiu.

Quando apareceu o coche rodeado de arqueiros, no qual vinham os irmãos d'Aunay, um enorme tumulto subiu da praça e foi se amplificando à medida que os condenados podiam ser mais bem-vistos. Felipe e Gautier estavam imóveis. Estavam amarrados por cordas, de pé, ao coche, e sem elas não teriam podido manter-se nessa posição. As algibeiras brilhavam em suas cinturas, sobre as roupas rasgadas.

Um padre, que viera para tomar a confissão balbuciada e as últimas vontades dos dois, acompanhava-os. Extenuados, abobados, com uma expressão imbecil, pareciam não ter mais consciência sobre o que acontecia. Os ajudantes dos algozes os levantaram até a plataforma e desnudaram-nos.

Ao vê-los nus entre as mãos dos carrascos, a multidão foi tomada pelo delírio e começou a urrar. Trocadilhos e ditos obscenos foram compartilhados por toda a praça. Os dois fidalgos foram deitados e amarrados sobre as rodas, com o rosto virado para o céu. Depois todos esperaram.

Longos minutos passaram-se assim. Um dos algozes estava sentado sobre o suporte de madeira no qual depois repousaria a cabeça a ser enforcada; o outro verificava com o polegar o corte do machado. A multidão se impacientava, fazia perguntas, começava a se tornar agitada demais.

De repente todos compreenderam a razão da espera. Três coches, dos quais tinham sido retiradas as coberturas pretas, apareciam na rua principal. Por um refinamento supremo do castigo, Nogaret, com o consentimento do rei, ordenara que as princesas assistissem ao suplício.

O interesse dos espectadores ficou dividido entre os dois condenados nus, amarrados às rodas, e as princesas reais prisioneiras e carecas. Seguiram-se alguns movimentos da massa, que alguns arqueiros tiveram que controlar.

Ao ver o cadafalso, Branca desmaiara.

Jeanne, agarrada às grades do coche, gritava:

— Dizei a meu esposo, dizei ao senhor Felipe que sou inocente!

Ela conseguiu se manter firme até ali, mas agora sua resistência acabava de chegar ao fim. O público apontava para ela, rindo, como se fosse um animal de cativeiro na gaiola. Megeras a insultavam.

Apenas Margarida de Borgonha tinha coragem de olhar para o cadafalso, e os que a observavam de perto teriam podido se perguntar se ela não experimentava um atroz, um horrendo prazer ao ver assim exposto diante do olhar de todos o homem que ia morrer por tê-la possuído.

Quando os algozes ergueram suas clavas para quebrar os ossos dos condenados, ela gritou: "Felipe!", e o tom de sua voz não tinha nada de doloroso.

Ouviram-se os estalos e o céu apagou-se para os irmãos d'Aunay. Primeiro foram quebradas as pernas, em cima e embaixo; depois os algozes fizeram com que as rodas dessem meia-volta e, então, as clavas abateram-se sobre os braços e os antebraços dos condenados. Os raios e eixos das rodas repercutiam os golpes, e a madeira gemia e estalava tanto quanto os ossos.

Depois os algozes, aplicando a pena na ordem prescrita, muniram-se de instrumentos de ferro com diversos ganchos e arrancaram grandes farrapos da pele dos dois corpos.

O sangue jorrava, formando um riacho sobre a plataforma; um dos algozes teve que enxugar os próprios olhos. Esse tipo de suplício provava de uma vez por todas que a cor vermelha, obrigatória para o uniforme dos executores, correspondia a uma necessidade.

"Submetidos ao suplício da roda, terão a pele arrancada vivos, serão castrados e decapitados..." talvez restasse ainda alguma vida aos dois irmãos d'Aunay, mas toda consciência tinha sido retirada deles.

Uma onda de histeria agitou o público quando os algozes, com a ajuda de duas enormes facas de açougueiro que lhes tinham sido entregues pelos ajudantes, mutilaram os amantes culpados. As pessoas começaram a empurrar-se para ver melhor. As mulheres gritavam para seus maridos:

— Tu bem que merecias o mesmo, espertalhão!

— Estás vendo o que te acontecerá se me fizeres a mesma coisa?

Raramente os algozes tinham a ocasião de dar uma demonstração tão completa de seus talentos e diante de tão caloroso público. Trocaram entre si uma olhadela e, juntos, com um movimento bem coordenado, bancando os palhaços, jogaram à multidão os objetos responsáveis pelo erro.

Um engraçadinho gritou, apontando para as princesas:

— Para elas é que se deve dar isso!

E a multidão caiu na gargalhada.

Os supliciados foram desamarrados das rodas e arrastados até o suporte de madeira sobre o qual foram colocadas as duas cabeças. O clarão da lâmina do machado brilhou, por duas vezes. Depois os ajudantes dos algozes levaram até a forca o que restava de Gautier e de Felipe d'Aunay, daqueles belos escudeiros que, ainda dois dias antes, iam alegremente pela estrada de Clermont, dois corpos estragados, sanguinolentos, sem cabeça e sem sexo, que foram alçados e pendurados pelas axilas às forquilhas do patíbulo.

Logo depois, obedecendo a uma ordem de Alain de Pareilles, os três coches pretos, rodeados pelos cavaleiros de capacete de ferro, puseram-se novamente a caminho; e os sargentos do prebostado começaram a evacuar a praça.

A multidão foi saindo lentamente, cada qual querendo passar o mais perto possível do cadafalso a fim de lançar sobre ele uma última olhada. Depois as pessoas, em pequenos grupos e entregando-se aos comentários, voltaram cada qual para a sua atividade, uns para a sua forja, outros para a sua banca, venda ou horta, para retomar, com tranquilidade, o trabalho quotidiano.

Pois naqueles tempos em que metade das mulheres morria de parto e dois terços das crianças, antes de saírem do berço; em que as epidemias arrasavam os adultos; em que os ensinamentos da Igreja preparavam sobretudo para a morte; em que as obras de arte, crucifixos, esculturas, túmulos, julgamentos últimos propunham constantemente a representação do falecimento, a ideia da morte era familiar aos espíritos e apenas uma maneira excepcional de morrer era capaz, por um momento, de causar certa emoção.

Diante de um punhado de curiosos obstinados e enquanto os ajudantes lavavam os instrumentos do suplício, os dois executores dividiam entre si os restos de suas vítimas. De fato, o costume lhes dava o direito de apoderar-se de tudo que encontravam em poder dos condenados, da cintura aos pés. Isso fazia parte dos proveitos do encargo.

Assim, as algibeiras enviadas pela rainha da Inglaterra acabariam — incrível sorte — nas mãos dos algozes de Pontoise.

Uma bela criatura morena, vestida como filha de nobres, aproximou-se dos carrascos e, em voz baixa, com um tom um pouco arrastado, pediu que lhe dessem a língua de um dos supliciados.

— Dizem que é bom para as doenças de mulher... — explicou ela. — A língua de qualquer um dos dois... tanto faz...

Os algozes olharam-na com um ar desconfiado. Não haveria naquilo alguma bruxaria? Pois todos sabiam que a língua do enforcado, sobretudo de um enforcado em plena sexta-feira, servia para evocar o Diabo. Mas será que a língua de um decapitado poderia servir aos mesmos fins?

Como Beatriz d'Hirson mostrava uma bela moeda de ouro brilhante na palma da mão, eles aceitaram e, fingindo arrumar melhor uma das cabeças fixadas sobre a forquilha, retiraram dela o que foi pedido.

— É só a língua que quereis? — disse, brincalhão, o mais robusto dos algozes. — Porque, por esse preço, bem que poderíamos fornecer-vos todo o resto.

Decididamente, não havia nada de comum naquela execução...

Na estrada de Poissy, três coches pretos avançavam lentamente. No último deles, uma mulher de cabeça raspada obstinava-se a gritar, em cada aldeia por onde passava, para os camponeses que vinham ver o cortejo:

— Dizei ao senhor Felipe que sou inocente! Dizei-lhe que não o desonrei!

XII
O cavaleiro do crepúsculo

ENQUANTO O SANGUE DOS IRMÃOS d'Aunay secava sobre a terra amarelada da praça Martroy, onde os cães vinham farejar rosnando, Maubuisson saía lentamente do drama.

Os três filhos do rei permaneceram invisíveis durante todo o dia. Ninguém os visitou, à parte os fidalgos que estavam a seu serviço.

Mahaut tentara em vão ser recebida por Felipe, o Belo. Nogaret veio dizer-lhe que o rei trabalhava e não desejava ser perturbado. "Foi ele, foi esse buldogue", pensou Mahaut, "que maquinou tudo isso e agora me impede de ver seu senhor." Tudo persuadia a condessa de que o chanceler real era o principal mentor da perda de suas filhas e de sua desgraça pessoal.

— Com a piedade de Deus, senhor de Nogaret, com a piedade de Deus — disse-lhe ela antes de subir de volta em sua liteira e voltar para Paris.

Outras paixões, outros interesses provocavam a agitação de Maubuisson. Os familiares das princesas exiladas tentavam reatar os fios invisíveis do poder e da intriga, mesmo que para isso fosse preciso renegar amizades antigas. Os vaivéns do medo, da vaidade e da ambição tinham-se posto em marcha a fim de tecer novamente, agora com novos desenhos, o tapete brutalmente rasgado.

Robert d'Artois tinha habilidade suficiente para não demonstrar seu triunfo; esperara para recolher seus frutos. Mas as atenções que normalmente merecia o clã de Borgonha já iam se desviando para a sua pessoa.

Naquela noite foi convidado para cear com o rei; e todos viram nisso que a estima por ele aumentava consideravelmente.

Pequena ceia, quase ceia de luto e que reunia somente os irmãos de Felipe, o Belo, sua filha, Marigny, Nogaret e Bouville. O silêncio pesava na sala estreita e comprida em que a refeição era servida. Até mesmo Carlos de Valois se calou e o galgo Lombardo se afastara dos pés de seu dono, para ir se deitar perto da lareira, como se sentisse o incômodo que reinava entre os convivas.

Robert d'Artois buscava com insistência os olhos de Izabel; mas esta, com a mesma perseverança, furtava-se a seu olhar. Ela não queria dar sinal algum a seu primo; posto que perseguira com ele paixões alheias e culpáveis, ela não pretendia estar sujeita às mesmas tentações. Izabel só aceitara a cumplicidade no intuito de fazer justiça.

"O amor não existe para mim", pensava ela. "Devo resignar-me a isso." Mas era preciso confessar que se resignava mal.

No momento em que os escudeiros, no intervalo entre dois serviços, traziam mais fatias de pão, lady Mortimer entrou, trazendo o príncipe Eduardo, para que viesse dar a sua mãe o beijo de boa-noite.

— Senhora de Joinville — disse o rei, chamando lady Mortimer pelo nome de solteira —, traga até mim meu único neto.

Os presentes notaram a maneira como ele pronunciara a palavra "único".

Felipe, o Belo, pegou a criança e manteve-a por um longo momento diante de seus olhos, estudando aquele rostinho inocente, redondo e róseo, em que as covinhas eram acentuadas pela iluminação da sala. Que traços herdaria ele? De seu pai, cambiante, influenciável e devasso, ou de sua mãe, Izabel? "Pela honra de meu sangue", pensava o rei, "eu gostaria que tu parecesses com tua mãe; mas, para a felicidade da França, concedam os Céus que tu sejas unicamente o filho de teu fraco pai!" Pois as questões relativas à sucessão do trono ocupavam, obrigatoriamente, seu espírito. O que aconteceria se um príncipe da Inglaterra se encontrasse um dia em posição de reivindicar o trono de França?

— Eduardo! Sorri a vosso avô, o rei — disse Izabel.

O principezinho parecia não ter medo algum do olhar do rei. De repente, avançando seu pequenino punho, ele o mergulhou nos cabelos dourados do soberano e puxou uma mecha encaracolada. Foi Felipe, o Belo, que sorriu.

Houve então, entre os convivas, um suspiro de alívio; cada qual apressou-se a rir e, finalmente, ousaram conversar.

Com a refeição terminada, o rei dispensou os convidados, com exceção de Marigny e Nogaret. Ele foi sentar-se perto da lareira, e seguiu-se um longo momento em que ninguém disse nada. Os conselheiros respeitavam seu silêncio.

— Os cães são criaturas de Deus. Mas será que têm consciência de Deus? — perguntou ele subitamente.

— Vossa Majestade, conhecemos muitas coisas dos homens porque somos, nós próprios, homens; mas sabemos tão pouco do restante da natureza...

Felipe, o Belo, calou-se novamente, interrogando com os olhos felinos, rodeados por olheiras escuras, o grande galgo deitado diante dele, com o focinho sobre as patas. O cão piscava algumas vezes; o rei, não.

Como sempre acontece com os homens de poder quando acabam de assumir trágicas responsabilidades, o rei Felipe meditava sobre problemas universais e vagos, buscando no invisível a certeza de uma ordem em que se inscrevessem sem erro possível sua vida e suas ações.

Levantou-se, enfim, e disse:

— Enguerrand, creio que fizemos bom julgamento. Mas para onde se dirige o reino? Meus filhos não têm herdeiros.

Marigny respondeu:

— Eles terão, caso venham a ter outras mulheres, Vossa Majestade.

— Eles já se uniram a suas mulheres, diante de Deus.

— Deus pode liberá-los.

— Deus não obedece aos senhores da terra.

— O papa pode liberá-los — disse Marigny.

O olhar do rei voltou-se para Nogaret.

— O adultério não é motivo para anulação do casamento — disse imediatamente o chanceler real.

— Entretanto, não temos outro recurso — disse Felipe, o Belo. — E não tenho que considerar a lei comum, ainda que ela seja a lei papal. Um rei tem que prever que pode morrer a qualquer momento. Não posso me entregar à eventualidade de meus filhos se tornarem viúvos para assegurar a linhagem real.

Nogaret levantou sua enorme mão magra e achatada.

— Então, Vossa Majestade, por que não ordenastes a execução de vossas noras, pelo menos de duas delas?

— Eu teria feito isso, sem dúvida — respondeu friamente Felipe, o Belo —, se tal decisão não tirasse de mim, com toda a evidência, as duas Borgonhas. A sucessão do trono é certamente coisa importante, mas a unidade do reino também não deixa de ser.

Marigny aprovou com a cabeça silenciosamente.

— Senhor Guilherme — prosseguiu o rei —, ireis ver o papa Clemente e sabereis explicar-lhe que um matrimônio real não é um matrimônio comum. Meu filho é meu sucessor; ele deve ser o primeiro a ser liberado de seu casamento.

— Empregarei para isso todo o meu zelo, Vossa Majestade — respondeu Nogaret. — Mas não tendes dúvida: a duquesa de Borgonha empregará todos os seus recursos para criar obstáculos para isso junto ao Santo Padre.

Ouviu-se o barulho de um galope nas redondezas do castelo, depois o ranger das barras de ferro e das fechaduras da porta principal. Marigny aproximou-se da janela, dizendo:

— O Santo Padre deve-nos muito, até mesmo sua tiara papal, para não ouvir nossas razões. O direito canônico oferece motivos de sobra...

As ferraduras de um cavalo ecoaram sobre as pedras do pátio.

— Um mensageiro, Vossa Majestade — disse Marigny. — Ele parece ter percorrido um longo caminho.

— Vem em nome de quem? — perguntou o rei.

— Não sei; daqui não se pode distinguir suas armas...[19] Também seria conveniente repreender um pouco o senhor Luís, para que ele não acabe atentando contra seus próprios interesses, ao agir de maneira inadequada...

— Pensarei nisso, Enguerrand — disse o rei.

Nesse momento entrou Hugues de Bouville.

— Vossa Majestade, um mensageiro de Carpentras. Ele pede que Vossa Majestade o receba.

— Que venha.

— A correspondência do papa — disse Nogaret.

A coincidência não tinha nada de surpreendente. Entre a Santa Sé e a corte, ela era frequente, se não mesmo quotidiana.

O mensageiro, um moço de aproximadamente 20 anos, grande e de ombros largos, estava coberto de poeira e de lama. A cruz e a chave, bordadas em grandes motivos sobre a cota amarela e preta, designavam um servidor do papado. Trazia na mão esquerda seu chapéu e seu bastão de função. Avançou em direção ao rei, ajoelhou-se e desatou da cintura a caixa de ébano que continha a mensagem.

— Vossa Majestade — disse ele —, o Papa Clemente morreu.

Todos os presentes tiveram o mesmo sobressalto. O rei e Nogaret, especialmente, entreolharam-se e empalideceram. O rei abriu a caixa de ébano e tirou uma carta cujo lacre — que era o do cardeal Arnaud d'Auch — ele quebrou. Leu com toda a atenção, como que para ter certeza da veracidade da notícia.

— O papa que tínhamos feito pertence agora a Deus — murmurou ele, estendendo o pergaminho para Marigny.

— Quando isso aconteceu? — perguntou Nogaret.

— Há seis dias, exatamente — respondeu Marigny. — Na noite de 19 para 20.

— Um mês depois — disse o rei.

— Sim, Vossa Majestade, um mês depois... — disse Nogaret.

Juntos, tinham feito o mesmo cálculo. No dia 18 de março, em meio às chamas, o grão-mestre dos Templários havia gritado para eles: "Papa Clemente, cavaleiro Guilherme, rei Felipe, antes que se passe um ano eu vos convoco ao tribunal de Deus..." E eis que o primeiro deles já estava morto.

— Como morreu nosso Santo Padre? — perguntou o rei ao mensageiro, fazendo-lhe sinal para que se levantasse.

— Vossa Majestade, o papa Clemente se encontrava na casa de seu sobrinho, o senhor de Got, em Carpentras, quando foi tomado pela febre e pela angústia. Então ele disse que queria voltar para Guyenne, a fim de morrer no lugar em que nascera, em Villandraut. Mas não pôde realizar mais do que a primeira etapa da viagem e teve que se deter em Roquemaure, perto de Châteauneuf. Os médicos tentaram de tudo para mantê-lo com vida, fazendo até com que comesse esmeraldas moídas, que são o que há de melhor como remédio, ao que parece, para o mal que se abatera sobre ele. Mas de nada adiantou. O sufocamento tomou conta do papa. Os cardeais estavam em volta dele. Não sei nada além disso.

Ele se calou.

— Podes retirar-te — disse o rei.

O cavaleiro saiu. E na sala só se ouviu, depois, a respiração do grande galgo que dormia diante da lareira.

O rei e Nogaret não ousavam sequer se entreolhar. "Será mesmo possível", perguntavam-se ambos, "que tenhamos sido amaldiçoados?... Qual de nós será o próximo?"

O monarca estava impressionantemente pálido e em seu longo manto real, aparentava a rigidez glacial dos moribundos.

Terceira Parte

A Mão de Deus

I
Paris, rue des Bourdonnais

O POVO DE PARIS LEVOU APENAS oito dias para construir, em torno da condenação das princesas adúlteras, uma lenda de devassidão e crueldade. Imaginação das esquinas e presunção de boticas: um afirmava conhecer toda a verdade, contada de primeira mão por um compadre entregador de especiarias no palacete de Nesle; outro tinha um primo em Pontoise que... A capacidade popular de fabulação havia se apoderado sobretudo de Margarida de Borgonha e atribuía a ela um papel extravagante. Não era apenas mais um único amante que imputavam à rainha de Navarra, mas dez, ou mesmo cinquenta, ou um por noite... Uns mostravam a outros, com inúmeras histórias e uma espécie de fascinação amedrontada, o palacete de Nesle, diante do qual os guardas agora se mantinham em guarda permanente, dia e noite, a fim de afastar os curiosos. Pois o caso ainda não chegara ao fim. Diversos cadáveres tinham sido retirados do Sena, nas proximidades do palacete. Afirmava-se que o herdeiro do trono, encerrado no palacete, atormentava os servos para fazer com que confessassem o que sabiam das aventuras de sua mulher e, depois, jogava-os no Sena.

Uma manhã, por volta das nove horas, a bela Beatriz d'Hirson saiu do palacete da condessa d'Artois. Era o início de maio e o sol brincava nas vidraças das casas. Sem apressar-se, Beatriz avançava, satisfeita por sentir o vento morno acariciar-lhe o rosto. Saboreava o perfume da primavera que nascia e sentia prazer provocando o olhar dos homens, sobretudo quando eram de condição inferior à sua.

Ela foi até o bairro de Saint-Eustache e pegou a rue des Bourdonnais. Os escrivães públicos montavam ali suas bancas, bem como os mercadores de cera que fabricavam lápis, velas e encáustica. Mas também praticava-se no local outros tráficos. No fundo de certas casas, eram vendidos, a preço de ouro e com precauções extremas, os ingredientes necessários para todos os tipos de bruxaria: serpente moída, sapo batido no pilão, pelos de prostitutas, miolo de gato, e também plantas, colhidas durante a boa lua, com as quais eram fabricados filtros de amor ou venenos destinados a "semear" — assim falava-se na época — um inimigo. E essa rua estreita em que o Diabo mantinha seu negócio ao lado dos vendedores de cera de abelha — matéria-prima dos feitiços — era com frequência chamada de "rua das Bruxas".

Com ares de quem não quer nada, com um olhar fugidio, Beatriz d'Hirson entrou numa loja em cuja placa figurava um enorme círio.

A loja, de fachada estreita, era comprida e escura. Do teto pendiam círios de todos os tamanhos, e sobre as prateleiras que revestiam as paredes estavam empilhadas as velas, bem como grande quantidade de lacre de cor vermelha, marrom ou verde, utilizado para os selos oficiais. O ar cheirava fortemente a cera, e todos os objetos colavam um pouco nos dedos.

O mercador, um velho que usava um enorme gorro de lã crua, fazia suas contas com a ajuda de uma tabuinha de contar. Diante da chegada de Beatriz, seu semblante estampou um sorriso desdentado.

— Mestre Engelbert— disse Beatriz —, vim pagar as contas do palacete da condessa d'Artois.

— Ah, essa é uma boa ação, minha nobre dama, é uma boa ação... Pois o dinheiro, nos dias de hoje, sai mais depressa do que entra. Todos os nossos fornecedores querem ser pagos imediatamente. E depois, é sobretudo o imposto* que nos estrangula! Para cada libra vendida, devo pagar um tostão ao rei. O rei ganha mais do que eu próprio pelo meu trabalho.[20]

Ele procurou, em meio a suas contas, aquela que correspondia à dívida do palacete d'Artois e trouxe-a para perto de seus olhos de ratinho.

— Então, temos aqui quatro libras e oito tostões, salvo engano. E mais quatro tostões — apressou-se a acrescentar, pois ele adquirira o hábito de fazer com que o comprador pagasse esse imposto de que tanto se lamentava.

— Eu contei seis libras... — disse suavemente Beatriz, colocando dois escudos sobre o balcão.

— Ah, belas maneiras... precisaríamos de outros compradores assim...

Levantou as moedas até os lábios, depois acrescentou, com a expressão cúmplice:

— Sem dúvida quereis ver o vosso protegido... Estou muito satisfeito com ele. É muito prestativo e fala pouco... Mestre Evrard!

O homem que entrou, vindo da parte dos fundos da loja, era manco. Tinha cerca de 30 anos, era magro, mas solidamente formado, com o rosto ossudo, as pálpebras ocas e sombrias.

Mestre Engelbert logo se recordou de uma entrega urgente.

— Ponham o trinco depois de eu sair. Vou ficar fora durante uma hora — disse ele ao homem.

Este, assim que se encontrou a sós com Beatriz, pegou-a pelos punhos.

— Vinde — disse ele.

---

* No original, *maltôte*; ver a respeito na nota 20, pág. 320. (N.T.)

Ela o seguiu em direção ao fundo da loja, passou sob uma cortina que ele levantou e chegou a um depósito em que estavam guardados os pedaços de cera bruta, os tonéis de sebo, os pacotes de pavios. Também se via no local um velho colchão apertado entre um velho baú e a parede coberta de salitre.

— Meu castelo, minha propriedade, a comendadoria do cavaleiro Evrard! — disse o homem com uma amarga ironia, mostrando sua miserável morada. — Mas antes isso do que a morte, não é mesmo?

E pegando Beatriz pelos ombros:

— E tu — disse ele ofegante —, tu vales mais do que a eternidade.

A fala de Evrard era tão rápida e precipitada quanto a de Beatriz era lenta e calma.

Beatriz sorria, com aquela expressão que sempre tinha, parecendo zombar vagamente das coisas e das pessoas. Experimentava um deleite perverso ao sentir que as pessoas dependiam dela. Ora, aquele homem estava duplamente à sua mercê.

Ela o descobrira numa manhã, parecendo um animal encurralado, num canto da estrebaria do palacete d'Artois. Ele tremia e quase desfalecia de medo e fome. Antigo Templário de uma comendadoria do norte da França, esse Evrard tinha conseguido fugir da prisão, às vésperas de ser queimado. Escapara à fogueira, mas não às torturas. Destas lhe restavam a perna para sempre entortada e o juízo um tanto atrapalhado. Pelo fato de lhe terem quebrado os ossos a fim de que ele confessasse práticas demoníacas de que era inocente, ele decidira, como represália, converter-se ao Diabo. Aprendendo a odiar, desaprendera a fé.

Só pensava em bruxarias, sabás e hóstias profanadas. A rue des Bourdonnais, para isso, era uma residência privilegiada. Beatriz tinha encaminhado Evrard para a casa de mestre Engelbert, que o alimentava, alojava e, sobretudo, fornecia-lhe um álibi diante do prebostado. Assim Evrard, em seu antro sebento, tomando-se por uma verdadeira encarnação dos poderes satânicos, mantinha-se vivo com esperanças de vingança e visões de luxúria.

Não fosse um tique que por momentos deformava bruscamente seu rosto, ele não deixaria de ter certa sedução rude. Seu olhar tinha ardor e brilho. Enquanto ele percorria febrilmente o corpo de Beatriz — o que ela permitia, sempre plácida — com as mãos, ela disse:

— Tu deves estar contente... O papa morreu...

— Sim, sim! — disse Evrard com uma alegria malvada. — Seus médicos fizeram com que engolisse esmeraldas moídas. Bom remédio... que corta as tripas. Seja como for, esses médicos são meus amigos. A maldição do grão-mestre Jacques começou a cumprir-se. Um já entregou a alma! A mão de Deus pune depressa, quando a dos homens ajuda.

— E também quando se conta com uma mãozinha do Diabo! — disse ela, sorrindo.

Ele levantara sua saia sem que ela tivesse dado o menor sinal de protesto. Os dedos sujos de cera do antigo Templário acariciavam uma bela coxa firme, lisa e quente.

— Tu queres ajudá-lo a agir ainda? — continuou ela.

— Contra quem?

— Contra teu pior inimigo, o responsável pelo teu pé quebrado...

— Nogaret... — murmurou Evrard.

Ele recuou um pouco, e o tique fez com que seu rosto ficasse torto, por três vezes.

Foi ela quem se aproximou.

— Tu podes te vingar, se quiseres... Pois não é aqui que ele se abastece em velas?

— Sim — disse ele.

— Como é que elas são feitas?

— São velas muito compridas, de cera branca, com pavios tratados de forma especial para não produzirem fumaça demais. Em seu palacete ele usa grandes círios amarelos que não compra aqui. As que compra aqui são chamadas de velas de legista; ele as emprega somente quando está escrevendo em seu gabinete, e gasta mais ou menos duas dúzias por semana.

— Tens certeza?

— O zelador de Nogaret vem buscá-las aqui em grandes quantidades.

Ele apontou para uma prateleira.

— Sua próxima encomenda já está pronta ao lado, estão a de Marigny e também a de Maillard, o secretário do rei. É com isso que eles iluminam todos os crimes fabricados por seus miolos. Eu gostaria de poder escarrar em cima deles o veneno do Diabo.

Beatriz continuava a sorrir.

— Conheço a maneira para envenenar uma vela...

— É possível fazer isso? — perguntou Evrard.

— Se alguém respira a chama durante uma hora, nunca mais verá outra chama em sua vida... a não ser as chamas do Inferno. É um procedimento que não deixa vestígios e para o qual não há remédio.

— Como é que tu o conheces?

— Ah... isso... — disse Beatriz, ondulando os ombros e baixando as pálpebras. — Basta misturar um pozinho à cera...

— E por que desejas que Nogaret morra? — perguntou Evrard.

Sempre balançando-se vaidosamente, ela respondeu:

— Talvez porque outras pessoas, além de ti, queiram vingar-se. Tu não corres nenhum risco...

Evrard refletiu por um momento. Seu olhar tornava-se mais agudo, mais luzidio.

— Então não devemos perder tempo — disse ele, precipitando-se. — Pode ser que eu tenha que ir embora daqui logo, logo. Não diga isso a ninguém, mas o sobrinho do grão-mestre, o senhor Jean de Longwy, começa a aproximar-se de nossas posições. Ele também jurou vingar o senhor de Molay. Nem todos que estão conosco já morreram, apesar do maldito que quer nos fazer desaparecer. Outro dia recebi um de meus ex-irmãos da Ordem, Jean du Pré, que me trazia uma mensagem informando-me para que eu esteja pronto para partir rumo a Langres a qualquer momento. Seria ótimo levar como presente para o senhor de Longwy a alma de Nogaret... Quando é que posso pôr as mãos nesse pó?

— Tenho um pouco aqui... — disse calmamente Beatriz, abrindo sua algibeira.

Estendeu a Evrard um sachê, que ele abriu com prudência e que continha duas matérias mal misturadas, uma cinza, outra cristalina e esbranquiçada.

— Isso é cinza — disse Evrard, mostrando o pó mais escuro.

— Sim, as cinzas da língua de um homem que Nogaret fez morrer... Eu a pus para queimar num forno, à meia-noite... Para invocar o Diabo.

Depois ela apontou o pó branco:

— E isto é serpente de faraó...[21] Só mata ao queimar.

— E tu dizes que misturando os dois pós a uma vela...

Beatriz inclinou a cabeça confirmando. Evrard permaneceu hesitante; seu olhar ia do sachê para Beatriz.

— Mas tem que ser feito diante de mim — acrescentou ela.

O antigo Templário foi buscar um pequeno aquecedor, soprando o carvão para atiçar o braseiro.

Depois pegou uma vela do pacote preparado para o chanceler real, colocou-a num molde e começou a derretê-la. Em seguida ele a cortou com uma lâmina e derramou ao longo do pavio o conteúdo do sachê.

Beatriz andava em torno dele, balbuciando fórmulas de conjuração em que por três vezes apareceu o nome de Guilherme. O molde foi recolocado no fogo, depois esfriado numa bacia cheia de água.

A vela refeita não continha nenhum vestígio da operação.

— Para um homem que está mais acostumado a manejar a espada, até que não é mau trabalho — disse Evrard, com uma expressão cruel e contente consigo mesmo.

Ele foi recolocar a vela onde a pegara, acrescentando:

— Que ela seja uma boa mensageira da eternidade.

A vela envenenada, no meio do pacote, sem poder ser distinguida das demais, era agora como a sorte grande na loteria. Em que dia o criado encarregado dos candelabros do chanceler real ia queimá-la? Beatriz riu ligeiramente. Mas Evrard já voltava na direção dela e pegou-a pelos braços.

— Pode ser que nos vejamos pela última vez.

— Talvez sim... talvez não... — disse ela.

Ele a arrastou até sua miserável cama.

— Como é que tu fazias quando eras Templário... para permanecer casto? — perguntou ela.

— Eu jamais pude permanecer — respondeu com a voz abafada.

Então a bela Beatriz elevou os olhos na direção das vigas, em que pendiam círios destinados a igrejas, e se deixou penetrar pela ilusão de ser possuída pelo Diabo. Pois Evrard não era coxo?

II
O tribunal das sombras

TODAS AS NOITES, O SENHOR de Nogaret, cavaleiro, legista e chanceler real, trabalhava até muito tarde em seu gabinete, como fizera durante toda a vida. E cada manhã a condessa d'Artois era informada de que seu inimigo tinha sido visto em perfeita saúde, ao que parecia, dirigindo-se com excelente disposição, com suas pastas de documentos sob o braço, para o palácio do rei. A condessa olhava então duramente para sua dama de companhia.

— Paciência, senhora... Uma grosa equivale a doze dúzias. Contando duas dúzias por semana...

Mas a paciência não era o forte de Mahaut, que começava a ter uma opinião bem desfavorável das virtudes mortíferas da serpente de faraó. E era preciso saber se a vela envenenada realmente tinha sido entregue a seu destinatário, se não tinha ocorrido algum erro ou troca, ou se algum criado não teria deixado cair exatamente aquela vela. Para ter certeza absoluta do sucesso, teria sido preciso que ela mesma tivesse pegado e acendido aquela vela.

— A língua de defunto não falha, senhora... — garantia Beatriz.

Mahaut não acreditava muito em bruxaria.

— Arranjos bem custosos, para resultados medíocres. Antes de mais nada — declarava ela —, um bom veneno é administrado pela boca, e não pela fumaça.

Mesmo assim, quando Beatriz lhe trazia seu castiçal para a noite, ela não deixava de lhe perguntar, com certa inquietude:

— Essas não são as velas do legista, por acaso?

— Lógico que não, senhora... — respondia Beatriz.

Ora, numa manhã, ao final de maio, Nogaret, contrariamente a seus hábitos, chegou tarde à reunião do Conselho. Entrou na sala depois de o rei já ter tomado seu lugar.

Nogaret inclinou-se demasiadamente, pedindo desculpas; ao fazê-lo, uma vertigem o tomou e teve que se segurar à mesa.

O problema mais urgente a tratar era a eleição do papa.

A sede pontifical estava agora vazia havia quatro semanas, e os cardeais, reunidos em conclave na cidade de Carpentras, segundo as derradeiras instruções de Clemente V, entregavam-se a um combate que parecia não ter fim.

O pensamento e a posição do rei de França eram muito bem conhecidos. Felipe, o Belo, queria que a sede do papado permanecesse em Avignon, onde ele a instalara, ao alcance de sua mão; queria que o papa fosse, se possível, francês; queria que a enorme organização política constituída pela Igreja não agisse, jamais, contra o reino, tal como fizera na maioria das vezes.

Os vinte e três cardeais reunidos em Carpentras e que vinham de toda a parte, da Itália, de França, Sicília ou Alemanha, estavam divididos em incontáveis campos.

As disputas teológicas, as rivalidades de interesses contrários, os rancores familiares alimentavam suas lutas. Sobretudo entre os cardeais italianos, os Caetani, os Colonna e os Orsini, havia ódios que não podiam ser apagados.

— Esses oito cardeais italianos — disse Marigny — só concordam com uma coisa: levar de volta a sede do papado para Roma. Felizmente, eles não estão de acordo em relação a nenhum nome para candidato a papa.

— Esse acordo pode vir com o tempo — observou o senhor de Valois.

— Por isso é que não se pode lhes dar tempo algum — respondeu Marigny.

Nesse momento Nogaret sentiu algo como uma náusea que lhe pesava no estômago e perturbava sua respiração. Quis levantar-se de sua cadeira e sentiu dificuldades para comandar os músculos. Depois, seu mal-estar desapareceu; respirou profundamente e enxugou a testa.

— Roma é, para todos os cristãos, a cidade do papa — disse Carlos de Valois. — O centro do mundo é Roma.

— Isso sem dúvida convém aos italianos, mas não ao rei de França — disse Marigny.

— Vós não podeis, entretanto, refazer algo que se construiu há séculos, senhor Enguerrand, e impedir que o trono de São Pedro esteja no lugar em que ele foi fundado.

— O papa bem pode querer estar em Roma, mas ele não pode manter-se lá! — exclamou Marigny. — Ele é obrigado a fugir de Roma, devido às diferentes facções que dilaceram a cidade, e tem que ir se refugiar num castelo qualquer, sob a proteção de tropas que de forma alguma lhe pertencem. Tem muito mais segurança em nossa excelente fortaleza de Villeneuve, do outro lado do rio Reno.

— O papa permanecerá em seu estabelecimento de Avignon — disse o rei.

— Conheço bem Francesco Caetani — continuou Carlos de Valois. — É um homem de grande conhecimento e mérito, sobre o qual posso ter influência.

— Não quero saber desse Caetani — disse o rei. — Ele é da família de Bonifácio e daria continuidade aos erros da bula *Unam Sanctam*.[22]

Felipe de Poitiers, inclinando com seu longo torso, demonstrou que aprovava plenamente seu pai.

— Penso que neste caso — disse ele — há intrigas demais para que umas aniquilem as outras. Cabe a nós a maior tenacidade e a maior firmeza.

Depois de um instante de silêncio, Felipe, o Belo, virou-se para Nogaret. Este, com o rosto extremamente pálido, respirava com dificuldade.

— Vossa opinião, Nogaret?

— Sim... Vossa Majestade — disse o chanceler real com grande esforço.

Ele passou a mão trêmula sobre a testa.

— Perdoai-me, Vossa Majestade... Esse calor tão forte...

— Mas não está fazendo calor — disse Hugues de Bouville.

Nogaret, com grande esforço, pronunciou com uma voz longínqua:

— Os interesses do reino e os da fé ordenam que se aja nesse sentido.

Depois se calou; todos se surpreenderam por ele falar tão pouco e pelo fato de exprimir um pensamento tão vago.

— Vossa opinião, Marigny?

— Eu proporia, Vossa Majestade, que apressemos o conclave, que apresentemos o pretexto da volta dos restos mortais do papa Clemente para Guyenne, o que era sua última vontade. O senhor de Nogaret poderia ser encarregado dessa piedosa missão, munido dos poderes necessários, e acompanhado de uma boa escolta, convenientemente armada. A escolta garantiria nossos poderes.

Carlos de Valois balançou a cabeça negativamente.

— A anulação de meu casamento poderia ser assim apressada? — perguntou Luís de Navarra.

— Calai-vos, Luís... — disse o rei. — Também é para isso que trabalhamos.

— Sim, Vossa Majestade — disse Nogaret sem sequer ter consciência de estar falando.

Sua voz estava rouca e baixa. Sentia uma grande perturbação de espírito, e as coisas se deformavam diante de seus olhos. As abóbadas da sala pareciam-lhe tornar-se tão altas quanto as da Santa Capela; depois, de repente, elas foram ficando mais próximas, até se tornarem tão baixas quanto as dos porões em que ele costumava interrogar os prisioneiros.

— O que está acontecendo? — perguntou ele, tentando desajustar seus trajes.

Tinha se dobrado bruscamente em dois, pondo os joelhos contra o ventre, a cabeça abaixada, as mãos crispadas sobre o peito. O rei levantou-se, seguido por todos os presentes... Nogaret deu um grito abafado e desmoronou, vomitando.

Foi Hugues de Bouville, o camareiro-mor, que o levou de volta para seu palacete, para onde logo vieram os médicos do rei.

Estes confabularam demoradamente. Nada do que disseram foi revelado ao soberano. Mas logo, na corte, bem como por toda a cidade, falou-se de enfermidade desconhecida. Que veneno poderia tê-la provocado? Afirmava-se que os mais poderosos antídotos tinham sido experimentados.

Os negócios do reino, por aqueles dias, ficaram em suspenso.

Quando a condessa Mahaut tomou conhecimento da notícia, ela disse apenas:

— Excelente! Que ele pague!

E sentou-se à mesa, prometendo a Beatriz um traje completo, isto é, seis peças: combinação, vestido de cima, vestido de baixo, avental, manto e capa, tudo confeccionado com os mais finos tecidos, e ainda por cima com uma bela algibeira presa à cintura, caso o chanceler real falecesse.

Nogaret, de fato, pagava. Havia várias horas, não reconhecia mais ninguém. Estava em seu leito, o corpo sacudido por espasmos, e escarrava sangue. Nem sequer tinha mais forças para debruçar-se sobre uma bacia; o sangue escorria de sua boca sobre um espesso lençol dobrado, que um criado trocava de tempos em tempos.

O quarto estava cheio. Amigos e servidores revezavam-se junto ao doente. Num canto, um pequeno grupo traiçoeiro cochichava; eram alguns parentes que já pensavam no defunto, avaliando o preço da mobília.

Nogaret os distinguia apenas como vagos espectros que se agitavam muito longe, sem razão, nem objetivo. Outras presenças, que eram visíveis apenas para ele, estavam tomando-o de assalto.

Ao padre da paróquia, que tinha vindo dar-lhe a extrema-unção, ele confessou apenas ruídos ininteligíveis.

— Para trás! Para trás! — urrou com uma voz horrorizada enquanto untavam seu corpo com os óleos bentos.

Os médicos acorreram. Nogaret, desvairado, torcia o corpo em sua cama, com os olhos revirados, lutando contra sombras... Ele penetrara no pavor que antecede a morte.

Sua memória, da qual ele não mais precisaria, esvaziava-se de repente como uma garrafa destampada de cabeça para baixo, e trazia para diante dele todas as agonias às quais tinha assistido, todos os mortos que tinham morrido por suas ordens. E revia as mortes durante os interrogatórios, as mortes nas prisões, as mortes na fogueira, as mortes causadas pelo suplício da roda, as mortes nas cordas da forca, e todos esses mortos vinham abalroar-se contra ele para morrer uma segunda vez.

Com as mãos no pescoço, ele se esforçava por afastar os ferros rubros com os quais tinha visto queimar tantos peitos nus. Suas pernas foram tomadas por câimbras, e ouviram-no gritar:

— As tenazes não! Tirai as tenazes, por piedade!

O cheiro do sangue que vomitava parecia-lhe o sangue de suas vítimas.

Nogaret chegava enfim, em sua derradeira hora, a pôr-se no lugar dos outros, e esse era o seu castigo.

— Não fiz nada em meu próprio nome! O rei... eu só servi ao rei!

O legista, diante do tribunal da agonia, tentava um último procedimento penal que o salvasse.

Os presentes, com menos emoção que curiosidade, e mais desgosto que compaixão, assistiam ao mergulho no além de um dos verdadeiros mestres do reino.

Vinda a noitinha, o quarto esvaziou-se. Um barbeiro e um irmão da ordem de São Domingos foram os únicos a permanecer junto de Nogaret. Os servos deitaram-se no chão, na antessala do quarto, com a cabeça apoiada nos mantos.

Bouville teve que pular os corpos, quando veio durante a noite, enviado pelo rei. Ele interrogou o barbeiro.

— Nada fez efeito — disse este em voz baixa. — Ele está vomitando menos, mas não para de delirar. Tudo que podemos fazer é esperar que Deus o leve!

Resmungando fracamente, Nogaret era o único a ver os Templários mortos que o esperavam no fundo das trevas. Com a cruz costurada à altura do ombro, eles se mantinham ao longo de uma estrada deserta, ladeada por precipícios, iluminada pelo clarão das fogueiras.

— Aymon de Barbonne... Jean de Furnes... Pierre Suffet... Brintinhiac... Ponsard de Gizy...

Os mortos serviam-se de sua própria voz, que ele não reconhecia mais, para se fazerem reconhecer.

— Sim, Vossa Majestade, partirei amanhã...

Bouville, velho servidor da coroa, sentiu o coração apertado ao perceber esse murmúrio e disse a si mesmo que o relataria ao rei.

Mas, repentinamente, Nogaret se ergueu, com o queixo levantado para a frente, o pescoço esticado, e gritou para ele, aterrorizado:

— Filho de cátaro!

Bouville olhou para o dominicano e os dois fizeram o sinal da cruz.

— Filho de cátaro! — repetiu Nogaret.

E novamente caiu em seus travesseiros. Nogaret acabava de partir, mais uma vez, rumo à imensa e trágica paisagem de montanhas e vales que ele carregava dentro de si e que o conduzia em direção do derradeiro julgamento. Cavalgava, num dia de setembro, sob o sol irradiante da Itália, à frente de seiscentos cavaleiros e de mil soldados de infantaria, rumo ao rochedo de Anagni. Sciarra Colonna, inimigo mortal do papa Bonifácio VIII, homem que preferira remar durante três anos nos bancos de uma galera de bárbaros, em vez de ser entregue ao papado, ia ao lado dele. E Thierry d'Hirson também fazia parte da expedição. A pequena cidade de Anagni abria suas portas; os invasores, passando pelo interior da catedral, adentravam o palácio Caetani e os apartamentos pontificais. Lá, o velho papa de 88 anos, com a tiara sobre a cabeça, a cruz em uma das mãos, sozinho na imensa sala deserta, viu entrar aquela horda armada. Obrigado a abdicar, ele respondera: "Aqui está meu pescoço, aqui está minha cabeça; pode ser que eu morra, mas hei de morrer papa." Sciarra Colonna esbofeteou-o então com sua manopla de ferro. E Bonifácio gritou a Nogaret: "Filho de cátaro! Filho de cátaro!"

— Eu impedi que o matassem — gemeu Nogaret.

Ele pregava ainda em sua defesa. Mas logo pôs-se a soluçar, como soluçara Bonifácio jogado aos pés de seu trono; encontrara-se novamente no lugar do *outro*...

O velho papa não resistira à ofensa e ao ultraje. Enquanto o levavam para Roma, Bonifácio continuou a chorar como uma criança. Depois caiu numa demência furiosa, insultando qualquer um que se aproximasse e arrastando-se agachado, como se engatinhasse, no quarto em que era mantido prisioneiro. Um mês mais tarde ele morreu, rejeitando, numa crise de raiva, os últimos sacramentos...

Debruçado sobre Nogaret e multiplicando os sinais da cruz, o irmão dominicano não compreendia por que o ex-excomungado obstinava-se a rejeitar uma extrema-unção que ele recebera já havia algumas horas.

Bouville foi-se embora. O barbeiro, sabendo que sua presença seria inútil até o momento em que procederia à preparação do defunto, tinha adormecido sentado, a cabeça oscilando. O dominicano, de tempos em tempos, abandonava seu terço para limpar os excessos de cera da vela.

Por volta das quatro horas da manhã, os lábios de Nogaret articularam fracamente:

— Papa Clemente... cavaleiro Guilherme... rei Felipe...

Seus grandes dedos morenos e achatados arranhavam o lençol.

— Eu estou queimando... — disse ainda.

Depois as janelas acinzentaram-se com o tímido clarão da alvorada e um sino badalou diversas vezes, do outro lado do Sena. Os servos se mexeram no aposento ao lado. Um deles entrou, arrastando os pés, e veio abrir uma folha da janela. Paris tinha o cheiro da primavera e das folhas. A cidade acordava com um rumor confuso.

Nogaret estava morto, e um fio de sangue secava em suas narinas. O irmão dominicano disse:

— Deus o levou embora!

III
Os documentos de um reino

UMA HORA DEPOIS DE NOGARET ter entregado a alma, o senhor Alain de Pareilles, acompanhado por Maillard, secretário do rei, veio apreender todos os documentos, peças e dossiês que se encontravam na morada do chanceler real.

Depois, o próprio rei veio fazer uma última visita a seu ministro. Ele permaneceu diante do corpo por um momento bastante breve. Seus olhos pálidos fixavam o morto, sem piscar, como quando ele lhe fazia a pergunta de costume: "Vossa opinião, Nogaret?" E parecia decepcionado por não mais obter resposta.

Naquela manhã, Felipe, o Belo, não fez o seu passeio através das ruas e mercados. Voltou diretamente para o palácio, onde começou, com a ajuda de Maillard, o exame dos dossiês apreendidos na casa de Nogaret, que tinham sido depositados em seu gabinete.

Logo Enguerrand de Marigny apresentou-se ao rei. O soberano e seu coadjutor se entreolharam, e o secretário saiu.

— O papa, ao cabo de um mês... — disse o rei. — E um mês depois, Nogaret...

Havia uma angústia, quase uma fraqueza, na maneira de o rei pronunciar tais palavras. Marigny estava sentado na cadeira que o soberano lhe indicava. Permaneceu silencioso por um momento, depois disse:

— São certamente coincidências estranhas, Vossa Majestade. Mas coisas semelhantes acontecem, sem dúvida, todos os dias e não nos surpreendem porque nem sequer ficamos sabendo.

— Estamos numa idade avançada, Enguerrand. Esta é uma maldição suficiente.

Ele tinha 46 anos, e Marigny 49. Poucos homens, naquela época, atingiam os 50 anos.

— É preciso triar isso tudo — continuou o rei, mostrando os documentos.

Eles se puseram a trabalhar. Uma parte dos documentos seria depositada nos Arquivos do Reino, no próprio palácio real.[23] O restante, que dizia respeito aos negócios em curso, seria conservado por Marigny ou entregue a legistas; finalmente, outros documentos, por prudência, iriam para o fogo.

O silêncio reinava no gabinete, rompido apenas pelos gritos longínquos dos vendedores ambulantes e pelo rumor de Paris.

O rei examinava os maços abertos. Era todo o seu reino que via, assim, passando novamente diante dele, vinte e nove anos durante os quais administrara a sorte de milhões de homens e impusera sua influência na Europa inteira.

E, bruscamente, aquela sequência de acontecimentos, de problemas, de conflitos e de decisões pareceu-lhe como algo estranho à sua própria vida, a seu próprio destino. Uma outra luz iluminava o que fora o trabalho de seus dias e as preocupações de suas noites.

Pois repentinamente descobria o que os outros pensavam e escreviam dele; ele se via do exterior. Nogaret guardara cartas de embaixadores, minutas de interrogatórios, relatórios de polícia. Todas aquelas linhas faziam aparecer um retrato do rei que ele próprio não reconhecia, a imagem de um ser distante, duro, indiferente ao sofrimento dos homens, inacessível aos sentimentos, uma figura abstrata encarnando a autoridade superior em relação a seus semelhantes. Cheio de espanto, leu duas frases de Bernard de Saisset, um bispo que estivera na origem da querela com Bonifácio VIII: "Por mais que ele seja o mais belo homem do mundo, Felipe só sabe olhar para as pessoas sem dizer coisa alguma. Ele não é um homem; nem um animal; é uma estátua."

E o rei leu também as palavras seguintes, de outro testemunho de seu reinado: "Nada pode fazê-lo ceder; trata-se de um rei de ferro."

"Um rei de ferro", murmurou Felipe, o Belo. "Teria eu sabido ocultar assim tão bem minhas fraquezas? Como os outros nos conhecem pouco, e como serei mal julgado!".

Um nome encontrado em meio aos documentos fez com que ele se recordasse do extraordinário embaixador que recebera no início de seu reinado. Rabban Kaumas, bispo nestoriano chinês, tinha vindo propor-lhe, da parte do grande xá da Pérsia, descendente de Gengis Khan, a conclusão de uma aliança, um exército de cem mil homens e a guerra contra os turcos.

Felipe, o Belo, contava então 23 anos. Que embriaguez, para um homem tão jovem, a perspectiva de uma cruzada da qual participariam a Europa e a Ásia, que empreitada digna de Alexandre, o Grande! Entretanto, naquele dia, ele escolhera outra via. Nada mais de cruzadas, nada mais de aventuras guerreiras. Era na França e na paz que resolvera concentrar seus esforços. Teria ele tido razão? O que teria sido sua vida, e que império teria ele fundado se tivesse aceitado a aliança com o xá da Pérsia? Sonhou, por um instante, com a gigantesca reconquista das terras cristãs que poderia ter assegurado sua glória no decorrer dos séculos vindouros... Mas Luís VII e São

Luís tinham andado em busca de semelhantes sonhos, que acabaram em verdadeiros desastres.

Voltou à realidade e pegou uma nova pilha de pergaminhos. Sobre a capa do dossiê, ele lia uma data: 1305. Era o ano da morte de sua esposa, a rainha Jeanne, que trouxera a Navarra para reino e, para ele, o único amor que conhecera. Jamais havia desejado outra mulher, e já fazia nove anos que ela se fora, sem que ele jamais tivesse olhado para alguma outra. Ora, mal tirara seus trajes de luto e já tinha sido obrigado a enfrentar as revoltas. Paris, sublevada contra suas ordens, forçava-o a refugiar-se no Templo. E no ano seguinte ele mandava deter os mesmos Templários que tinham lhe proporcionado asilo e proteção... Nogaret conservara as notas relativas à condução do processo.

E agora? Depois de tantos outros, o semblante de Nogaret ia apagar-se deste mundo. Restariam dele apenas esses maços de escrita, testemunhos de seu trabalho.

"Quantas coisas destinadas ao esquecimento dormem aqui", pensou o rei. "Tantos processos, torturas, mortos..."

Com os olhos fixos, ele meditava.

"Por quê?", perguntava-se o rei novamente. "Com que finalidade? Onde estão minhas vitórias? Governar é obra que não tem fim, que não acaba nunca. Talvez eu não tenha mais do que algumas semanas de vida. E o que teria feito que pudesse realmente durar após a minha morte?"

Sentia a grande vaidade que experimenta o homem assaltado pela ideia de sua própria morte.

Marigny, com o punho sobre o enorme queixo, permanecia imóvel, inquieto devido à gravidade do rei. Tudo era relativamente fácil para o coadjutor no cumprimento de suas tarefas e obrigações, com exceção dos silêncios do soberano.

— Fizemos com que meu avô, o rei Luís, fosse canonizado pelo papa Bonifácio — disse Felipe, o Belo —, mas será que ele era realmente um santo?

— Sua canonização era útil ao reino, Vossa Majestade — respondeu Marigny. — Uma família de reis é muito mais respeitada quando conta com um santo em seu seio.

— Mas teria sido mesmo preciso, depois disso, empregar a força contra Bonifácio?

— Ele estava prestes a excomungar Vossa Majestade porque não praticáveis em vossos Estados a política que ele queria ver aplicada. Vós não faltastes ao dever dos reis. Permanecestes no lugar em que Deus vos colocou e proclamastes que vosso reino não vos fora dado por ninguém além de Deus.

Felipe, o Belo, apontou para um comprido pergaminho.

— E os judeus? Não teríamos mandado queimar injustamente muitos deles? São criaturas humanas, sofredoras e mortais, como nós. Deus não estava ordenando que o fizéssemos.

— Vós seguistes o exemplo de São Luís, Majestade. E o reino tinha precisão das riquezas dos judeus.

— O reino, o reino, sempre o reino... Era preciso, por causa do reino... Devemos fazer isto, por causa do reino... São Luís amava a fé e a grandeza de Deus. E quanto a mim? O que foi que amei? — disse Felipe em voz baixa.

— A justiça, Vossa Majestade, a justiça que é necessária para o bem comum e que se abate sobre todos que não seguem o bom caminho.

— Os que não seguiram o bom caminho foram bem numerosos durante meu reinado, e serão ainda mais, caso todos os séculos se assemelhem.

Ele levantava os dossiês de Nogaret e os recolocava sobre a mesa, um após o outro.

— O poder é coisa amarga — disse ele.

— Nada é grande, Vossa Majestade, sem que tenha sua parte de fel — respondeu Marigny —, e o Senhor Cristo também soube disso. Vós reinastes com grandeza. Vossa Majestade precisais pensar nos sucessos obtidos com as coroas de Chartres, de Beaugency, de Champagne, da Bigorre, de Angoulême, da Marche, e ainda de Douay, de Montpellier, da Comté-Franche, de Lyon, e uma parte de Guyenne. Vós fortificastes vossas cidades, tal como desejara vosso pai, Felipe III, para que elas não mais estejam à mercê dos outros, tanto os de dentro como os de fora... Vós reformastes as leis segundo as leis de Roma. Vós destes ao Parlamento regras, a fim de que ele possa produzir melhores decretos. Vós outorgastes a muitos de vossos súditos a burguesia do rei.[24] Vós alforriastes tantos servos de tantos arrendamentos e de tantas senescalias. Não, Vossa Majestade vos enganais ao pensar que cometestes erros. De um reino dividido, vós fizestes um país que começa a ter um único coração.

Felipe, o Belo, se levantou. A convicção inabalável de seu coadjutor o tranquilizava e ele se apoiava nela a fim de lutar contra uma fraqueza que, na verdade, não fazia parte de sua natureza.

— Dizeis talvez a verdade, Enguerrand. Mas, se o passado vos satisfaz, o que podeis dizer do presente? Ontem, pessoas tiveram de ser acalmadas à força pelos arqueiros, na rue Saint-Merri. Lede o que escrevem os magistrados de Champagne, de Lyon e de Orleans. Por toda a parte gritam, por toda a parte reclamam do aumento do preço do trigo e dos salários miseráveis. E os que gritam, Enguerrand, não podem compreender que o que eles reclamam, e que eu gostaria de lhes dar, depende do tempo, e não de minha vontade. Eles esquecerão minhas vitórias e só hão de se recordar de meus impostos, e hão de se abater contra mim por eu não lhes ter dado o que comer enquanto estavam vivos...

Marigny escutava, mais inquieto agora com as palavras do rei do que com seus silêncios. Jamais ele o ouvira confessando semelhantes incertezas, nem manifestando um tal desânimo.

— Vossa Majestade — disse ele —, precisamos tomar decisões relativas a vários assuntos.

Felipe, o Belo, olhou ainda por um instante os documentos de seu reino esparramados sobre a mesa. Depois ele se endireitou, como se acabasse de dar a si mesmo uma ordem.

— Sim, Enguerrand, precisamos.

O que caracteriza os homens fortes não é o fato de ignorarem as hesitações e as dúvidas que são próprias à natureza humana, mas somente o fato de poderem superá-las mais rapidamente.

IV
O verão do rei

COM A MORTE DE NOGARET, Felipe, o Belo, pareceu entrar num país em que ninguém poderia ir se juntar a ele. A primavera reaquecia a terra e as casas. Paris vivia sob o sol, mas o rei estava como que exilado num inverno interior. A profecia do grão-mestre quase não deixava seu espírito em paz.

Viajava frequentemente para uma de suas residências campestres, onde se consagrava a longas caçadas, que eram sua única distração aparente. Mas logo era chamado de volta a Paris por relatórios alarmantes. A situação alimentar, no reino, era ruim. O custo dos víveres aumentava; as regiões prósperas não aceitavam desviar seus excedentes para as regiões pobres. Todos diziam: "É muito sargento para pouca farinha e fermento." Muitos se recusavam a pagar os impostos, e muitos se revoltavam contra os prebostes e os cobradores de impostos. Impulsionadas por essa crise, as ligas dos barões, em Champagne e na Borgonha, reconstituíam-se a fim de defender velhas pretensões feudais. Robert d'Artois, aproveitando o escândalo que envolvera as princesas reais e o descontentamento geral, recomeçava a incitar os tumultos nas terras da condessa Mahaut.

— É uma primavera bem ruim para o reino — disse um dia Felipe, o Belo, diante de Carlos Valois.

— Estamos no décimo quarto ano do século, meu irmão — respondeu Valois —, um ano que sempre foi marcado pela má sorte e pela infelicidade.

Ele lembrava assim uma perturbadora coincidência observada a propósito dos anos 14, no decorrer dos tempos: 714, invasão dos muçulmanos vindos da Espanha; 814, morte de Carlos Magno e desmoronamento de seu império; 914, invasão dos húngaros, acompanhada de uma terrível fome; 1114, perda da Bretanha; 1214, vitória apertada sobre a coalizão de Othon IV, em Bouvines, obtida à beira da catástrofe. Apenas o ano de 1014 não se incluía na lista de dramas.

Felipe, o Belo, olhou para seu irmão como se não o visse. Deixou cair a mão sobre o pescoço do galgo Lombardo, que ele acariciou a contrapelo.

— Ah, desta vez, meu irmão, a infelicidade é produto de vossas más companhias — continuou Carlos de Valois. — Marigny não tem mais limites. Ele utiliza vossa confiança para vos enganar e vos levar cada vez mais adiante no sentido em que o interessa, mas que a nós não convém. Se tivesses escutado meu conselho em relação ao problema de Flandres...

Felipe, o Belo, sacudiu os ombros com um movimento que queria dizer: "Em relação a isso, nada posso fazer..."

As dificuldades com Flandres ressurgiam periodicamente. A rica cidade de Bruges, irredutível, encorajava as revoltas comunais. O condado de Flandres, de estatuto maldefinido, recusava-se a aplicar a lei geral. Entre tratados frustrados, negociações e revoltas, o caso flamengo era uma chaga sem cura pesando sobre os ombros do reino. O que tinha restado da vitória de Mons-en-Pévèle? Ainda uma vez, seria necessário empregar a força.

Mas a convocação do exército exigia fundos. E se fosse decidida a realização de uma nova campanha, as contas do Tesouro ultrapassariam, sem dúvida, as de 1299, que tinha permanecido na memória de todos como as mais altas que o reino já conhecera: 1.642.649 libras de despesas, com um déficit de aproximadamente 70.000 libras. Ora, há alguns anos, as receitas ordinárias se equilibravam em torno de 500.000 libras. Onde buscar o restante?

Marigny, contra a vontade de Carlos de Valois, convocou então uma assembleia popular para o dia 1º de agosto de 1314, em Paris. Ele já recorrera a consulta semelhantes, mas sobretudo por ocasião de conflitos com o papado. Foi ajudando o poder real a liberar-se da obediência à Santa Sé que a burguesia tinha conquistado seu direito de se exprimir. Agora pedia-se sua aprovação em matéria de finanças.

Marigny preparou essa reunião com os maiores cuidados, enviando às cidades mensageiros e secretários, multiplicando entrevistas, providências, promessas.

A Assembleia realizou-se na Galeria dos Merceeiros, cujas lojas, naquele dia, foram fechadas. Um grande estrado havia sido erguido, no qual se instalaram o rei, os membros de seu Conselho, bem como os pares do reino e os principais barões.

Marigny tomou a palavra, de pé, não muito longe de sua efígie em mármore, e sua voz parecia mais segura do que de costume, mais certa de exprimir a verdade do reino. Estava sobriamente trajado; do orador, tinha o desempenho e os gestos. Seu discurso, do ponto de vista formal, dirigia-se ao rei, mas ele o pronunciava voltado para a multidão, que, por isso, sentia-se um tanto soberana. Na imensa nave de duas abóbadas, diversas centenas de homens, vindos de toda a França, escutavam.

Marigny explicou que, se os víveres se tornavam raros, e portanto mais caros, ninguém devia surpreender-se. A paz que fora mantida pelo rei Felipe favorecia o aumento, em número, de seus súditos. "Nós continuamos a comer a mesma quantidade de trigo, mas somos mais numerosos a compartilhá-lo." Era preciso, pois, semear ainda mais; e, para semear, era preciso tranquilidade no Estado, obediência às ordens, participação de cada região na prosperidade de todas as outras.

Ora, quem ameaçava a paz? Flandres. Quem se recusava a contribuir para o bem geral? Flandres. Quem guardava o trigo e os tecidos, preferindo vendê-los ao estrangeiro ao invés de dirigi-los ao interior do reino, maltratado pela penúria? Flandres. Recusando-se a pagar os impostos reais, as cidades flamengas agravavam, obrigatoriamente, a proporção das incumbências devidas pelos outros súditos ao rei. Flandres devia ceder; seria obrigada a isso, pela força. Mas, para tal, eram necessários subsídios; todas as cidades, aqui representadas pelos burgueses, deviam, portanto, em nome de seu próprio interesse, aceitar uma cobrança excepcional de impostos.

— Assim se farão conhecer — concluiu Marigny — aqueles que auxiliarem na luta contra os flamengos.

Um rumor levantou-se da multidão, logo dominado pela voz de Étienne Barbette.

Barbette, chefe da Moeda de Paris, almotacé, preboste dos mercadores, homem riquíssimo devido ao comércio de tecidos e cavalos, era aliado de Marigny. Em nome da primeira cidade do reino, Barbette prometeu a ajuda requisitada. Arrastou consigo o público, e os deputados de quarenta e três "boas cidades" aclamaram em uníssono o rei, Marigny e Barbette.

A Assembleia fora uma vitória, mas seus resultados financeiros mostraram-se bastante decepcionantes. O exército foi convocado antes de a subvenção ter sido recolhida.

O rei e seu coadjutor desejavam fazer uma rápida demonstração de autoridade, em vez de se lançarem numa guerra verdadeira. A expedição foi um imponente passeio militar. Marigny, mal pôs em marcha as tropas, fez com que o seu adversário soubesse que ele estava pronto para negociar e apressou-se em concluir, nos primeiros dias de setembro, a convenção de Marquette.

Mas tão logo partira o exército, Luís de Nevers, filho de Robert de Béthune, conde de Flandres, denunciou a convenção. Para Marigny, foi o fracasso. Valois, que chegava a se regozijar com um fracasso do reino desde que ele prejudicasse o coadjutor, acusava este último, publicamente, de se ter vendido aos flamengos.

A nota da campanha militar continuava esperando para ser paga; e os oficiais reais continuavam a receber, com grandes dificuldades e com o mais vivo descontentamento das províncias, a ajuda excepcional consentida para uma empreitada que já chegara ao fim e que ainda por cima fracassara.

O Tesouro se esgotava e Marigny precisava conceber outros expedientes.

Os judeus tinham sido espoliados duas vezes; tosá-los mais uma vez não daria a lã suficiente. Os Templários não existiam mais, e o ouro deles há muito desaparecera. Restavam os banqueiros, os lombardos.

Em 1311, eles já tinham sido vitimados por um decreto de expulsão, sem que se tivesse realmente intenção de cumpri-lo, mas somente para obrigá-los a comprar mais uma vez, a preço de ouro, seu direito de estadia no reino. Dessa vez, não era possível pensar no mesmo expediente; era na apreensão de todos os seus bens, e na sua expulsão da França, que Marigny meditava. Os negócios que eles mantinham com Flandres, desprezando as instruções reais, e o apoio financeiro que davam às ligas de senhores feudais justificavam à medida que se preparava.

Mas o golpe era considerável. Os banqueiros e negociantes italianos, burgueses do rei, conseguiram organizar-se solidamente em "companhias", tendo no comando de cada uma delas um "capitão-geral" eleito. Controlavam o comércio com o estrangeiro e reinavam sobre o crédito. Os transportes, o correio privado e até mesmo certas arrecadações de impostos passavam pelas mãos deles. Emprestavam aos barões, às cidades, aos reis. E até davam esmolas, quando era necessário.

Marigny passou diversas semanas aprimorando seu projeto. Era um homem tenaz e a necessidade o instigava.

Mas Nogaret não estava mais presente. Por outro lado, os lombardos de Paris — homens muito bem informados, instruídos, experientes — pagavam caro para obter os segredos dos poderosos.

Tolomei, com seu único olho aberto, estava atento.

V
O dinheiro e o poder

UMA NOITE, EM MEADOS DE outubro, cerca de trinta homens estavam reunidos, a portas fechadas, na casa do senhor Spinello Tolomei.

O mais jovem, Guccio Baglioni, sobrinho do dono da casa, tinha 18 anos. O mais idoso contava 75; era Boccanegra, capitão-geral das companhias lombardas. Por mais diferentes que fossem suas idades e seus traços, havia entre todos aqueles personagens uma curiosa semelhança nas atitudes, na mobilidade do rosto e dos gestos, na maneira de vestir-se.

Com o aposento iluminado por círios muito grossos, enfiados em candelabros feitos na forja, esses homens de tez morena formavam uma família que tinha uma linguagem comum. E também uma tribo em guerra, cujo poder era igual ao das grandes ligas da nobreza ou das assembleias de burgueses.

Estavam lá os Peruzzi, os Albizzi, os Guardi, os Bardi, com seu principal viajante — Boccaccio — e os Pucci, os Casinelle, todos eles originários de Florença, como o velho Boccanegra. Havia também os Salimbene, os Buonsignori, os Allerano e os Zaccaria, de Gênova; os Scotti, de Piacenza; e havia o clã da cidade de Siena, em torno dos Tolomei. Entre todos esses homens existiam rivalidades de prestígio, concorrências comerciais e às vezes até mesmo ódios sólidos, por razões familiares ou amorosas. Mas, diante do perigo, eles se encontravam como irmãos.

Tolomei acabara de expor a situação com calma, porém sem dissimular sua gravidade. Aliás, o que dissera não era surpresa para ninguém. A maioria desses banqueiros era muito previdente, e já pusera ao abrigo parte de sua fortuna, fora da França. Mas há coisas que não se pode carregar, e cada qual pensava, com angústia, ira, ou sofrimento, em tudo o que teria de abandonar: a bela morada, os bens imóveis em geral, as mercadorias estocadas na loja, a situação adquirida, a clientela, os costumes, as amizades, a bela amante, o filho ilegítimo...

— Talvez eu disponha de um meio — disse Tolomei — para algemar Marigny ou mesmo abatê-lo.

— Então não hesites: *ammazzalo*!* — disse Buonsignori, chefe da maior companhia de Gênova.

— Que meio é esse? — perguntou o representante dos Scotti.

Tolomei balançou a cabeça.

— Ainda não posso dizer.

— Dívidas, com certeza? — bradou Zaccaria. — E daí? Por acaso isso já foi incômodo para esse tipo de gente? Ao contrário! Caso nos expulsem, terão uma boa oportunidade para esquecer o que nos devem...

Zaccaria era amargo; possuía apenas uma pequena companhia e enviava a Tolomei sua clientela de grandes senhores feudais. Tolomei virou-se para ele e, num tom de profunda convicção, respondeu:

— Muito mais do que dívidas, Zaccaria! Uma arma envenenada, cujo veneno não quero expor ao vento. Mas, para utilizá-la, preciso de vós todos, meus amigos. Pois terei que tratar com o coadjutor de

* "Mata-o!"

igual para igual. Eu tenho uma ameaça a fazer-lhe; mas, para isso, tenho que ser capaz de fazer-lhe uma oferta... para que Marigny possa escolher entre a paz ou o combate.

Ele desenvolveu sua ideia. Se queriam espoliar os lombardos, isso se devia à necessidade de cobrir o déficit das finanças públicas. Marigny tinha de encher novamente o Tesouro, fosse como fosse. Os lombardos iam fingir que eram bons súditos, propondo-lhe espontaneamente um enorme empréstimo a juros baixos. Caso Marigny recusasse, Tolomei tiraria a arma da lapela.

— Tolomei, é preciso explicar-nos bem — disse o mais velho dos Bardi. — Que arma é essa de que falas tanto?

Depois de um momento de hesitação, Tolomei disse:

— Posto que todos insistem, posso revelá-la, mas somente a nosso *capitano*, e a ninguém mais.

Um murmúrio correu pela sala, e os presentes trocaram perguntas com os olhares.

— *Si... d'accordo, facciamo cosi...** — disseram alguns.

Tolomei puxou Boccanegra para um canto do aposento. Os outros observavam o semblante de nariz magro, lábios recatados, olhos cansados, do velho florentino; puderam ouvir somente as palavras *fratello* e *arcivescovo*.**

— Duas mil libras... bem empregadas, não é? — murmurou finalmente Tolomei. — Eu sabia que um dia isso me seria útil.

Boccanegra emitiu um risinho rouco do fundo da velha garganta; depois voltou para o seu lugar e disse simplesmente, apontando para Tolomei:

— *Abbiate fiducia*.***

Então Tolomei, com a tabuinha de contar e o lápis à mão, começou a perguntar a cada um que soma poderia oferecer como subvenção.

Boccanegra foi o primeiro a responder, declarando uma soma considerável: dez mil e treze libras.

---

* Sim... de acordo... façamos assim...

** Irmão e arcebispo.

*** Tende confiança.

— Por que as treze libras? — perguntaram-lhe.

— *Per portar loro scarogna.**

— Peruzzi, quanto podes dar? — perguntou Tolomei.

Peruzzi calculava.

— Vou dizer-te... espera um momento — respondeu ele.

— E tu, Salimbene?

Os banqueiros de Gênova, agrupados em volta de Salimbene e Buonsignori, tinham ares de homens aos quais se arrancava um pedaço de carne. Eram conhecidos por serem os mais artificiosos em matéria de negócios. Dizia-se deles: "Se um banqueiro de Gênova, ao ver-te, olha só para tua bolsa, isso quer dizer que ela já está vazia." Mesmo assim, eles também contribuíram. Alguns dos presentes trocavam comentários:

— Se Tolomei consegue nos safar desta, é que sucederá um dia a Boccanegra.

Tolomei aproximou-se dos dois Bardi que conversavam com Boccaccio.

— E vós, quanto é que dais para vossa companhia?

O primogênito dos Bardi sorriu.

— O que mesmo que tu, Spinello.

O olho esquerdo de Tolomei se abriu.

— Então vai ser o dobro do que pensavas.

— Seria bem mais duro perder tudo o que temos — disse um dos Bardi, levantando os ombros. — Não é verdade, Boccaccio?

Este inclinou a cabeça. Mas depois se levantou para falar à parte com Guccio. O encontro deles a caminho de Londres fizera com que estabelecessem elos de amizade.

— Será que teu tio tem mesmo os meios de quebrar o pescoço de Enguerrand?

Guccio, com a mais séria expressão, respondeu:

— Jamais vi meu tio fazer uma promessa que não pôde cumprir.

---

* Para que lhe traga desgraça.

Quando terminaram a reunião, o Salve-Maria tinha acabado nas igrejas, e a noite caía sobre Paris. Os trinta banqueiros saíram do palacete Tolomei. Pelo caminho iluminado com as tochas que carregavam seus criados, eles foram juntos, cada qual ficando à sua porta, atravessando o bairro dos lombardos e formando pelas ruas uma estranha procissão da fortuna ameaçada, a procissão dos penitentes do ouro.

Em seu gabinete, Spinello Tolomei, sozinho com Guccio, fazia a soma dos dons prometidos, tal como se contam as tropas de uma batalha. Quando terminou, ele sorriu. Com o olho semifechado, as mãos cruzadas à altura dos rins, olhando para o fogo no qual a lenha se transformava em cinzas, murmurou:

— Senhor de Marigny, ainda não vencestes.

Depois, virando-se para Guccio:

— E, se ganharmos, solicitaremos que nos outorguem novos privilégios em Flandres.

Pois, assim tão próximo do desastre, Tolomei já pensava em tirar proveito da situação caso conseguisse se salvar dela. Dirigiu-se ao cofre e o abriu.

— O recibo assinado pelo arcebispo — disse ele, pegando o documento. — Caso venham a fazer conosco o mesmo que fizeram com os Templários, prefiro que os sargentos de Enguerrand não possam encontrá-lo aqui. Tu vais pegar nosso melhor cavalo e partir imediatamente para Neauphle, onde esconderás este documento, em nosso entreposto. Tu ficarás por lá.

Ele olhou Guccio bem nos olhos e acrescentou gravemente:

— Se me acontecer alguma desgraça...

Os dois cruzaram os dedos em figa e bateram na madeira.

— Se acontecer algo, tu entregarás este documento ao senhor d'Artois, para que ele o entregue ao senhor de Valois, que saberá fazer bom uso dele. Fica sempre desconfiado de tudo, pois o entreposto de Neauphle tampouco ficará ao abrigo dos arqueiros caso ocorra algo de ruim...

— Meu tio, meu tio — disse Guccio com vivacidade —, tenho uma ideia. Em vez de hospedar-me no entreposto, posso ir para Cressay, cujos castelãos me devem obrigações. Minha presença lá Cressay foi-lhes de grande utilidade e eles ainda não pagaram a dívida que têm para conosco. Imagino que a filha, caso tudo continue como antes, não vai se recusar a me ajudar.

— Pois é bem pensado — disse Tolomei. — Estás amadurecendo, meu filho! O bom coração de um banqueiro sempre deve servir para alguma coisa! Podes ir para Cressay. Mas, posto que precisas dessa gente, tens de chegar lá com presentes. Pega alguns metros de tecido e de renda de Bruges para as mulheres. E também há dois moços, não é isso? Eles gostam de caçar? Pega os dois falcões que nos foram enviados de Milão.

Ele retornou até o cofre.

— Eis aqui alguns recibos assinados pelo senhor Robert d'Artois — continuou Tolomei. — Creio que ele não se recusaria a te ajudar, caso se apresentasse a necessidade. Mas terás ainda maior certeza se lhe apresentares teu pedido com uma mão e os recibos com a outra... E eis também o recibo do rei Eduardo... Não sei, meu sobrinho, se tu ficarás rico com tudo isso, mas pelo menos poderás ser temido. Vamos! Não tardes mais. Manda selar teu cavalo e preparar tua bagagem. Pega apenas um criado como escolta, para que não chames a atenção de ninguém. Mas diz a teu acompanhante que é preciso ir armado.

Ele deslizou os documentos para dentro de um estojo de chumbo e entregou tudo a Guccio, ao mesmo tempo que lhe dava uma bolsa cheia de ouro.

— Agora a sorte de nossas companhias está metade em minhas mãos, metade nas tuas — acrescentou ele. — Não deves esquecer isso.

Guccio beijou emocionado o tio. Dessa vez, ele não tinha necessidade de criar um personagem e inventar um papel: este veio até ele.

Uma hora mais tarde, deixava para trás a rua dos Lombardos.

Então o senhor Spinello Tolomei pôs seu manto forrado de peliça, porque o mês de outubro estava bem frio, chamou um servo, ordenando-lhe que pegasse uma tocha e uma adaga, e dirigiu-se ao palacete de Marigny.

Tolomei esperou por muito tempo, inicialmente na casinha da zeladoria, depois numa sala dos guardas que servia de antecâmara. O coadjutor vivia como um rei, e havia um grande movimento em sua morada, até tarde. O senhor Tolomei era homem paciente. Lembrou sua presença, diversas vezes, insistindo na necessidade que tinha de entrevistar-se com o coadjutor pessoalmente.

— Vinde, senhor — disse-lhe finalmente um secretário.

Tolomei atravessou três grandes salas e encontrou-se face a face com Enguerrand de Marigny, que, sozinho em seu gabinete, acabava de cear, trabalhando ao mesmo tempo.

— Eis aí uma visita que não estava prevista — disse Marigny friamente. — O que vos traz?

Tolomei respondeu com uma voz tão fria quanto a do coadjutor:

— Os negócios do reino, senhor.

Marigny apontou-lhe uma poltrona.

— Explicai-me — disse ele.

— Corre o rumor, há alguns dias, senhor, de certa medida que estaria sendo preparada no Conselho do rei e que diria respeito aos privilégios das companhias lombardas. O rumor se propaga e nos inquieta, perturbando muitíssimo nosso comércio. A confiança está abalada, os compradores se tornam raros; os fornecedores exigem pagamento imediato; os devedores atrasam os pagamentos.

— Mas isso não é de forma alguma, negócio do reino — respondeu Marigny.

— É preciso pensar bem, senhor, é preciso pensar bem... Muitas pessoas, daqui e de outros lugares, são atingidas por tais rumores. Mesmo fora da França...

Marigny coçou o queixo e uma das faces.

— Fala-se demais. Sois um homem inteligente, senhor Tolomei, e não deveis dar importância a tais rumores — disse ele, olhando tranquilamente para esse homem cuja perda ele tramava.

— Se vós afirmais, senhor Marigny... Mas a guerra flamenga custou caríssimo e pode ser que o Tesouro se encontre agora em dificuldades. Por isso preparamos uma proposta...

— Vosso comércio, eu repito, não é de forma alguma, negócio que me diga respeito.

Tolomei levantou a mão como se quisesse dizer: "Paciência... vós não estais a par de tudo...", e prosseguiu:

— Nós não tomamos parte da Assembleia, mas nem por isso estamos menos desejosos de fornecer ajuda a nosso bem-amado rei. Estamos dispostos a fazer um grande empréstimo ao reino, do qual participariam todas as companhias lombardas, sem prazo para reembolso e com os menores juros. Estou aqui para transmitir-vos esta proposta.

Depois, Tolomei debruçou-se, murmurando uma cifra. Marigny estremeceu, mas logo pensou: "Se eles estão dispostos a sacrificar tal soma, é porque tenho vinte vezes a mais para arrancar deles."

De tanto ler até tarde da noite, como fazia, seus olhos cansavam demasiadamente e suas pálpebras estavam vermelhas.

— É excelente pensamento e louvável intenção, e sou grato por ela — disse ele após um silêncio. — Convém ainda assim que eu exprima minha surpresa... Chegou até meus ouvidos que certas companhias tinham encaminhado para a Itália alguns comboios de ouro... Esse ouro não poderia estar ao mesmo tempo na França e na Itália.

Tolomei fechou completamente o olho esquerdo.

— Sois um homem inteligente, senhor Marigny, e não deveis dar importância a tais rumores — disse ele, repetindo as palavras ditas pelo próprio coadjutor. — Não seria nossa oferta a prova de nossa boa-fé?

— Quero crer no que me dizeis. Pois, se assim não fosse, o rei não poderia continuar permitindo essas sangrias na fortuna da França, e seria obrigado a pôr um término nelas...

Tolomei não se abalou. A fuga dos capitais lombardos começara de fato, com a ameaça da espoliação, e esse êxodo ia servir a Marigny para justificar sua medida. Era um círculo vicioso.

— Vejo que, pelo menos no que diz respeito a isso, vós considerais nosso negócio como negócio do reino — respondeu o banqueiro.

— Creio que já nos dissemos tudo que tínhamos a nos dizer, senhor Tolomei — concluiu Marigny.

— Com certeza, senhor...

Tolomei levantou-se e deu um passo. Depois, repentinamente, como se algo lhe viesse à memória, disse:

— O senhor arcebispo de Sens encontra-se na cidade?

— Sim, encontra-se.

Tolomei balançou a cabeça, pensativo.

— Vós tendes, mais do que eu, ocasião de vê-lo. Poderíeis fazer a gentileza de transmitir-lhe meu desejo de conversar com ele amanhã mesmo, seja lá qual for a hora? Ele sabe de que assunto se trata. Minhas palavras terão um grande interesse para ele.

— O que tendes a dizer-lhe? Eu ignorava que tivésseis negócios com meu irmão.

— Senhor Marigny — disse Tolomei, inclinando-se —, a primeira virtude de um banqueiro consiste em saber calar-se. Entretanto, sois irmão do senhor arcebispo e posso confiar-vos que se trata do bem dele, do nosso... e também do bem de nossa Santa Mãe, a Igreja.

Então, enquanto estava prestes a sair, repetiu secamente:

— Amanhã mesmo, por favor.

VI
Tolomei ganha

NAQUELA NOITE, TOLOMEI QUASE NÃO dormiu. "Teria Marigny avisado o irmão?", perguntava-se ele. "E teria o arcebispo ousado confessar o que Tolomei tinha em mãos? Não iam ambos correr para contar tudo ao rei, a fim de andarem mais depressa que ele? Ou quem sabe os dois se poriam de acordo para assassiná-lo?"

Virando-se de um lado para o outro devido à insônia, Tolomei pensava com amargura em sua segunda pátria, que ele considerava ter servido tão bem, com seu trabalho e dinheiro. Porque nela havia enriquecido, ele era tão apegado à França quanto à sua Toscana natal, e a amava realmente, à sua maneira. Não mais poder sentir sob as solas do sapato a rua dos Lombardos, não mais escutar ao meio-dia o badalo da Notre-Dame, não mais respirar o odor do Sena, não mais participar das reuniões do Parlatório dos Burgueses,[25] renunciar a todas essas coisas dilacerava-lhe o coração. "Ir começar a vida em outro lugar, na minha idade... e isso caso ainda me deixem a vida para recomeçar!"

Ele só se rendeu ao sono com a alvorada, mas logo foi acordado pelas batidas da aldraba e pelo barulho dos passos no corredor. Tolomei pensou que vinham prendê-lo e vestiu-se apressadamente. Um criado, assustado, apareceu.

— Senhor, o arcebispo está lá embaixo — disse ele.

— Acompanhado por quem?

— Quatro acompanhantes trajando capuzes de frade, mas que mais parecem sargentos do prebostado do que clérigos de colegiado.

Tolomei assumiu uma expressão preocupada.

— Abre as venezianas de meu gabinete — disse ele.

Monsenhor Jean de Marigny já estava subindo as escadas. Tolomei esperou-o de pé no alto dos degraus. Magro, com uma cruz de ouro batendo no peito, o arcebispo logo foi enfrentando o banqueiro.

— O que quer dizer, senhor Tolomei, esse estranho recado que meu irmão me mandou ontem à noite?

Tolomei levantou suas mãos gordas e pontudas, com um gesto pacificador.

— Nada que deva perturbar monsenhor, ou que mereça esta visita. Eu teria ido imediatamente, mediante vosso chamado, até o palácio episcopal... Desejais vir até meu gabinete?

O criado estava acabando de abrir os cortinados ricamente pintados. Ele alimentou com lenha miúda a lareira, e logo as chamas cresceram, crepitando. Tolomei ofereceu uma cadeira a seu visitante.

— Viestes em boa companhia, monsenhor — disse ele. — Pois nem era preciso! Então não tendes confiança em mim? Pensais que aqui correis algum perigo? Devo dizer que me habituastes a outro tratamento...

Esforçava-se para falar com um tom cordial, mas seu sotaque toscano estava mais pronunciado do que de costume.

Jean de Marigny sentou-se diante do fogo e estendeu na direção as mãos cheias de anéis.

"Esse homem não está seguro de si mesmo e não sabe como deve me tratar", pensou Tolomei. "Ele chega fazendo a maior balbúrdia, como se fosse pôr ordem nas coisas, e agora se põe a contemplar suas próprias unhas sem ter o que dizer."

— Vossa pressa em querer me ver foi para mim causa de preocupação — disse enfim o arcebispo. — Eu preferiria ter escolhido, eu mesmo, o momento de minha visita.

— Mas vós escolhestes, monsenhor, vós escolhestes... Recordai-vos ter recebido de mim duas mil libras como adiantamento para... para certos artigos, preciosíssimos, que faziam parte dos bens do Templo, e que vós me confiastes para que eu os vendesse.

— Eles foram vendidos? — perguntou o arcebispo.

— Em parte, monsenhor, em grande parte. Foram enviados para fora da França, como tínhamos combinado, posto que não podíamos pô-los em circulação aqui... Estou à espera do recibo da transação. Espero que haverá troco para ser devolvido ao monsenhor...

Tolomei, com seu enorme corpo atarracado, as mãos cruzadas sobre o ventre, balançava a cabeça com uma expressão de bonomia.

— Então não tendes mais necessidade do recibo que assinei e vos confiei? — disse Jean de Marigny.

Ele ocultava sua preocupação, mas muito mal.

— Monsenhor não está sentindo frio? Tendes o rosto tão pálido! — disse Tolomei, que se abaixou para pôr no fogo um pau de lenha.

Depois, como se tivesse esquecido a pergunta feita pelo arcebispo, continuou:

— O que pensais, monsenhor, dos problemas que foram debatidos nesta semana durante o Conselho? Seria possível que projetem realmente o roubo de nossos bens, que pretendam nos reduzir à miséria, ao exílio, à morte?

— Não tenho opinião sobre o assunto — disse o arcebispo. — São negócios do reino.

Tolomei balançou a cabeça.

— Transmiti ontem ao senhor coadjutor do reino uma proposta cujas vantagens, parece-me, ele não compreendeu muito bem. É lamentável. Dispõem-se a nos espoliar porque o reino está com problemas financeiros. Ora, nós nos oferecemos para servir o reino por meio de um empréstimo enorme, monsenhor, e vosso irmão permanece impassível. Ele não tocou neste assunto? É lamentável, é mesmo lamentável...

Jean de Marigny mexeu-se um pouco em seu assento.

— Não estou autorizado a discutir convosco as decisões do reino — disse ele.

— Mas ainda não são decisões — replicou Tolomei. — Não poderíeis mostrar ao coadjutor que os lombardos, convocados a dar sua vida inteira, que pertence ao rei, podeis crer, e seu ouro, que também lhe pertence, gostariam, se possível, de continuar vivos? Quero dizer com isso que eles desejariam ter o direito de permanecer neste reino. Eles oferecem de bom grado o ouro que querem lhes tomar na marra. Por que não ouvi-los? É com tal finalidade, monsenhor, que eu desejava encontrar-vos.

Fez-se um silêncio. Jean de Marigny, imóvel, parecia olhar através das paredes.

— O que dizíeis agora mesmo, monsenhor? — continuou Tolomei. — Ah... sim, o recibo que assinastes...

— Devolvereis este recibo — disse o arcebispo.

Tolomei passou a língua sobre os lábios.

— O que faríeis dele, monsenhor, caso estivésseis em meu lugar? Imaginai por um instante... não passa de pura imaginação, lógico... mas imaginai que vos ameaçam e que vós possuís... alguma coisa... um talismã, sim, isso mesmo, um talismã! E que ele pode servir para evitar a destruição completa...

Ele foi até a janela, pois ouvia barulho no pátio. Entregadores descarregavam caixas e rolos de tecidos. Tolomei avaliou mecanicamente o montante das mercadorias que chegavam naquele dia e suspirou.

— Sim... um talismã contra a destruição — murmurou ele.

— Por acaso não quereis dizer...

— Sim, monsenhor, quero dizer e estou dizendo — pronunciou claramente Tolomei. — Esse recibo é testemunha do tráfico que fizestes com os bens do Templo, que pertenciam, por penhora, ao poder real. Ele prova que roubastes, e que roubastes o rei.

Ele olhava diretamente o arcebispo. "Desta vez", pensava, "a sorte está lançada. Vamos ver quem ganha!"

— Vós sereis considerado como meu cúmplice! — disse Jean de Marigny.

— Então seremos pendurados juntos em Montfaucon, como dois ladrões — respondeu friamente Tolomei. — Mas eu não vou ser pendurado sozinho...

— Sois um grande espertalhão! — exclamou Jean de Marigny.

Tolomei deu de ombros.

— Eu não sou arcebispo, monsenhor, e não fui eu quem desviou as custódias de ouro em que os Templários apresentavam o corpo de Cristo. Eu não passo de um mercador, e neste momento preciso estamos fazendo uma transação mercantil, exatamente, quer isso vos convenha ou não. Eis aí a única verdade em tudo o que dissemos. Nada de espoliação dos banqueiros lombardos e nada de escândalo envolvendo monsenhor. Mas, se eu cair, vós caireis também. E ainda de mais alto. E vosso irmão, que tem fortuna demais para ter amigos de fato, será arrastado após vossa queda.

O arcebispo tinha se levantado. Seus lábios estavam pálidos. Seu queixo, suas mãos e todo seu corpo tremiam.

— Devolvei-me o recibo — disse ele, agarrando o braço de Tolomei.

O banqueiro livrou-se dele calmamente.

— Não.

— Eu vos reembolso as duas mil libras que me destes — disse Jean de Marigny — e podereis ficar com todo o dinheiro da venda.

— Não.

— Eu vos darei ainda outros objetos de valor.

— Não.

— Cinco mil libras! Eu vos dou cinco mil libras por esse recibo!

Tolomei sorriu.

— E onde poderíeis arranjá-las? Seria preciso que eu mesmo vos emprestasse!

Jean de Marigny, com os punhos fechados, repetiu:

— Cinco mil libras! Eu hei de consegui-las. Meu irmão vai me ajudar.

— Que ele vos ajude então como estou pedindo — disse Tolomei, abrindo as mãos. — Só a minha parte do empréstimo que todos os lombardos oferecem ao Tesouro real chega a dezessete mil libras.

O arcebispo compreendeu que precisava mudar de tática.

— E se eu conseguir fazer com que meu irmão vos exclua da espoliação? Podereis levar toda vossa fortuna e compraremos vossos bens imobiliários...

Tolomei refletiu por um momento. Ofereciam-lhe um meio de se safar sozinho. Qualquer homem sensato ao qual se apresente esse tipo de proposição se dá ao trabalho de considerá-la, e por isso mesmo seu mérito é ainda maior quando ele a recusa.

— Não, monsenhor — respondeu ele. — Eu terei a mesma sorte que os outros. Não quero recomeçar minha vida em outro lugar, e não tenho nenhuma razão para fazê-lo. Agora eu sou da França, tanto quanto vós mesmo. Sou um burguês do rei. Quero permanecer nesta casa que construí, em Paris. Aqui passei trinta e dois anos de minha vida, monsenhor, e, se Deus quiser, aqui é que minha vida chegará ao fim... Quanto ao resto, mesmo que tivesse o desejo de vos restituir o recibo, eu não poderia, pois ele não está mais em meu poder.

— Estais mentindo! — gritou o arcebispo.

— Não, monsenhor.

Jean de Marigny levou a mão até a cruz que pendia sobre seu peito e a apertou como se fosse quebrá-la. Lançou um olhar em direção à janela, depois em direção à porta.

— Podeis chamar vossa escolta e mandar revistar minha casa — disse Tolomei. — Podeis mesmo pôr para assar meus pés na lareira, tal como se pratica em vossos tribunais de Inquisição. Causareis grande barulho e escândalo, mas sereis obrigado a partir daqui tal como chegastes, esteja eu morto ou vivo. Mas, se por acaso eu morrer, sabei que isso não vos servirá de nada. Pois meus parentes de Siena sabem que, caso eu morra cedo demais, será preciso informar o rei e os grandes barões sobre a existência do recibo.

No corpanzil de Tolomei, o coração batia depressa demais e o suor escorria por suas costas.

— Em Siena? — disse o arcebispo. — Mas vós prometestes que esse recibo não sairia de vossos cofres...

— Ele não saiu, monsenhor. Minha família e eu somos uma coisa só.

O arcebispo dobrava-se aos fatos. Tolomei sentiu que naquele momento preciso ganhara, e agora as coisas iam se encadear tal como ele desejava.

— Então? — perguntou Marigny.

— Então, monsenhor — disse Tolomei calmamente —, tudo o que eu tinha a dizer foi declarado agora há pouco. Explicai o problema ao coadjutor e apressai-o a aceitar a oferta que lhe fiz, enquanto é tempo, senão...

Sem terminar a frase, o banqueiro foi até a porta e abriu-a.

A cena que naquele mesmo dia opôs o arcebispo a seu irmão foi terrível. Colocados bruscamente um diante do outro, em toda a nudez de seus temperamentos, os dois Marigny que, até então, tinham caminhado lado a lado dilaceraram-se.

O coadjutor arrasou seu irmão mais jovem com reprovações e desprezo, e este defendeu-se como pôde, com covardia.

— Vós sentis grande prazer em esmagar-me! — gritou ele. — De onde vem toda a vossa riqueza? De quantos judeus assassinados? De quantos Templários queimados? Tudo o que fiz foi imitar vosso comportamento. Sempre servi a vossas manobras. Agora chegou a minha vez de ser servido.

— Se eu tivesse sabido antes quem sois, eu não teria permitido vossa nomeação para arcebispo — disse Enguerrand.

— Mas não teríeis encontrado ninguém que aceitasse condenar o grão-mestre!

Sim, o coadjutor sabia que o exercício do poder obriga a alianças indignas. Mas, de repente, ele se sentia esmagado por ver o resultado disso em sua própria família. Um homem que aceita vender sua consciência por uma mitra podia muito bem roubar, podia muito bem trair. Esse homem era seu irmão, e nisso estava toda a verdade...

Enguerrand pegou seu rascunho de decreto de espoliação contra os lombardos e, de raiva, jogou-o no fogo.

— Tanto trabalho por nada — disse ele —, tanto trabalho por nada!

VII
Os segredos de Guccio

CRESSAY, À LUZ DA PRIMAVERA, com suas árvores de folhas transparentes e o sussurro prateado do rio Mauldre, tinha permanecido na memória de Guccio como uma paisagem feliz. Mas naquela manhã de outubro, quando o jovem italiano, que olhava sem parar para trás a fim de certificar-se de que não estava sendo seguido pelos arqueiros, chegou à parte mais alta de Cressay, perguntou-se, por um momento, se não tinha errado o caminho. Parecia que o outono havia tornado o solar dos Cressay menor. "As torres eram assim tão baixas? Basta meio ano para que a memória seja de tal forma enganada?" O pátio tinha se transformado num lamaçal, e nele seu cavalo atolava quase até o peito. "Pelo menos, há poucas chances de alguém me encontrar aqui." Ele jogou as rédeas para o seu serviçal.

— Vai tratar dos cavalos!

A porta do solar entreabriu-se e Maria de Cressay apareceu.

A emoção a forçou a se apoiar ao portal.

“Como ela está bonita!”, pensou Guccio. “E ainda por cima não deixou de me amar.” Então as rachaduras das paredes desapareceram e as torres do solar assumiram para Guccio as proporções que tinham tido anteriormente.

Mas Maria já havia se voltado, gritando para o interior da casa:

— Mãe! É o senhor Guccio que voltou!

Dama Eliabel fez uma enorme festa ao vê-lo, beijou-o nas faces e apertou-o contra seu peito robusto. A imagem de Guccio povoara muitas vezes suas noites. Ela o tomou pelas mãos, fez com que se sentasse, ordenou que lhe trouxessem sidra e patês.

Guccio aceitou de bom grado a acolhida e explicou sua vinda tal como havia imaginado fazê-lo. Vinha a Neauphle a fim de colocar em ordem o entreposto, que era mal dirigido. Os empregados não conseguiam receber as dívidas dentro do prazo... Logo dama Eliabel se inquietou.

— Vós nos concedestes um ano inteiro — disse ela. — O inverno está chegando depois de uma colheita bem medíocre e ainda não...

Guccio explicou-se. Sendo os castelãos de Cressay amigos seus, ele não permitiria que fossem molestados. Mas lembrava-se do convite que lhe fora feito para vir... Dama Eliabel exultou. Em nenhum outro lugar do burgo, assegurou ela, ele estaria mais à vontade ou encontraria melhor companhia. Guccio pediu para que trouxessem seu porta-manto, que sobrecarregava o cavalo do serviçal.

— Tenho aqui alguns tecidos que vão vos agradar, espero... Quanto a Pierre e Jean, trouxe para eles dois falcões bem treinados que os ajudarão a caçar melhor, se é que isso é possível.

Os tecidos, as rendas e os falcões maravilharam a família e foram recebidos com gritos de gratidão. Pierre e Jean, com seus trajes sempre impregnados de um forte cheiro de terra, cavalo e animais de caça, fizeram algumas perguntas a Guccio. Esse companheiro miraculosamente aparecido, no momento em que eles se preparavam para o longo tédio de noites tão ruins, pareceu-lhes ainda mais digno de afeição do que quando o tinham visto pela primeira vez.

— E nosso amigo, o preboste Portefruit? Por onde anda?

— Continua a pilhar tanto quanto pode, mas não aqui em nossa casa, graças a Deus... e graças a vós.

Maria deslizava de um lado para o outro do aposento, debruçando o torso sobre o fogo que ela própria atiçava, ou colocando um pouco de palha fresca no canto à parte em que dormiam seus irmãos. Não falava, mas não parava de olhar para Guccio. Este, no primeiro instante em que ficou a sós com ela, tomou-a suavemente pelos braços e puxou-a para perto de si.

— Não haveria nada em meus olhos que pudesse vos trazer uma recordação de felicidade? — perguntou ele, repetindo uma frase que lera recentemente numa narrativa cavalheiresca.

— Ah, sim! Senhor — respondeu Maria com uma voz trêmula. — Não deixei por um só dia de vos imaginar aqui, por mais longe que tenhais estado. Eu não esqueci nada, e nada se acabou.

Ele procurou uma desculpa para não ter voltado por seis meses e por nem sequer ter mandado uma mensagem. Mas, para sua surpresa, Maria, longe de reprová-lo por isso, agradeceu-lhe o retorno mais rápido do que ela imaginara.

— Vós dissestes que viríeis novamente ao cabo de um ano, para receber os juros — disse ela. — Eu não esperava vos ver antes disso. Mas, mesmo que não tivésseis vindo, eu vos teria esperado por toda a minha vida.

Guccio tinha ido embora de Cressay com um leve desgosto por aquela aventura inacabada na qual, para dizer a verdade, tinha pensado bem pouco, durante todos os meses posteriores. No entanto, reencontrava um amor maravilhado, que crescera como uma planta, durante a primavera e todo o verão. "Que sorte tenho eu!", pensava ele. "Ela poderia ter me esquecido, ter se casado com outro..."

Os homens de natureza infiel, por mais vaidosos que sejam, são na maioria das vezes bem modestos em matéria de amor, pois imaginam que os outros são como eles próprios. Guccio encantava-se por inspirar um sentimento tão forte e raro, com tão pouco esforço.

— Eu também, Maria, eu também não parei de vos imaginar, e nada me desligou de vós — disse ele com todo o calor que exigia tal mentira.

Eles se mantinham um diante do outro, ambos emocionados, ambos embaraçados por suas palavras e gestos.

— Maria, eu não vim aqui por causa do entreposto, nem por causa de alguma dívida. Não posso vos esconder a razão de minha vinda. Isto seria ofender o amor que nos une. O segredo que vou contar diz respeito à vida de muitos, inclusive à minha própria... Meu tio, junto com seus amigos, encarregou-me de esconder num lugar seguro alguns documentos importantes para o reino e para a salvação deles próprios... Neste momento, os arqueiros talvez estejam à minha procura...

Cedendo à sua tendência, começou a exagerar um pouco.

— Eu tinha vinte lugares diferentes em que poderia me esconder, mas é em vossa direção, Maria, que decidi vir. Minha vida depende de vosso silêncio.

— Sou eu que dependo de vós, meu senhor — disse Maria. — Eu tenho fé apenas em Deus e no primeiro homem que me pegou em seus braços. Minha vida é vossa vida. Vosso segredo é meu segredo. Hei de dissimular o que quiserdes dissimular, hei de calar o que quiserdes calar. O segredo morrerá comigo.

Suas belas pupilas azul-escuras estavam embaçadas de lágrimas.

— O que devo esconder — disse Guccio — está guardado num cofrezinho de chumbo do tamanho de vossas mãos. Haveria um lugar aqui para ele?

Maria refletiu por alguns instantes.

— No forno abandonado da casa de banhos, talvez... — respondeu ela. — Não, sei de um lugar melhor. Na capela. Iremos até lá amanhã cedo. Meus irmãos saem de madrugada, para a caça. Amanhã minha mãe sairá logo depois deles, pois deve ir até o burgo. Se ela quiser que eu vá junto, vou me queixar de dores na garganta. Quanto a vós, deveis fingir dormir até mais tarde.

Guccio foi alojado no primeiro andar, no grande aposento limpo e frio que ele ocupara da outra vez. Deitou-se com a adaga do lado e o cofrezinho de chumbo sob o travesseiro. Ignorava que naquele mesmo momento os dois irmãos Marigny já tinham tido sua dramática conversa, e que o decreto contra os lombardos tinha virado cinza.

A saída dos dois irmãos o acordou. Aproximando-se da janela, viu Pierre e Jean atravessando o pórtico da entrada, montados em seus cavalos ruins, carregando os falcões nos punhos. Depois ouviu portas que se fechavam. Um pouco mais tarde, uma égua cinza, cansada de tão velha, foi trazida para dama Eliabel que se distanciou por sua vez, escoltada pelo criado manco. Então Guccio enfiou as botas e esperou.

Alguns instantes depois, Maria chamou do andar de baixo. Guccio desceu, com o cofrezinho escondido sob o casaco.

A capela era um pequeno aposento abobadado, no interior do solar, e na parte virada para o leste. As paredes eram caiadas.

Maria acendeu um círio na lâmpada a óleo que queimava diante de uma estátua de madeira, bastante grosseira, de São João Evangelista. Na família Cressay, o primogênito sempre recebia o nome de santo.

Ela levou Guccio até um dos lados do altar.

— Esta lápide pode ser levantada — disse, apontando para uma pedra de pequena dimensão, munida de uma argola enferrujada.

Guccio teve alguma dificuldade para suspendê-la. Quando conseguiu, viu um crânio e alguns ossos iluminados pela luz da vela.

— Quem é? — perguntou ele, cruzando os dedos.

— Um antepassado — disse Maria. — Não sei qual.

Guccio colocou o cofrezinho de chumbo no buraco, perto do crânio esbranquiçado. Depois recolocou a pedra no lugar.

— Nosso segredo está selado junto a Deus — disse Maria.

Guccio tomou-a em seus braços e quis beijá-la.

— Aqui, não — disse ela com um toque de medo —, na capela, não.

Eles voltaram para o salão, onde uma criada acabava de colocar à mesa o leite e o pão da primeira refeição. Guccio sentou-se de costas para a lareira até que, depois da saída da criada, Maria veio para perto dele.

Então eles se deram as mãos. Maria colocou a cabeça sobre o ombro de Guccio e permaneceu assim por um bom tempo, aprendendo, adivinhando aquele corpo de homem ao qual — estava decidido entre ela e Deus — ela pertenceria.

— Sempre hei de vos amar, mesmo que vós deixeis de me querer — disse ela.

Depois foi servir o leite quente e cortar o pão. Cada um de seus gestos era um gesto feliz.

Quatro dias se passaram. Guccio acompanhou os irmãos à caça e se saiu bem. Fez diversas visitas ao entreposto de Neauphle, a fim de justificar sua presença. Uma vez ele encontrou o preboste Portefruit, que o reconheceu e cumprimentou-o humildemente. Isso tranquilizou Guccio. Caso alguma medida tivesse sido tomada contra os lombardos, o senhor Portefruit não teria feito mostras de tanta educação. "E, caso seja ele o encarregado de vir um dia desses me prender", pensou Guccio, "o ouro que trouxe será o bastante para fazê-lo mudar de ideia."

Dama Eliabel, aparentemente, não suspeitava nem um pouco da aventura entre sua filha e o jovem banqueiro de Siena. Guccio convenceu-se disso devido a uma conversa entre a castelã e seu filho caçula que, numa noite, ele ouviu sem querer. Guccio estava em seu quarto, no primeiro andar. Dama Eliabel e Pierre de Cressay conversavam perto do fogo, no salão, e as vozes de ambos subiam até ele pelo buraco da chaminé.

— Na verdade, é uma pena que Guccio não seja nobre — dizia Pierre. — Ele daria um bom esposo para a minha irmã. É bem-feito de corpo, instruído, e tem boa colocação no mundo... Eu me pergunto se tudo isso não deveria ser considerado.

Dama Eliabel levou a mal a sugestão.

— Nunca! — exclamou ela. — O dinheiro faz perder a cabeça, meu filho. Nós somos pobres atualmente, mas nosso sangue nos dá direito às melhores alianças, e eu não vou dar minha filha a um plebeu que, ainda por cima, nem francês é. Esse donzel é com certeza agradável, mas que ele não ouse flertar com Maria! Eu acabaria logo com isso... Um lombardo! Aliás, ele nem pensa nisso. Se a idade não me impusesse a modéstia, eu diria que ele está mais inclinado a olhar para mim do que para ela, e que esta é a razão pela qual ele veio se empoleirar aqui como um passarinho numa árvore.

Guccio sorriu ao ouvir as ilusões da castelã, mas nem por isso deixou de se sentir magoado pelo desprezo que ela sentia por suas origens e sua profissão. "Essa gente precisa nos pedir dinheiro emprestado para comprar o que comer, depois não nos paga as dívidas, e ainda por cima nos considera como se fôssemos seus campônios! E como é que faríeis, minha cara dama, se não fossem os lombardos?", dizia Guccio a si mesmo, muito irritado. "Pois muito bem! Tentai casar vossa filha com um grande senhor feudal e vereis que reação ela terá!"

Mas, ao mesmo tempo, sentia-se bem orgulhoso de ter seduzido uma jovem da nobreza; e foi naquela noite que decidiu desposá-la, apesar de todos os obstáculos que poderia vir a encontrar.

Na refeição seguinte a esse episódio, ele olhava Maria, pensando: "Ela é minha; ela é minha!" Tudo nesse rosto, os belos cílios curvos, os lábios entreabertos, tudo parecia responder-lhe: "Eu vos pertenço." E Guccio se perguntava: "Mas como é que os outros não veem?"

No dia seguinte, Guccio recebeu em Neauphle uma mensagem de seu tio, comunicando-lhe que o perigo estava, por enquanto, afastado; o banqueiro convidava-o a voltar o mais cedo possível.

O jovem teve então que anunciar à família que um importante negócio o esperava em Paris. Dama Eliabel, Pierre e Jean deram mostras do mais sincero pesar. Maria não disse nada e continuou o bordado que estava fazendo. Mas, quando ficou sozinha com Guccio, ela deixou transparecer sua angústia. Acontecera alguma infelicidade? Estaria Guccio ameaçado?

Ele a tranquilizou. Ao contrário, graças a ele, graças a ela, os homens que queriam a perda dos financistas italianos tinham sido vencidos.

Então Maria caiu em soluços porque Guccio ia partir.

— Vós me deixais — disse ela — e é como se eu morresse.

— Eu voltarei, tão logo seja possível — respondeu Guccio.

Ao mesmo tempo, ele cobria de beijos o rosto de Maria. A salvação das companhias lombardas o regozijava apenas em termos. Ele teria querido que o perigo durasse mais um pouco.

— Eu voltarei, minha bela Maria — repetiu ele —, eu juro, pois meu maior desejo no mundo é estar junto a vós.

E daquela vez ele era sincero. Chegara em busca de refúgio e partia com o coração cheio de amor.

Como seu tio, na mensagem, não tivesse falado dos documentos escondidos, Guccio fingiu compreender que devia deixá-los em Cressay. Preparava assim um pretexto para retornar.

VIII
O encontro de Pont-Sainte-Maxence

NO DIA 4 DE NOVEMBRO, Felipe, o Belo, devia ir caçar na floresta de Pont-Sainte-Maxence. Dormira no castelo de Clermont, situado a duas léguas do ponto de partida para a caça, acompanhado de seu camareiro-mor, Hugues de Bouville, de seu secretário, Maillard, e de alguns familiares.

O rei parecia tranquilo e de bom humor, tal como não era visto havia muito tempo. Os negócios do reino tinham lhe dado certo repouso. O empréstimo concedido pelos lombardos havia recolocado o Tesouro em ordem. O inverno, sem dúvida, traria a calma aos agitados senhores feudais da região de Champagne, bem como às comunidades de Flandres.

A neve caíra durante a noite, primeira neve do ano, precoce, quase insólita; o gelo da alvorada fixara aquele pó branco sobre os campos e bosques, transformando a paisagem numa imensa extensão de geada e invertendo as cores do mundo.

A respiração dos homens, dos cães e dos cavalos expandia-se pelo ar gelado como grandes flocos de algodão.

O cão Lombardo corria diante da montaria do rei. Mesmo não sendo um cão caçador, participava da perseguição ao veado, trabalhando por conta própria e com frequência indicando a boa pista aos outros cães. Os galgos são apreciados por sua visão e fôlego, mas normalmente não são bons farejadores; ora, aquele galgo tinha tanto faro quanto os melhores cães do Poitou.

Na clareira que servia de ponto de partida para a caçada, em meio aos latidos, relinchos e chicotadas, o rei passou um bom momento admirando sua bela matilha, perguntando por suas cadelas de caça que tinham parido recentemente e *conversando* com os cães.

— Ah, meus amigos, meus belos cães... Vamos, vamos!

O chefe dos caçadores veio lhe relatar os resultados da caça. Diversos veados tinham sido seguidos até seus esconderijos, entre eles um, grande, de dez chifres que, segundo os adestradores dos cães, tinha doze esgalhos, ou seja, um verdadeiro dez chifres, real, o mais nobre animal da floresta que se pode encontrar. Além do mais, ao que parecia, tratava-se do veado que é chamado de "peregrino"; de um animal que vai, sozinho, de floresta em floresta, e que é mais forte e selvagem pelo fato de viver solitário.

— Pois então que o ataquem — disse o rei.

Os cães foram soltos e conduzidos à pista do animal; os caçadores dispersaram-se pelos pontos em que o animal poderia aparecer.

"Animal à vista! Animal à vista!",[26] logo se ouviu o grito do monteiro.

O veado fora avistado; a floresta se encheu com os latidos dos cães, os gritos dos homens contando os esgalhos do animal e uma enorme confusão de galope e galhos quebrados.

Normalmente, os veados são caçados por algum tempo nas redondezas do lugar em que foram percebidos, vagueiam pela floresta, trapaceiam, apagam as pistas, procuram um veado mais jovem para confundir a pista e enganar o faro dos cães, e voltam em seguida ao ponto em que foram atacados.

Aquele veado surpreendeu todos e, sem vaguear pela floresta, correu diretamente para o norte. Apreendendo o perigo, partiu instintivamente na direção da longínqua floresta de Ardennes, de onde vinha, sem dúvida.

Assim ele manteve a caçada por uma, duas horas, sem se apressar demais, apenas o bastante para permanecer suficientemente distanciado dos cães. Depois, quando sentiu que a matilha estava começando a se cansar, forçou de repente seu ritmo e desapareceu.

O rei, animado, atalhou pelo meio do bosque a fim de tomar a dianteira, atingir a extremidade da mata e encontrar o veado na saída.

Mas nada se perde mais rapidamente do que uma caça. O caçador acredita estar a duzentos metros dos cães e dos monteiros, que ele ouve nitidamente; e no instante seguinte se encontra num silêncio total, numa solidão absoluta, em meio a uma catedral de árvores, sem saber onde foi parar aquela matilha que latia tanto, sem saber que fada miraculosa ou que sortilégio teria feito desaparecer os companheiros de caça.

Além do mais, naquele dia, o ar não repercutia bem os sons, e os cães caçavam com dificuldade, por causa da geada esparramada por toda parte, o que esfriava e apagava os odores.

O rei estava perdido. Contemplava uma grande planície branca, em que tudo, até o horizonte, os prados, as sebes baixas, os restolhos da colheita passada, os telhados de uma aldeia, o desenho longínquo formado por uma floresta, tudo estava encoberto por uma única camada cintilante e imaculada. O sol havia aparecido.

De repente o rei sentiu-se como um estrangeiro no universo; experimentou uma espécie de atordoamento, de vacilação sobre a sela. Não se preocupou, pois era um homem robusto e suas forças jamais o haviam traído.

Muito preocupado em saber se o veado que caçava tinha saído de sua tocaia, seguiu as bordas do bosque, tentando distinguir no solo as pegadas do animal. "Com todo esse orvalho, eu deveria poder ver as pegadas com facilidade", dizia a si mesmo.

Avistou um camponês que caminhava não muito longe dali.

— Alto lá, homem!

O camponês se voltou e veio em sua direção. Era um campônio de cerca de 50 anos; suas pernas estavam protegidas por espessas polainas de um tecido grosseiro e ele trazia um porrete na mão direita. Tirou o gorro, descobrindo os cabelos grisalhos.

— Não viste um grande veado em fuga? — perguntou-lhe o rei.

O homem balançou a cabeça e respondeu:

— Vi, sim, meu senhor. Um animal assim passou bem debaixo do meu nariz, agora mesmo. Tinha um belo pelo e estava ofegante. Com certeza é o animal que procurais. Vós não precisareis correr muito; do jeito que estava, esse animal corria em busca de água. Ele só vai encontrar lá pelos lados do lago de Fontaines.

— Ele estava sendo seguido pelos cães?

— Não tinha cães, meu senhor. Mas podereis continuar seguindo o bicho, passando por ali, perto daquela grande faia. Ele vai na direção dos lagos.

O rei espantou-se.

— Tu pareces conhecer muito bem a região e também a arte da caça — disse ele.

O rosto do campônio estampou um amplo sorriso. Seus olhinhos castanhos e maliciosos fitavam o rei.

— Conheço um pouco a região e a caça — disse o homem — e desejo que um grande rei, tal como Vossa Majestade, tenha o maior prazer por aqui, por todo o tempo que Deus quiser.

— Então tu me reconheces?

O outro balançou novamente a cabeça e respondeu com orgulho:

— Vi Vossa Majestade passar, por ocasião de outras caçadas, bem como o senhor Valois, vosso irmão, quando ele veio libertar os servos do condado.

— Tu és um homem livre?

— Graças a Vossa Majestade, não sou mais servo, tal como nasci. Conheço os números e sei pegar num lápis para contar, se preciso for.

— Estás contente de ser livre?

— Contente... claro que sim. A gente se sente outro, deixa de ser como um morto vivo. E sabemos muito bem que é a ordenança que devemos. Nós sempre a repetimos, como nossa prece: "*Considerando que toda criatura humana que é formada à imagem de Nosso Senhor deve geralmente ser alforriada por direito natural...*" É bom ouvir isso quando a gente sempre acreditou não ser melhor do que um animal.

— Quanto pagaste por tua liberdade?

— Sessenta e cinco libras.

— Tu as possuías?

— Era o trabalho de toda uma vida, Vossa Majestade.

— Como é teu nome?

— André... Chamam-me de André do bosque, porque eu moro perto daqui.

O rei, que comumente não era nem um pouco generoso, experimentou o desejo de dar algo àquele homem. Não uma esmola, mas um presente.

— Que tu continues sendo um bom servidor do reino, André. Guarda isto como uma lembrança minha.

Ele desamarrou sua trombeta de caça, um belo objeto esculpido em marfim e enfeitado de ouro, que custava mais do que o homem pagará por sua liberdade.

As mãos do camponês tremeram de orgulho e de emoção.

— Oh! Isso... — murmurou ele. — Vou colocá-la aos pés da estátua da Virgem, para que proteja minha casa... Que Deus vos pague, Vossa Majestade.

O rei se distanciou, cheio de uma alegria que não sentia havia meses. Um homem lhe falara em meio à solidão dos campos, um homem que, graças a ele, era livre e feliz. A pesada rotina do poder e dos anos tornava-se assim repentinamente mais leve. Fizera muito bem seu trabalho de rei. "Do alto de um trono, sempre sabemos quem atingimos; mas não sabemos nunca que bem fizemos realmente, nem a quem o fizemos", dizia a si mesmo. Essa inesperada aprovação que chegava até ele das profundezas do povo era mais preciosa e mais doce do que todos os louvores da corte. "Eu deveria ter aplicado o direito de alforria a todas as terras... Esse homem que acabei de ver... caso tivesse sido instruído quando jovem, poderia ter se tornado um preboste ou um capitão melhor do que muitos outros."

Pensava em todos os André do bosque, do vale ou do prado, em todos os Jean-Louis dos campos, dos vilarejos, ou dos pastos, cujos filhos, libertos da condição de servos, constituiriam uma grande reserva de homens e de forças para o reino. "Vou examinar com Enguerrand a possibilidade de retomar a concessão de alforrias."

Naquele momento o rei escutou um rosnado rouco, rrrrr... rrrrr... e à sua direita reconheceu os latidos de Lombardo.

— Muito bem, meu amigo! Muito bem! Corre lá para cima, vai! — exclamou o rei.

Lombardo estava na pista certa, correndo com grande fôlego, o focinho bem próximo ao solo. Não era o rei que tinha perdido a caça, mas sim todos os outros caçadores. Felipe, o Belo, experimentou um prazer de homem jovem ao pensar que ia finalmente encurralar o belo veado, sozinho, com a ajuda de seu cão predileto.

Ele se lançou novamente a galope com seu cavalo e, sem noção de tempo, através dos campos e vales, saltando por sobre rampas e barreiras, seguiu Lombardo. Sentia calor, e o suor escorria por suas costas.

De repente, percebeu uma massa escura que fugia sobre a planície branca.

— Caça à vista! — gritou o rei. — Pega, Lombardo! Pega!

Era de fato o veado caçado, um enorme animal negro com o ventre bege. Não tinha mais o porte leve do início da caça; seu lombo afundava-se, desenhando uma curva que indicava cansaço; ele se detinha, olhava para trás, e partia novamente com um salto.

Lombardo latia ainda mais, agora que tinha a caça à vista, e ganhava cada vez mais terreno.

Os ramos dos chifres do veado intrigavam o rei. Alguma coisa neles brilhava de tempos em tempos, depois se apagava. Entretanto, o veado nada tinha desses animais fabulosos dos quais tantas lendas falavam, tal como o veado de Saint Hubert, incansável, com sua cruz de igreja plantada na testa. Este aqui, próximo de Felipe, o Belo, não passava de um grande animal esgotado, que se lançara numa correria impetuosa, indo sempre em frente pelos campos, empurrado pelo medo, e que logo estaria em dificuldades.

Com Lombardo colado a suas pernas, ele penetrou num bosquezinho de faias e não saiu mais de lá. E logo os latidos de Lombardo revestiram-se de uma sonoridade mais alta, mais comprida, ao mesmo tempo furiosa e comovedora, esses latidos que os cachorros produzem quando o animal caçado se rende.

O rei, por sua vez, entrou no bosquezinho; por entre os galhos das árvores passavam os raios de um sol sem calor, que produziam reflexos cor-de-rosa no orvalho.

O rei se deteve, desembainhou sua espada curta; entre as pernas sentiu bater o coração do cavalo que montava; ele mesmo estava ofegante e aspirava o ar frio em grandes goles. Lombardo não parava de uivar. O grande veado estava lá, encostado a uma árvore, com a cabeça baixa e o focinho quase tocando o solo; seu pelo escorria de suor e fumegava. Entre seus chifres enormes ele ostentava uma cruz, um pouco enviesada, que brilhava. Tal foi a visão que teve o rei por um instante brevíssimo, pois logo depois o espanto cedeu lugar ao pior horror: seu corpo deixou dê-lhe obedecer. Ele queria descer, mas seu pé não se movia do estribo; suas pernas tinham se transformado em duas botas de mármore. As mãos, deixando cair as rédeas, permaneciam inertes. Tentou gritar, mas nenhum som saiu de sua garganta.

O veado, com a língua de fora, olhava-o com enormes olhos trágicos. Em seus chifres, a cruz apagou-se, depois brilhou novamente. As árvores, o solo e o mundo inteiro se deformaram diante dos olhos do rei, que sentiu algo como um pavoroso estrondo no interior da cabeça; depois uma escuridão total se fez em sua volta.[27]

Alguns momentos mais tarde, quando chegaram os outros caçadores, descobriu-se que o rei de França jazia aos pés de seu cavalo. Lombardo continuava latindo para o grande veado peregrino, e notou-se que em seus esgalhos estavam agarrados dois galhos secos, que ele com certeza recolhera durante sua corrida; esses galhos é que luziam ao sol devido à camada de orvalho que traziam.

Mas ninguém perdeu tempo com o veado. Enquanto os monteiros reuniam a matilha, ele tratou de fugir, depois de descansar um pouco, e foi seguido apenas por alguns cães teimosos que continuariam errando com ele pelos bosques afora até a caída da noite, ou que acabariam fazendo com que ele se afogasse em algum lago.

Hugues de Bouville, debruçado sobre Felipe, o Belo, exclamou:

— O rei está vivo!

Fabricaram então uma maca improvisada com duas varas compridas cortadas ali mesmo com a ajuda das espadas, sobre as quais amarraram cintos e mantos. Sobre ela estenderam o rei. Este só se mexeu um pouco quando vomitou, esvaziando-se completamente como um pato que é enforcado. Seus olhos estavam vidrados e semifechados.

Assim levaram-no até Clermont, onde, no decorrer da noite, recuperou parcialmente a fala. Os médicos, tão logo vieram, aplicaram-lhe uma sangria.

Suas primeiras palavras, articuladas com dificuldade, dirigiram-se a Bouville, que estava de vigília à cabeceira de seu leito, e foram:

— A cruz... a cruz...

Bouville, pensando que o rei queria orar, foi buscar um crucifixo.

Depois Felipe, o Belo, disse:

— Estou com sede.

Durante a alvorada, pediu, balbuciando, que o conduzissem a Fontainebleau, onde nascera. O papa Clemente V também, sentindo aproximar-se a morte, quisera voltar ao lugar de nascimento.

Decidiram fazer a viagem com o rei por via fluvial, para que seu corpo fosse menos sacudido durante o trajeto; instalaram-no numa grande barca plana, que desceu pelo rio Oise. Os familiares, servidores e arqueiros da escolta seguiam em outras barcas, ou a cavalo, pelas margens.

A notícia chegava antes do estranho cortejo, e os ribeirinhos acorriam a fim de ver passar a grande estátua abatida. Os camponeses tiravam os chapéus, como quando a procissão das Rogações atravessava suas plantações. Em cada aldeia, os arqueiros iam procurar bacias contendo brasas e iam depositá-las na barca, a fim de esquentar o ar em volta do rei. O céu estava uniformemente cinza, pesado e repleto de nuvens brancas como a neve.

O senhor de Vauréal acorreu, vindo de sua residência, comandando uma comitiva em nome da região do Oise, a fim de saudar o rei; ele constatou que uma tez de cor mortal lhe cobria o rosto. O rei respondeu-lhe apenas com um movimento das pálpebras. Onde andava o atleta que outrora podia vencer dois homens armados apenas com o peso que infligia a seus ombros?

O dia acabava cedo. Atearam fogo a enormes tochas na parte dianteira das barcas, e sua luz vermelha e instável ia se projetando sobre as margens; ter-se-ia dito que o cortejo era uma gruta de chamas que cortava a noite.

Assim chegaram ao confluente do rio Sena e, de lá, dirigiram-se até Poissy. O rei foi levado ao castelo.

Lá permaneceu por uma dezena de dias, e no final deles pareceu ter se restabelecido um pouco. Recuperara a fala. Podia agora manter-

-se de pé, com gestos ainda entorpecidos. Insistiu para continuar até Fontainebleau e, dando provas de grande força de vontade, exigiu que o montassem a cavalo. Assim ele foi, prudentemente, até Essonnes; mas lá, teve que parar; o corpo não obedecia mais ao querer.

Finalizou o trajeto numa liteira. A neve recomeçou a cair, o passo dos cavalos era abafado por ela.

Em Fontainebleau, a corte já estava reunida. Todas as chaminés do castelo cuspiam fumaça.

Quando entrou, o rei murmurou:

— O sol, Bouville, o sol...

IX
Uma grande sombra paira sobre o reino

DURANTE CERCA DE DEZ DIAS, o rei errou no interior de si mesmo como um viajante perdido. Por alguns momentos, mesmo se cansando muito depressa, parecia retomar sua atividade, preocupava-se com os negócios do reino, exigia que lhe mostrassem as contas, pedia com uma autoritária impaciência que lhe apresentassem todas as cartas e decretos para que os assinasse: ele jamais mostrara tamanho apetite por assinaturas. Depois, bruscamente, recaía na idiotia, pronunciava algumas raras palavras sem sentido nem objetivo. Passava sobre a testa a mão enfraquecida cujos dedos dificilmente se dobravam.

Na corte se dizia que ele perdera o juízo. De fato, começava a estar ausente do mundo.

Em três semanas, a enfermidade fizera desse homem de 46 anos um ancião de traços desfeitos que sobrevivia com dificuldade no fundo de um quarto do castelo de Fontainebleau.

E sempre aquela sede que o apunhalava e fazia com que pedisse água!

Os médicos garantiam que ele não escaparia, e o astrólogo Martin, em termos prudentes, anunciou uma terrível provação que ocorreria por volta do final do mês a um poderoso monarca do Ocidente, provação que coincidiria com um eclipse solar. “Nesse dia”, escreveu mestre Martin, “uma grande sombra há de pairar sobre o reino...”

E de repente, numa noite, Felipe, o Belo, sentiu novamente, na base do crânio, aquele terrível estalo obscuro e aquela queda nas trevas que ele já experimentara na floresta de Pont-Sainte-Maxence. Dessa vez, não havia mais cruz, nem veado. Só havia um grande corpo prostrado no leito, sem nenhuma consciência dos cuidados que lhe eram dispensados.

Quando voltou daquela noite de inconsciência, cuja duração exata era incapaz de dizer, a primeira coisa que o rei pôde distinguir foi uma grande forma branca sobrepujada por uma estreita coroa escura, debruçando-se sobre seu corpo. Também ouviu uma voz que se dirigia a ele.

— Ah... irmão Renaud! — disse fracamente o rei. — Reconheço vossa fisionomia... Mas é como se vossa silhueta estivesse envolvida por uma espécie de bruma.

E logo depois ele acrescentou:

— Estou com sede.

O irmão Renaud, dos dominicanos de Poissy, embebeu os lábios do enfermo com um pouco de água benta.

— Chamaram o bispo Pierre? Ele já chegou? — perguntou então o rei.

Devido a um desses movimentos do espírito que são frequentes nos moribundos e que os projetam em direção às mais longínquas lembranças, nos últimos dias o rei tinha andado obcecado pela ideia de ter à sua cabeceira um de seus companheiros de infância, Pierre de Latille, bispo de Châlons e membro do Conselho real. Tal desejo intrigou todo mundo, e para ele buscavam motivos ocultos, quando na verdade a insistência não passava de um acidente da memória.

— Sim, Vossa Majestade, já foram buscá-lo — respondeu o irmão Renaud.

De fato, enviara um mensageiro para Châlons, porém o mais tarde possível, com a esperança de que o bispo não chegasse a tempo.

Pois o irmão Renaud tinha um papel a desempenhar e não pretendia renunciar a ele em proveito de outro eclesiástico. Na verdade, o confessor do rei era ao mesmo tempo o grande inquisidor de França; as consciências dos dois homens compartilhavam os mesmos pesados segredos. O monarca todo-poderoso não podia solicitar o amigo de sua escolha para assistir à passagem definitiva.

— Há quanto tempo estáveis falando comigo, irmão Renaud? — perguntou o rei.

O irmão Renaud, com o queixo enterrado na carne, o olhar atento, estava encarregado, naquele momento, sob o pretexto da vontade divina, de obter do rei tudo aquilo que os vivos ainda esperavam dele.

— Vossa Majestade — disse ele —, a vontade de Deus é que deixeis em ordem todos os negócios do reino.

O rei permaneceu por um instante sem dar resposta.

— Irmão Renaud, eu já me confessei? — perguntou ele.

— Claro que sim, Vossa Majestade, antes de ontem — respondeu o dominicano. — Uma bela confissão, que causou nossa admiração e que causará a de todos os vossos súditos. Vossa Majestade mostrou arrependimento por ter infligido cansaço ao povo e, sobretudo, por ter exigido tantos impostos da Igreja; Vossa Majestade declarou ainda que não sentia ter que pedir perdão pelas mortes ordenadas pela justiça do reino, porque a Fé e a Justiça têm que ser respeitadas.

O grande inquisidor elevara a voz para que todos os presentes escutassem bem.

— Eu disse isso? — perguntou o rei.

Ele não sabia mais. Teria ele realmente pronunciado tais palavras, ou então o irmão Renaud estaria inventando este final edificante que deve ter todo grande personagem? Simplesmente murmurou:

— Os mortos...

— Agora seria preciso que Vossa Majestade nos instruísse a propósito de suas últimas vontades — insistiu o irmão Renaud.

Ele se afastou um pouco, e o rei percebeu que o quarto estava repleto.

— Ah! Eu reconheço muito bem todos vocês...

Parecia surpreso por ter conservado a faculdade de identificar as fisionomias.

Eles estavam todos em volta dele: seus médicos, seu irmão Carlos de imponente estatura, seu irmão Luís, um pouco afastado de todos, a cabeça baixa, Enguerrand, Felipe, o Cabeçudo, seu legista, seu secretário Maillard, o único que estava sentado a uma mesinha, todos perto dos lençóis de seu leito... todos silenciosos e de tal forma vagos que pareciam pairar numa irrealidade eterna.

— Sim, sim... eu reconheço todos...

Aquele gigante no fundo do aposento, cuja cabeça se sobressaía a todas as outras, era Robert d'Artois, seu turbulento parente... Uma mulher alta, a alguma distância, dobrava as mangas com um gesto de parteira. Ao avistar a condessa Mahaut o rei se lembrou das princesas condenadas.

— O papa já foi eleito? — perguntou ele.

— Não, Vossa Majestade.

Os mais diversos problemas se debatiam e se emaranhavam em seu espírito esgotado.

Todo homem, crendo de certa forma que o mundo nasceu ao mesmo tempo que ele, sofre no momento de deixar a vida, de deixar o universo inacabado. E ainda mais um rei.

Felipe, o Belo, buscou com os olhos seu filho primogênito.

Luís de Navarra, Felipe de Poitiers e Carlos de França mantinham-se à sua cabeceira, estavam lado a lado, como que grudados uns aos outros diante da agonia do genitor. O rei teve que virar a cabeça para vê-los.

— Considerai bem, Luís, considerai muito bem — murmurou ele — o que significa ser o rei de França. Informai-vos o mais breve possível sobre o estado de vosso reino.

A condessa Mahaut fazia suas manobras para se aproximar, e podia-se adivinhar que perdões e graças ela estava disposta a arrancar ao moribundo.

O irmão Renaud lançou ao conde de Valois um olhar que significava: "Senhor, tratai de intervir."

Dentro de alguns instantes Luís de Navarra seria o rei de França e ninguém ignorava que a influência de Valois dominava-o completamente. Por isso a autoridade desse último crescia, e o grande inquisidor voltava-se para o senhor Valois como que se dirigindo ao verdadeiro poder.

— Meu irmão — disse ele —, não tendes algo a modificar em vosso testamento de 1311?

— Nogaret está morto — respondeu o rei.

Valois balançou tristemente a cabeça, voltando-se para o grande inquisidor que, também com ares de tristeza, gesticulou exprimindo seu pesar por terem esperado demais para tocar no assunto. Mas o rei acrescentou:

— Ele era o executor de minhas vontades.

— Então deveis ditar um codicilo a fim de nomear novamente vossos executores, meu irmão — disse Valois.

— Estou com sede — disse Felipe, o Belo.

Colocaram-lhe de novo um pouco de água benta sobre os lábios. Valois continuou:

— Continuais desejando, creio, que eu cuide para que vossas vontades sejam respeitadas.

— Certamente, e vós também, Luís, meu irmão... — disse o rei, olhando para o conde de Evreux.

Maillard começara a escrever, pronunciando a meia-voz as fórmulas rituais dos testamentos reais.

Depois de Luís de Evreux, o rei designou seus outros executores testamentários à medida que seus olhos — agora ainda mais impressionantes devido à forte palidez que os perturbava — dirigiam-se a alguns dos rostos que o circundavam. Assim, nomeou Felipe, o Cabeçudo, depois Pierre de Chambly, que era próximos de seu segundo filho, e também Hugues de Bouville.

Então Enguerrand de Marigny avançou e se moveu de modo que seu maciço corpo se colocasse bem diante dos olhos do moribundo.

O coadjutor sabia que, havia duas semanas, Carlos de Valois vinha repetindo diante do soberano suas críticas e acusações. "Foi Marigny, meu irmão, a causa de vossos problemas... Foi Marigny que deixou que o Tesouro fosse pilhado... Foi Marigny que vendeu desonestamente a paz com Flandres... Foi Marigny que vos aconselhou a executar na fogueira o grão-mestre..."

Todos esperavam que o rei citasse Marigny entre seus executores, dando-lhe assim uma última confirmação de confiança. Mas será que ele o faria realmente?

Maillard, com a pluma à mão, observava o rei. Mas Valois logo disse:

— Creio que todos estão citados, meu irmão.

E ele dirigiu a Maillard um gesto imperativo que significava o fechamento da lista. Marigny, pálido, cerrou com os punhos seu cinto e, forçando a voz, pronunciou:

— Vossa Majestade! Sempre vos servi fielmente. Peço-vos que me recomende a vosso filho.

Entre os dois rivais que disputavam, sua mente, entre Valois e Marigny, entre seu irmão e seu primeiro-ministro, o rei teve um momento de meditação. Como pensavam em si mesmo, mas bem pouco nele!

— Luís — disse ele com lassidão —, que Marigny não seja de modo algum lesado, caso prove que foi fiel.

Então Marigny compreendeu que as calúnias tinham surtido efeito. Diante de um abandono tão flagrante, ele se perguntou se Felipe, o Belo, tinha realmente tido alguma estima por ele.

Mas Marigny conhecia os poderes de que dispunha. Tinha em mãos a administração, as finanças, o exército. Conhecia o "estado do reino" e sabia que, sem ele, não se podia governar. Cruzou os braços, levantou seu enorme queixo e, olhando Valois e Luís de Navarra do outro lado do leito em que agonizava o soberano, pareceu desafiar o reino que estava por vir.

— Vossa Majestade tem outros desejos? — perguntou o irmão Renaud.

Hugues de Bouville recolocava num candelabro um círio que estava por cair.

— Por que está tão escuro? — perguntou o rei. — Ainda está de noite? O sol ainda não nasceu?

Ainda que se estivesse em pleno meio do dia, uma obscuridade rápida, anormal, angustiante, envolvia o castelo. O eclipse anunciado chegava e, atingindo seu ápice, cobria com suas sombras o reino de França.

— Devolvo à minha filha Izabel o anel com que me presenteou — disse bruscamente o rei —, o anel que ostenta um enorme rubi que chamam de "Cereja".

Ele interrompeu a fala por um momento, depois perguntou mais uma vez:

— Pierre de Latille ainda não chegou?

Como ninguém dava resposta, acrescentou:

— Eu lhe dou a minha bela esmeralda.

E o rei continuou legando a diversas igrejas — a Notre-Dame de Boulogne, porque ali tinha se casado sua filha, a Saint Martin de Tours, a Saint Denis — diversas flores-de-lis de ouro, "no valor de mil libras cada", observava ele a cada vez.

O irmão Renaud debruçou-se e lhe disse ao ouvido:

— Não esqueceis, Vossa Majestade, nosso priorado de Poissy.

Viu-se passar então, sobre o semblante abatido de Felipe, o Belo, uma expressão de irritação.

— Irmão Renaud — disse ele —, dou a vosso convento a bela Bíblia que contém minhas anotações de leitura. Ela vos será muito útil, a vós e a todos os confessores de reis de França.

O grande inquisidor, ainda que esperasse mais do que isso, soube ocultar seu despeito.

— A vossas irmãs de Saint Dominique, em Poissy, lego a grande Cruz dos Templários. E meu coração irá junto.

O rei terminara sua lista de dons. Maillard releu em voz alta o codicilo. Quando chegou às últimas palavras — "ordenado pelo rei" —, Valois atraiu para si o herdeiro do trono e, apertando-lhe com firmeza o braço, disse:

— Acrescentai: "e com o consentimento do rei de Navarra".

Felipe, o Belo, abaixou o queixo, quase imperceptivelmente, com um movimento de aprovação resignada. Seu reino acabava ali.

Foi preciso guiar sua mão para que assinasse o pergaminho. Ele murmurou:

— Isso é tudo?

Não, o último dia do rei de França ainda não estava terminado.

— Agora, Vossa Majestade, é preciso transmitir o milagre real — disse o irmão Renaud.

Ele convidou os presentes a se retirarem, para que o rei transmitisse a seu filho o poder — misteriosamente atribuído à pessoa real — de curar a escrófula.*

* Este poder é designado como o "milagre real". Acreditava-se que o rei de França podia de fato curar esta doença (que é uma adenite cervical crônica de origem tuberculosa que provoca abcessos). Por isso, no dia em que era coroado, tocava todos os doentes que se apresentavam a ele. (N.T.)

Caído em meio a seus travesseiros, Felipe, o Belo, gemeu:

— Irmão Renaud, este mundo não vale nada. Vide a que se reduz o rei de França!

No momento de sua morte, exigiam ainda dele um esforço para que investisse seu sucessor da capacidade, real ou suposta, de aliviar uma enfermidade benigna.

Mas não foi Felipe, o Belo, quem ensinou as fórmulas e as preces do milagre real; ele as esquecera. Foi o irmão Renaud. E Luís de Navarra, ajoelhado junto ao pai, com as mãos quentes demais enlaçadas às mãos gélidas do rei, recebeu a herança secreta.

Uma vez cumprido o rito, a corte foi novamente admitida no quarto e o irmão Renaud começou a recitar as preces dos agonizantes.

A corte começava a repetir o versículo "*In manus tuas, Domine...*", "Em tuas mãos, Senhor, deposito meu espírito...", quando uma porta se abriu; o bispo Pierre Latille, amigo de infância do rei, acabava de chegar. Todos os olhares se dirigiram para ele, enquanto todos os lábios continuavam recitando.

— "*In manus tuas, Domine*" — disse o bispo, juntando-se aos outros.

Todos se voltaram para o leito real e as preces se detiveram; o Rei de Ferro estava morto.

O irmão Renaud aproximou-se para fechar seus olhos. Mas as pálpebras que jamais tinham batido reabriram-se sozinhas. Por duas vezes o grande inquisidor tentou em vão abaixá-las. Tiveram de cobrir com uma venda o olhar daquele monarca que adentrava a Eternidade com os olhos abertos.

Notas Históricas
&
Repertório Biográfico

Notas históricas

1 – Cronologicamente, o duque Guilherme IX de Aquitânia (22 de outubro de 1071-1127) é o primeiro poeta francês de língua românica; é uma das figuras mais importantes e mais sedutoras da Idade Média.

Grande suserano, grande amante, grande letrado, ele viveu e pensou de maneira totalmente excepcional para a sua época. O luxo refinado em que vivia em seus castelos está na origem das famosas "cortes de amor".

Considerando-se totalmente livre da autoridade da Igreja, ele recusou ao papa Urbano II, que veio visitá-lo em seus Estados, sua participação nas Cruzadas. E aproveitou a ausência de seu vizinho, o conde de Toulouse, para apoderar-se de suas terras. Mas os relatos de aventuras incitaram-no, um pouco mais tarde, a tomar o caminho do Oriente, no comando de um exército de 30 mil homens, que ele conduziu até Jerusalém.

Seus *Versos*, dos quais apenas onze poemas foram conservados, introduziram na literatura românica em geral e, mais precisamente, na literatura francesa, uma concepção idealizada da mulher e do amor, que não existia antes dele; sua obra é a fonte da grande corrente de lirismo amoroso que atravessa, irriga e fecunda toda a nossa literatura.

Esse príncipe-trovador não deixou de ser um pouco influenciado pelos poetas hispano-árabes.

2 – O caso da sucessão da família d'Artois, um dos maiores dramas de herança da história da França — e do qual trataremos diversas vezes neste volume e nos seguintes — apresentava-se da seguinte maneira:

São Luís dera, em apanágio, no ano de 1237, o condado-pariato d'Artois a seu irmão Robert. Este Robert I d'Artois teve um filho, Robert II que se casou com Amicie de Courtenay, dama do domínio de Conches. Robert II teve dois filhos: Felipe, que morreu em 1298 dos ferimentos que o atingiram na batalha de Furnes, e Mahaut, que se casou com Othon, conde palatino de Borgonha.

Com a morte de Robert II, ocorrida em 1302 (quatro anos depois, portanto, que a de seu filho Felipe) na batalha de Courtrai, a herança do condado foi reclamada ao mesmo tempo por Robert III — nosso herói —, filho de Felipe, e por Mahaut, sua tia, que evocava para isso uma disposição do direito comum artesiano (do domínio d'Artois).

Em 1309, Felipe, o Belo, decidiu-se em favor de Mahaut. Esta, tornando-se regente do condado de Borgonha, devido à morte de seu marido, tinha casado suas duas filhas, Jeanne e Branca, ao segundo e ao terceiro filhos de Felipe, o Belo, Felipe e Carlos; a decisão que a favoreceu foi amplamente inspirada por essas alianças que traziam para a coroa, especialmente, o condado de Borgonha — ou Comté-Franche, dada como dote de Jeanne. Mahaut tornou-se, portanto, condessa-par d'Artois.

Robert não se deu por vencido e, durante vinte anos, com rara severidade, seja por ação jurídica, seja por ação direta, prosseguiu atacando sua tia numa luta em que todos os procedimentos foram empregados, tanto de um lado quanto do outro: delação, calúnia, falso testemunho, bruxaria, envenenamentos, agitação política, luta que terminou, como veremos, tragicamente para Mahaut, para Robert, para a Inglaterra e a França.

Por outro lado, no que diz respeito à casa, ou melhor, às casas de Borgonha, relacionadas também, como todos os grandes processos do reino, a esse processo da família d'Artois, lembramos ao leitor que na época havia duas Borgonhas absolutamente distintas uma da outra: a Borgonha-Ducado, que era terra feudatária da coroa de França, e a Borgonha-Condado, que formava um palatinado dependente do Santo Império. A capital do ducado era Dijon, e a do condado, Dole.

A famosa Margarida de Borgonha fazia parte da família ducal; suas primas e cunhadas, Jeanne e Branca, da família do condado.

3 – No original, *bougette*. Na Idade Média, dava-se o nome de *bougette*, ou de *bolgète* (do verbo francês *bouger*, "mexer, mexer-se") à bolsa que se usava pendurada à cintura, ou que se amarrava ao arção da sela, e que "se mexia". A palavra, que imigrou para a Inglaterra, lá pronunciada como *budget*, passou a designar igualmente a bolsa do tesoureiro real e, por extensão, seu conteúdo. Nesta última acepção é que deu origem ao sentido atual do termo "budget", que voltou novamente para a França, agora com o sentido de "orçamento".

4 – A Ordem soberana dos Cavaleiros do Templo de Jerusalém foi fundada em 1128 para assegurar a guarda dos Lugares Santos da Palestina e proteger as rotas de peregrinação. Suas regras, recebidas de São Bernardo, eram severas. Elas impunham aos cavaleiros a castidade, a pobreza, a obediência. Eles não deviam "olhar demais rosto de mulher..., nem beijar fêmea alguma, nem viúva, nem virgem, nem mãe, nem irmã, nem tia, nem qualquer outra mulher". E eram obrigados, em guerra, a aceitar o combate a um contra três e não podiam ser resgatados do sequestro em troca de pagamento. O único animal que tinham permissão para caçar era o leão.

Sendo a única força militar bem organizada, esses monges-soldados serviram para enquadrar os bandos frequentemente desorganizados que formavam os exércitos das Cruzadas. Postos na vanguarda de todos os ataques e na retaguarda de todas as retiradas, prejudicados pela incompetência ou pelas rivalidades entre os príncipes que comandavam tais exércitos de aventura, perderam em dois séculos mais de 20 mil homens nos campos de batalha, número considerável em relação aos efetivos da Ordem. Mas é preciso dizer que cometeram, nos últimos anos de existência, alguns funestos erros estratégicos.

Durante todo o tempo, tinham dado mostras de serem bons administradores. Como eram muito necessários, o ouro da Europa afluiu para seus cofres. Províncias inteiras foram entregues à responsabilidade e guarda da Ordem. Durante cem anos, eles asseguraram o governo efetivo do reino latino de Constantinopla. Deslocam-se como donos do mundo, sem ter de pagar impostos, nem tributos, nem forma alguma de pedágio. Dependiam apenas do papa e tinham comendadorias em toda a Europa e no Oriente Médio. O centro da organização, porém, baseava-se em Paris. Os Templários foram levados, pela força dos acontecimentos, a entrar no negócio bancário. A Santa Sé e os principais soberanos da Europa tinham com eles suas contas correntes. Eles emprestavam mediante garantia e adiantavam dinheiro para o resgate de prisioneiros. O imperador Baudouin hipotecou junto a eles a "verdadeira Cruz".

Expedições, conquistas, fortuna, tudo é incomensurável na história dos Templários, até mesmo o conjunto de procedimentos legais empregado para chegar à supressão deles. O rolo de pergaminho que contém a transcrição dos interrogatórios de 1307 mede, apenas ele, 22,20 metros.

Depois desse prodigioso processo, as controvérsias jamais se extinguiram. Alguns historiadores tomaram partido contra os acusados, outros contra Felipe, o Belo. Não há dúvidas de que as acusações feitas contra os Templários eram, em grande parte, exageradas ou mentirosas, mas também não há dúvidas de que existiam entre eles profundos desvios dogmáticos. As longas estadias no Oriente tinham colocado os Templários em contato com certos ritos perpetuados pela religião cristã primitiva, com a religião islâmica, que eles combatiam e, provavelmente, até mesmo com as tradições esotéricas do antigo Egito. Foi a propósito das cerimônias iniciáticas dos Templários que se formou, por meio de uma confusão muito comum na Idade Média, a acusação de adoração de ídolos, de práticas demoníacas e de bruxaria.

Os Templários nos interessariam menos se não tivessem tido prolongamentos até na história do mundo moderno. Sabe-se que a Ordem do Templo, logo após a sua destruição oficial, reconstituiu-se sob a forma de uma sociedade secreta internacional, e conhecemos os nomes dos grão-mestres ocultos até o século XVIII.

Os Templários deram origem à instituição do *Compagnonnage* — associações de operários —, que existe até hoje. Tinham necessidade, em suas longínquas comendadorias, de operários cristãos. Então organizaram-nos e lhes deram um conjunto de regras chamado "dever". Esses operários, que não portavam armas, vestiam-se de branco; participaram das Cruzadas e construíram no Oriente Médio as formidáveis fortalezas erigidas, como se diz no jargão da arquitetura, de acordo com o "aparelho dos cruzados". Adquiriram naquela região certos métodos de trabalho herdados da Antiguidade, que lhes serviram mais tarde para edificar, no Ocidente, as catedrais góticas. Em Paris, esses operários — os *compagnons* — viviam no interior do Templo, ou no bairro vizinho, em que gozavam de certas "liberdades", bairro este que continuou sendo, durante cinco séculos, o centro dos operários iniciados.

Por intermédio das sociedades de operários, a Ordem do Templo está ligada às origens da franco-maçonaria. São reencontradas nesta as "provas" das cerimônias iniciáticas e até mesmo emblemas muito precisos que são os mesmos das antigas companhias de operários e, o que é ainda mais surpreendente, figuram nas paredes de alguns túmulos construídos pelos arquitetos do Egito faraônico. Tudo leva, portanto, a pensar que esses ritos e emblemas, esses procedimentos de trabalho, foram trazidos para a Europa pelos Templários.

5 – O sistema de datação utilizado na Idade Média não era o mesmo que o empregado atualmente e, além disso, ele diferia de um país para outro.

O ano oficial começava, na Alemanha, na Suíça, na Espanha e em Portugal, no dia de Natal; em Veneza, no dia 1º de março; na Inglaterra, no dia 25 de março; na Rússia, durante o equinócio da primavera.

Na França, o início do ano legal era a Páscoa. Esse é o chamado "estilo da Páscoa", ou "estilo francês", ou ainda "antigo estilo". Este singular costume que consiste em se basear numa festa móvel como ponto de partida de datação levava a ter anos que variavam de trezentos e trinta e quatro a quatrocentos dias. Alguns anos tinham duas primaveras, uma no início, outra no final.

O antigo estilo é fonte de uma infinidade de confusões e dele surgiram grandes dificuldades para o estabelecimento de datas exatas. Assim, segundo o antigo estilo, o final do processo dos Templários ocorreu em 1313, posto que a Páscoa, no ano de 1314, caiu no dia 7 de abril.

Foi somente em dezembro de 1564, sob o reino de Carlos IX, antepenúltimo rei da dinastia dos Valois, que o início do ano legal foi fixado em 1º de janeiro.

A Rússia adotou o "novo estilo" apenas em 1725, a Inglaterra em 1752 e Veneza, que foi a última, quando da conquista de Bonaparte.

As datas fornecidas nesta narrativa estão em concordância, evidentemente, com o novo estilo.

6 – O palacete dos Templários, seus anexos, suas "culturas" e todas as ruas vizinhas a ele formavam o bairro parisiense do Templo (*le Temple*), cujo nome perpetuou-se até os nossos dias. Foi na grande torre que serviu de masmorra a Jacques de Molay que, quatro séculos e meio mais tarde, foi preso Luís XVI. Dela ele só saiu para ser levado à guilhotina. Essa torre foi demolida em 1811.

7 – Os *sargentos* eram funcionários subalternos encarregados de diferentes tarefas de ordem pública e de justiça. O papel desses funcionários confundia-se sensivelmente com o dos fiscais (guardiães de portas, no original *huissiers*) e com o dos oficiais-maceiros. Entre suas atribuições, encontrava-se a de escoltar ou preceder o rei, os ministros, os mestres do Parlamento e da Universidade.

O atual cassetete de nossos policiais urbanos é uma longínqua sobrevivência do bastão dos sargentos de outrora, da mesma forma que a maça que carregam os maceiros durante as cerimônias universitárias na França.

Em 1254, havia sessenta sargentos exclusivamente a serviço da polícia de Paris.

8 – Essa concessão, feita a certas corporações de mercadores, de vender nas proximidades ou no próprio local da morada do soberano, parece vir do Oriente. Em Bizâncio, eram os mercadores de perfumes que tinham direito de manter seus negócios diante da entrada do palácio imperial, sendo suas essências consideradas a coisa mais agradável que podia chegar até as narinas do *Basileus*.

9 – A torre de Nesle, inicialmente torre Hamelin, devido ao nome do preboste de Paris que ordenara sua construção, e o palacete de Nesle (no original *Hotel de Nesle*), ocupavam o atual terreno do Instituto de França e da Moeda. Ao jardim estavam justapostas, no lado do poente, as muralhas de Felipe Augusto, cujos fossos, chamados naquele local de "fossos de Nesle", serviram de traçado para a rue Mazarine. O conjunto foi dividido em *Grand Nesle*, *Petit Nesle* e *Séjour de Nesle*. Sobre suas diversas partes foram construídos ulteriormente os palacetes de Nevers, de Guénégaud, de Conti, e das Moedas. A Torre só foi destruída em 1663 a fim de permitir a construção do colégio Mazarin ou das Quatro-Nações, que desde 1805 passou a fazer parte do Instituto.

10 – O papel feito de algodão que, acredita-se, foi invenção chinesa e chamado inicialmente de "pergaminho grego" pelo fato de os venezianos o terem encontrado em uso na Grécia, apareceu na Europa por volta do século X. O papel de linho foi importado do Oriente um pouco mais tarde pelos sarracenos da Espanha. As primeiras fábricas de papel se estabeleceram na Europa no decorrer do século XIII. Por razões de conservação e resistência, o papel jamais era utilizado em documentos oficiais, que deviam suportar o peso dos "sinetes pendentes".

11 – Foi a partir dessas assembleias instituídas sob o reinado de Felipe, o Belo, que os reis de França adquiriram o costume de recorrer a consulta nacionais que, mais tarde, receberam o nome de "Estados gerais", dos quais se originaram, por sua vez, depois de 1789, nossas primeiras instituições parlamentares.

12 – A noção do tempo era, na Idade Média, muito menos precisa do que hoje em dia. Empregava-se então, para designar as diferentes partes do dia, a divisão eclesiástica: *prima*, *tércia*, *noa* e *vésperas*.

Prima começava aproximadamente às seis horas da manhã. *Tércia* aplicava-se às horas da manhã. *Noa*, ao meio-dia e à metade do dia. E *vésperas* (com uma distinção entre alta e baixa véspera), a todo o final do dia, até o pôr do sol.

13 – Primitivamente chamada de *île aux Chèvres* (*ilha das Cabras)*, esta ilhota, localizada logo depois da ponta da *île de la Cité*, tomara o nome *de île aux Juifs* (ilha dos Judeus) depois que nela foram executados judeus parisienses.

Reunida a uma outra ilhota vizinha e à própria *île de la Cité*, para que se construísse o Pont-Neuf, ela forma hoje o jardim du Vert-Galant.

14 – Na repartição das jurisdições religiosas estabelecida desde a alta Idade Média, Paris não figurava como bispado. Por isso a capital não aparece na lista das vinte e uma "metrópoles" do Império enumeradas no testamento de Carlos Magno. Paris dependia, e continuou dependendo até o século XVII, da arquidiocese de Sens. O bispo de Paris era sufragâneo do arcebispo de Sens, isto é: as decisões ou sentenças pronunciadas pelo primeiro vinham como recurso diante da oficialidade do segundo.

Paris só se elevou à condição de arcebispado sob o reino de Luís XIII.

15 – Os *prebostes* eram funcionários reais que acumulavam as funções hoje repartidas entre os secretários de Segurança Pública, os chefes de subdivisões militares, os comissários divisionários, os agentes do Tesouro, do fisco e das informações. O que basta para compreender que eles eram bem pouco apreciados. Mas já naquela época, em certas regiões, começavam a compartilhar suas atribuições com os então chamados *recebedores das finanças*.

16 – O traje das viúvas da nobreza, bastante parecido com o das religiosas, compunha-se de um longo vestido preto, sem enfeites nem joias, de um escapulário branco escondendo o pescoço e o queixo, e de um véu branco colocado sobre os cabelos.

17 – Desde o final do século XI e o estabelecimento da dinastia normanda, a nobreza da Inglaterra era na maior parte de origem francesa. Constituída inicialmente pelos barões normandos companheiros de Guilherme, o Conquistador, renovada com os angevinos (da região de Anjou, na França) e os originários da Aquitânia (França) dos Plantagenetas, essa aristocracia conservava sua língua e costumes de origem.

Durante o século XIV, a língua francesa era corrente na corte. A famosa frase pronunciada pelo rei Eduardo III em Calais, ao amarrar a liga da condessa de Salisbury, é testemunha disso; Eduardo III disse: "*Honni soit qui mal y pense*" ("Envergonhado sinta-se aquele que nisso veja algum mal"). Tais palavras tornaram-se a divisa da Ordem da Jarreteira.

A correspondência dos reis era redigida em francês. Vários suseranos ingleses, aliás, possuíam feudos nos dois países.

Notemos também, nesse ponto de nossa narrativa, que o rei Eduardo III, nos dois primeiros anos de sua vida, esteve duas vezes na França. No decorrer da primeira viagem, em 1313, ele quase morreu sufocado no berço pela fumaça de um incêndio que ocorreu em Maubuisson. É sua segunda viagem, feita apenas em companhia de sua mãe, que relatamos aqui.

18 – No original, *bachelier*, jovem que, na hierarquia feudal, fazia parte da categoria intermediária entre o cavaleiro e o escudeiro. Esse título aplicava-se aos fidalgos que não dispunham de meios para sustentar sozinhos uma companhia de vassalos própria, a serviço das guerras do rei, ou a jovens senhores que estavam à espera da nomeação de cavaleiros. O *escudeiro*, no sentido literal, carregava o escudo do cavaleiro, mas a palavra era com frequência empregada como termo genérico para designar os *bacheliers* e os valetes ou pajens (dos cavaleiros).

19 – No original, *chevaucheur* (literalmente, "cavalgador"). Eram os mensageiros encarregados das mensagens oficiais. Os príncipes soberanos, os papas, os grandes senhores feudais e os principais dignitários civis ou eclesiásticos tinham seus próprios "cavalgadores" que usavam trajes enfeitados com as armas próprias a seus senhores. Os "cavalgadores" reais tinham o direito prioritário de requerer quaisquer montarias (para troca de animais extenuados) ao longo do caminho. Esses homens, revezando-se, podiam facilmente percorrer cem quilômetros por dia.

20 – No original, *maltôte*. Este termo vem do latim *mala tolta*, "arrecadação ruim", "cobrança ruim", e designa um imposto sobre as transações instituído por Felipe, o Belo, que consistia numa taxa de um tostão por cada libra do preço das mercadorias vendidas. Tratava-se de uma taxa de 0,5%, caso se tomasse por base a libra tornesa, ou de 0,33%, caso se contasse em libra parisina. Tal imposto desencadeou graves revoltas e deixou a lembrança de uma medida financeira esmagadora para a população.

21 – O veneno assim designado era muito provavelmente o sulfocianeto de mercúrio. Esse sal produz, por combustão, vapores mercuriais e compostos cianídricos que podem desencadear uma dupla intoxicação causada pelo cianureto e pelo mercúrio.

Quase todos os venenos da Idade Média eram, aliás, feitos à base de mercúrio, matéria de predileção dos alquimistas. O nome "serpente do Faraó" foi dado posteriormente a um brinquedo de criança em cuja fabricação esse sal era utilizado.

22 – Felipe, o Belo, pode ser considerado como o primeiro rei galicano. Bonifácio VIII, na bula *Unam Sanctam*, havia declarado: "que toda criatura humana está submetida ao Pontífice romano, e que tal submissão é uma necessidade de sua salvação" . Felipe, o Belo, lutou constantemente pela independência do poder civil em matéria temporal. Seu irmão Carlos de Valois, ao contrário, era decididamente ultramontano.

23 – Os Arquivos eram uma instituição relativamente recente no tempo de Felipe, o Belo. Sua fundação datava apenas da época de São Luís, que tinha desejado agrupar e classificar todos os documentos concernentes aos direitos e costumes do reino. Até então os documentos eram guardados — quando não eram simplesmente destruídos — pelos senhores feudais ou pelas comunas; o rei só conservava consigo os tratados ou os documentos que diziam respeito às propriedades da coroa. Sob o reinado dos primeiros reis da dinastia dos Capeto, tais documentos eram acomodados numa carroça fechada que seguia todos os deslocamentos do rei.

24 – Instituídos por volta da metade do século XIII, os *burgueses do rei* formavam uma categoria especial de súditos, que, reclamando a justiça do rei, podiam desligar-se de suas obrigações feudais em relação a seus suseranos, ou de suas obrigações de residência numa determinada cidade. Passavam então a depender exclusivamente do poder central.

Essa instituição conheceu um grande desenvolvimento sob o reinado de Felipe, o Belo. Pode-se dizer que os burgueses do rei foram os primeiros franceses a ter um estatuto jurídico comparável ao do cidadão moderno.

25 – A primeira "câmara comum" de Paris, chamada inicialmente de *Casa da Mercadoria* e depois, a partir do século XI, de *Parlatório dos Bur-*

gueses, situava-se nas redondezas do Châtelet. Foi Etienne Marcel, em 1357, quem transferiu os serviços municipais e a sede da assembleia dos burgueses para um edifício próximo da praça de Grève, no lugar em que hoje se encontra a sede da Prefeitura central de Paris.

26 – No original, *taille-hors*, expressão que deu origem à palavra *taïaut*, ainda hoje empregada na caça realizada com ajuda de cães e que exprime o fato de que o animal caçado foi visto e está *hors taille*, ou *hors taillis* ("descoberto").

27 – Segundo os documentos e relatórios conhecidos de embaixadores, pode-se concluir que Felipe, o Belo, foi acometido de um ataque de apoplexia que se teria produzido numa zona não motora do cérebro. Teve uma recaída mortal no dia 26 ou 27 de novembro.

Repertório biográfico

Os soberanos aparecem neste repertório pelo nome com o qual reinaram; os outros personagens, com seus nomes de família ou de seu feudo principal. Deixamos de mencionar certos personagens episódicos, quando os documentos históricos conservam, como prova de sua existência, apenas um vestígio da ação precisa pela qual eles aparecem nesta narrativa.

ANDRÔNICO II Paleólogo (1258-1332).

Imperador de Constantinopla. Coroado em 1282. Destronado por seu neto Andrônico III em 1328.

ANJOU-SICÍLIA (Margarida de), condessa de Valois (cerca de 1270-31 de dezembro de 1299).

Filha de Carlos II de Anjou, apelidado o Manco, e de Maria de Hungria. Primeira esposa de Carlos de Valois. Mãe do futuro Felipe VI, rei de França.

ARTOIS (Mahaut, condessa de Borgonha, depois d') (?-27 de novembro de 1329).

Filha de Robert II d'Artois. Desposou (1291) o conde palatino de Borgonha, Othon IV (falecido em 1303). Condessa-par d'Artois por decreto real (1309). Mãe de Jeanne de Borgonha, esposa de Felipe de Poitiers, futuro Felipe V, e de Branca de Borgonha, esposa de Carlos de França, futuro Carlos IV.

ARTOIS (Robert III d') (1287-1342).

Filho de Felipe d'Artois e neto de Robert II d'Artois. Conde de Beaumont-le-Roger e senhor feudal de Conches (1309). Desposou (1318) Jeanne de Valois, filha de Carlos de Valois e de Catarina de Courtenay. Par do reino devido a seu condado de Beaumont-le-Roger (1328). Banido do reino (1332), refugiou-se na corte de Eduardo III da Inglaterra. Ferido mortalmente na batalha de Vannes. Enterrado em Saint-Paul de Londres.

AUCH (Arnaud d') (?-1320).

Bispo de Poitiers (1306). Nomeado cardeal-bispo de Albano — posto criado para ele — por Clemente V em 1312. Legado do papa em Paris em 1314. Camareiro papal até 1319. Falecido em Avignon.

AUNAY (Gautier d') (?-1314).

Filho primogênito de Gautier d'Aunay, senhor de Moucy-le-Neuf, de Mesnil e de Gran Moulin. *Bachelier* (v. as notas históricas) do conde de Poitiers, segundo filho de Felipe, o Belo. Inculpado de adultério (caso da torre de Nesle) com Branca de Borgonha, ele foi executado em Pontoise. Desposara anteriormente Agnes de Montmorency.

AUNAY (Felipe d') (?-1314).

Irmão caçula do anterior. Amante de Margarida de Borgonha, esposa de Luís de Navarra, apelidado o Cabeçudo. Executado ao mesmo tempo que seu irmão, em Pontoise.

BAGLIONI (Guccio) (cerca de 1295-1340).

Banqueiro originário da cidade italiana de Siena, aparentado à família dos Tolomei. Mantinha, em 1315, um escritório bancário em Neauphle--le-Vieux. Desposou secretamente Maria de Cressay. Teve um filho, Giannino (1316), trocado no berço por João I, o Póstumo. Faleceu na Campânia.

BARBETTE (Etienne) (cerca de 1250-19 de dezembro de 1321).

Burguês de Paris pertencente a uma das mais antigas famílias de alta posição social. Encarregado das vias públicas de Paris (1275), almotacéu (1296), preboste dos mercadores (1296 e 1314), chefe da Moeda de Paris e tesoureiro do rei. Sua casa, conhecida como *courtille Barbette*, foi saqueada durante as revoltas de 1306.

BOCCACCIO da Chellino, ou Boccacce.

Banqueiro florentino, viajante da companhia dos Bardi. Teve uma amante francesa e um filho adulterino (1313), que foi o ilustre poeta Boccacio, autor do *Decamerão*.

BONIFÁCIO VIII (Benedetto Caetani), papa (cerca de 1215-11 de outubro de 1303).

Inicialmente cônego de Todi, advogado consistorial e tabelião apostólico. Cardeal em 1281. Foi eleito papa em 24 de dezembro de 1294, após a abdicação de Celestino V. Vítima do "atentado" de Anagni, morreu em Roma um mês mais tarde.

BOURDENAI (Michel de).

Legista e conselheiro de Felipe, o Belo. Foi preso e teve seus bens confiscados sob o reino de Luís X, mas recuperou tanto os bens quanto a dignidade sob Felipe V.

BORGONHA (Agnes de França, duquesa de) (cerca de 1268-cerca de 1325).

Derradeira filha dos onze descendentes de São Luís. Casa em 1273 com Robert II de Borgonha. Mãe de Hugues V e de Eudes IV, duques de Borgonha; de Margarida, esposa de Luís X, o Cabeçudo, rei de Navarra e depois de França, e de Jeanne, apelidada a Manca, esposa de Felipe VI de Valois.

BORGONHA (Branca de) (cerca de 1296-1326).

Filha caçula de Othon IV, conde palatino de Borgonha, e de Mahaut d'Artois. Casa-se em 1307 com Carlos de França, terceiro filho de Felipe, o Belo. Inculpada de adultério (1314) ao mesmo tempo que Margarida de Borgonha, foi presa em Château-Gaillard, depois no castelo de Gournay, perto de Coutances. Depois da anulação de seu casamento (1322), tomou o hábito religioso na abadia de Maubuisson.

BOUVILLE (Hugues III, conde de) (?-1331).
Filho de Hugues II de Bouville e de Maria de Chambly. Camareiro de Felipe, o Belo. Desposou (1293) Margarida des Barres, com quem teve um filho, Carlos, que foi camareiro de Carlos V e governador de Dauphiné.

CAETANI (Francesco) (?-março de 1317).
Sobrinho de Bonifácio VIII e por ele nomeado cardeal em 1295. Implicado numa tentativa de feitiço contra o rei de França (1316). Falece em Avignon.

CARLOS de França, depois CARLOS IV, rei de França (1294-1º de fevereiro de 1328).
Terceiro filho de Felipe, o Belo, e de Jeanne de Champagne. Conde do domínio de Marche, por apanágio (1315). Sucedeu, com o nome de Carlos IV, a seu irmão Felipe V (1322). Casou-se sucessivamente com Branca de Borgonha (1307), Maria de Luxemburgo (1322) e Jeanne d'Evreux (1325). Faleceu em Vincennes, sem deixar herdeiro do sexo masculino, e foi o último rei descendente direto da dinastia dos Capeto.

CHARNAY (Geoffroy de) (?-18 de março de 1314).
Preceptor da Normandia a serviço da Ordem dos Cavaleiros do Templo. Detido em 13 de outubro de 1307, foi condenado e queimado em Paris.

CHÂTILLON-SAINT-POL (Mahaut de), condessa de Valois (cerca de 1293-1358).
Filha de Guy de Châtillon, copeiro-mor de França, e de Maria de Bretanha. Terceira esposa de Carlos de Valois, irmão de Felipe, o Belo.

CLEMENTE V (Bertrand de Got ou Goth), papa (?-20 de abril de 1314).
Nasceu em Villandraut (Gironda). Filho do cavaleiro Arnaud-Garsias de Got. Arcebispo de Bordeaux (1300). Eleito papa (1305) para suceder a Benedito XI. Coroado em Lyon. Foi o primeiro dos papas de Avignon.

COLONNA (Jacques) (?-1318).

Membro da célebre família romana dos Colonna. Nomeado cardeal em 1278 por Nicolau III. Principal conselheiro da corte romana sob Nicolau IV. Excomungado por Bonifácio VIII em 1297 e reabilitado em sua dignidade de cardeal em 1306.

COLONNA (Sciarra).

Irmão do precedente. Homem de guerra. Um dos chefes do partido gibelino. Inimigo do papa Bonifácio VIII, que ele esbofeteou quando do atentado de Anagni.

COLONNA (Pierre) (?-1326).

Sobrinho do cardeal Jacques Colonna. Nomeado cardeal por Nicolau IV em 1288. Excomungado por Bonifácio VIII em 1297 e reabilitado em sua dignidade de cardeal em 1306. Faleceu em Avignon.

COURTENAY (Catarina de), condessa de Valois, imperatriz titular de Constantinopla (?-1307).

Segunda esposa de Carlos de Valois, irmão de Felipe, o Belo. Neta e herdeira de Baudouin, último imperador latino de Constantinopla (1261). Depois de sua morte, seus direitos passaram para sua filha primogênita, Catarina de Valois, esposa de Felipe d'Anjou, príncipe de Achaïe e de Tarente.

CRESSAY (dama Eliabel de).

Castelã de Cressay, domínio perto de Neauphle-le-Vieux, no prebostado de Montfort-l'Amaury. Viúva do senhor feudal Jean de Cressay. Mãe de Jean, Pierre e Maria de Cressay.

CRESSAY (Maria de) (cerca de 1298-1345).

Filha de dama Eliabel e do senhor de Cressay, cavaleiro. Casada secretamente com Guccio Baglioni e mãe (1316) de uma criança que foi trocada no berço por Jean I, o Póstumo, que ela amamentava. Foi enterrada no convento dos Agostinianos, perto de Cressay.

CRESSAY (Jean de) e Cressay (Pierre).

Irmãos da precedente. Foram ambos armados cavaleiros por Felipe VI de Valois durante a batalha de Crécy (1346).

DESPENSER (Hugh Le) (1262-27 de outubro de 1326).
Filho de Hugh Le Despenser, juiz-mor da Inglaterra. Barão, membro do Parlamento (1295). Principal conselheiro de Eduardo II a partir de 1312. Conde de Winchester (1322). Afastado do poder pela revolta do baronato em 1326, morreu enforcado em Bristol.

DESPENSER (Hugh Le), apelidado o Jovem (cerca de 1290-24 de novembro de 1326).
Filho do precedente. Camareiro e favorito de Eduardo II a partir de 1312. Casado com Eleanor de Clare (cerca de 1306). Seus abusos de poder provocaram a revolta do baronato em 1326. Foi enforcado em Hareford.

DESPENSER (lady Eleanor Le), nome de solteira de Clare (?-1337).
Filha do conde de Gloucester e sobrinha de Eduardo II. Esposa de Hugh Le Despenser, o Jovem, do qual teve dois filhos.

DUBOIS (Guilherme).
Legista e tesoureiro de Felipe, o Belo. Preso sob o reino de Luís X, mas tendo os bens e a dignidade reabilitados por Felipe V.

EDUARDO II Plantageneta, rei da Inglaterra (1284-21 de setembro de 1327).
Nasceu em Caernarvon. Filho de Eduardo I e de Leonor de Castela. Primeiro príncipe de Gales. Duque de Aquitânia e conde de Ponthieu (1303). Armado cavaleiro em Westminster (1306). Rei em 1307. Desposou, em Boulogne-sur-mer, no dia 22 de janeiro de 1308, Izabel de França, filha de Felipe, o Belo. Coroado em Westminster no dia 25 de fevereiro de 1308. Destronado (1326) por uma revolta do baronato comandada por sua mulher, foi preso e morreu assassinado no castelo de Berkeley.

EDUARDO, príncipe herdeiro da Inglaterra, depois EDUARDO III Plantageneta, rei da Inglaterra (13 de novembro de 1312-1377).
Filho do precedente. Duque de Aquitânia e conde de Ponthieu. Proclamado rei (janeiro 1327) após a deposição de seu pai. Desposou (1328) Felipa de Hainaut, filha de Guilherme de Hainaut e de Jeanne de Valois. Suas pretensões ao trono de França foram a causa da Guerra dos Cem Anos.

EVRARD.

Templário. Letrado de Bar-sur-Aube. Implicado em 1316 num processo de bruxaria; cúmplice do cardeal Caetani na tentativa de feitiço contra o rei de França.

EVREUX (Luís de França, conde de) (1276-1319).

Filho de Felipe III, o Intrépido, e de Maria de Brabant. Meio-irmão de Felipe, o Belo, e de Carlos de Valois. Conde de Evreux (1298). Desposou Margarida d'Artois, irmã de Robert III d'Artois, com quem teve os filhos: Jeanne, terceira esposa de Carlos IV, o Belo, e Felipe, esposo de Jeanne, rainha de Navarra.

FELIPE III, apelidado o Intrépido, rei de França (3 de abril de 1245-5 de outubro de 1285).

Filho de São Luís e de Margarida de Provence. Desposou Izabel de Aragão (1262). Pai de Felipe IV, o Belo, e de Carlos, conde de Valois. Acompanhou seu pai durante a oitava Cruzada e foi reconhecido rei em Túnis (1270). Viúvo em 1271, casou-se em segundas núpcias com Maria de Brabant, com quem teve o filho Luís, conde de Evreux. Morreu em Perpignan, ao retornar de uma expedição feita para garantir os direitos de seu segundo filho ao trono de Aragão.

FELIPE IV, apelidado o Belo, rei de França (1268-29 de novembro de 1314).

Nasceu em Fontainebleau. Filho de Felipe III, o Intrépido, e de Izabel de Aragão. Desposou (1284) Jeanne de Champagne, rainha de Navarra. Pai dos reis Luís X, Felipe V e Carlos IV, e de Izabel de França, rainha da Inglaterra. Reconhecido rei em Perpignan (1285) e coroado em Reims (6 de fevereiro de 1286). Falecido em Fontainebleau e enterrado em Saint-Denis.

FELIPE, conde de Poitiers, depois FELIPE V, apelidado o Comprido, rei de França (1291-3 de janeiro de 1322).

Filho de Felipe IV, o Belo, e de Jeanne de Champagne. Irmão dos reis Luís X, Carlos IV e de Izabel da Inglaterra. Conde palatino de Borgonha, senhor feudal de Salins, graças a seu casamento (1307) com Jeanne de Borgonha. Conde por apanágio de Poitiers (1311). Par de França (1315).

Regente após a morte de Luís X, e depois rei, após a morte do filho póstumo deste (novembro 1316). Falecido em Longchamp, sem deixar herdeiro do sexo masculino. Enterrado em Saint-Denis.

FELIPE, o Converso.

Cônego de Notre-Dame de Paris. Membro do Conselho de Felipe V durante todo o seu reinado.

FIENNES (Jean, barão de).

Barão de Ringry, senhor feudal de Ruminghen, castelão de Bourbourg. Eleito chefe da nobreza rebelde d'Artois e um dos últimos a submeter-se. Desposou Izabel, sexta filha de Guy de Dampierre, conde de Flandres.

GAVESTON ou GABASTON (Pierre de) (cerca de 1284-junho de 1312).

Cavaleiro da região de Bearn, favorito de Eduardo II. Nomeado conde da Cornualha quando da ascensão ao trono de Eduardo II (1307), casou-se, no mesmo ano, com Margarida de Clare, filha do conde de Gloucester. Regente do reino, vice-rei da Irlanda (1308). Excomungado (1312). Assassinado por uma coalizão de barões. Em 1315, Eduardo II ordenou a transferência de seus restos mortais de Oxford para o castelo de Langley (Hertfordshire).

GOT ou GOTH (Bertrand de).

Visconde de Lomagne e de Auvillars. Marquês de Ancône. Sobrinho e homônimo do papa Clemente V. Interveio diversas vezes no conclave de 1314-1316.

HIRSON ou HIREÇON (Thierry l'Archier d') (cerca de 1270-17 de novembro de 1328).

Inicialmente letrado de menor importância a serviço de Robert II d'Artois, acompanhou, depois, Nogaret a Anagni, e foi utilizado por Felipe, o Belo, para diversas missões. Cônego de Arras (1299). Chanceler de Mahaut d'Artois (1303). Bispo de Arras (abril de 1328).

HIRSON ou HIREÇON (Beatriz de).
Sobrinha do precedente. Dama de companhia da condessa Mahaut.

IZABEL de França, rainha da Inglaterra (1292-23 de agosto de 1358).
Filha de Felipe, o Belo, e de Jeanne de Champagne. Irmã dos reis Luís X, Felipe V e Carlos IV. Desposou Eduardo II da Inglaterra (1308). Tomou o comando (1325), juntamente com Roger Mortimer, da revolta dos barões ingleses que levou à deposição de seu marido. Apelidada "Loba de França", governou de 1326 a 1328 em nome de seu filho Eduardo III. Exilada da corte (1330). Faleceu no castelo de Hertford.

JEANNE de Borgonha, condessa de Poitiers, depois rainha de França (cerca de 1293-21 de janeiro de 1330).
Filha primogênita de Othon IV, conde palatino de Borgonha, e de Mahaut d'Artois. Irmã de Branca, esposa de Carlos de França, futuro Carlos IV. Casou-se em 1307 com Felipe de Poitiers, segundo filho de Felipe, o Belo. Inculpada de cumplicidade nos casos de adultério de sua irmã e de sua cunhada (1314), foi presa em Dourdan, depois liberada em 1315. Mãe de três filhas: Jeanne, Margarida e Izabel, que desposaram, respectivamente, o duque de Borgonha, o conde de Flandres e o delfim de Viennois.

JEANNE de Champagne, rainha de França e de Navarra (cerca de 1270-abril de 1305).
Filha única e herdeira de Henrique I de Navarra, conde de Champagne e de Brie (falecido em 1274), e de Branca d'Artois. Casou-se em 1284 com o futuro Felipe IV, o Belo. Mãe dos reis Luís X, Felipe V e Carlos IV, e de Izabel, rainha da Inglaterra.

JEANNE de França, rainha de Navarra (cerca de 1311-8 de outubro de 1349).
Filha de Luís de Navarra, futuro Luís X, o Cabeçudo, e de Margarida de Borgonha. Supostamente bastarda. Distanciada da sucessão ao trono de França, ela herdou a Navarra. Casou-se com Felipe, conde de Evreux. Mãe de Carlos, o Malvado, rei de Navarra, e de Branca, segunda esposa de Felipe VI de Valois, rei de França.

JOINVILLE (Jean, senhor de) (1224-24 de dezembro de 1317).

Senescal hereditário de Champagne. Acompanhou Luís IX na sétima Cruzada e compartilhou seu cativeiro. Redigiu, aos 80 anos, sua *História de São Luís*, pela qual ele é considerado um grande cronista.

JOINVILLE (Jeanne de), ver Mortimer (lady Jeanne).

LATILLE (Pierre de) (?-15 de março de 1328).

Bispo de Châlons (1313). Membro do Tribunal de Contas. Chanceler real depois da morte de Nogaret. Encarcerado por Luís X (1315), mas liberado por Felipe V (1317), voltou para o bispado de Châlons.

LE LOQUETIER (Nicole).

Legista e conselheiro de Felipe, o Belo; preso por Luís X, teve bens e dignidade reabilitados por Felipe V.

LONGWY (Jean de).

Parente do grão-mestre Jacques de Molay. Membro da liga feudal de Borgonha, constituída em 1314.

LUÍS IX, ou São Luís, rei de França (1215-25 de agosto de 1270).

Nasceu em Poissy. Filho de Luís VIII e de Branca de Castela. Rei em 1226, mas só tendo reinado de fato a partir de 1236. Desposou (1234) Margarida de Provence, com quem teve seis filhos e cinco filhas. Comandou a sétima Cruzada (1248-1254). Morreu em Túnis no decorrer da oitava Cruzada. Canonizado em 1296, sob o pontificado de Bonifácio VIII.

LUÍS, apelidado o Cabeçudo, rei de Navarra, depois LUÍS X, rei de França (outubro de 1289-5 de junho de 1316).

Filho de Felipe IV, o Belo, e de Jeanne de Champagne. Irmão dos reis Felipe V e Carlos IV, e de Izabel, rainha da Inglaterra. Rei de Navarra (1307). Rei de França (1314). Desposou (1305) Margarida de Borgonha, com quem teve uma filha, Jeanne, nascida por volta de 1311. Depois do escândalo da torre de Nesle e da morte de Margarida, casou-se novamente (agosto de 1315), com Clemência de Hungria. Coroado em Reims (agosto de 1315). Falecido em Vincennes. Seu filho, Jean I, o Póstumo, nasceu cinco meses depois da morte do pai (novembro de 1316).

MARGARIDA de Borgonha, rainha de Navarra (cerca de 1293-1315).

Filha de Robert II, duque de Borgonha, e de Agnes de França. Casou-se (1315) com Luís, rei de Navarra, filho primogênito de Felipe, o Belo, futuro Luís X, do qual teve uma filha, Jeanne. Inculpada de adultério (processo da torre de Nesle, 1314), foi presa em Château-Gaillard, onde morreu assassinada.

MARIGNY (Enguerrand Le Portier de) (cerca de 1265-abril de 1315).

Nasceu em Lyons-la-Forêt. Casou-se em primeiras núpcias com Jeanne de Saint-Martin, e em segundas núpcias com Alips de Mons. Inicialmente escudeiro do conde de Bouville, depois empregado pela casa da rainha Jeanne, esposa de Felipe, o Belo, e, sucessivamente, guarda do castelo de Issoudun (1298), camareiro (1304), armado cavaleiro e conde de Longueville, intendente das finanças e das construções, capitão do Louvre, coadjutor do governo e reitor do reino durante a última parte do reinado de Felipe, o Belo. Após a morte deste último, foi acusado de desvios, condenado e enforcado em Montfaucon. Foi reabilitado em 1317 por Felipe V e enterrado na igreja de Chartreux, depois transferido à igreja colegial de Ecouis, por ele fundada.

MARIGNY (Jean, ou Felipe, ou Guilherme de) (?-1325).

Irmão caçula do precedente. Secretário do rei (1301). Arcebispo de Sens (1309). Fez parte do tribunal que condenou à morte seu irmão Enguerrand. Um terceiro irmão Marigny, também chamado Jean, e conde-bispo de Beauvais desde 1312, participou das mesmas comissões judiciárias e prosseguiu em sua carreira até 1350.

MOLAY (Jacques de) (cerca de 1244-18 de março de 1314).

Nasceu em Molay (Haute-Saône). Entrou para a Ordem dos Templários em Beaune (1265). Partiu para a Terra Santa. Eleito grão-mestre da Ordem (1295). Detido em outubro de 1307, foi condenado e queimado em Paris.

MORTIMER (lady Jeanne), nome de solteira Joinville (1286-1356).

Filha de Pierre de Joinville, sobrinha-neta do senescal companheiro de São Luís. Desposou *sir* Roger Mortimer, barão de Wigmore, por volta de 1315, e teve onze filhos dele.

MORTIMER (Roger) (1287-29 de novembro de 1330).
Filho primogênito de Edmond de Mortimer, barão de Wigmore, e de Margarida de Fiennes. Oitavo barão de Wigmore. Chefe da revolta que levou à deposição de Eduardo II. Governou de fato a Inglaterra, como Lorde protetor, juntamente com a rainha Izabel, até que Eduardo III atingisse a maioridade. Primeiro conde de March (1328). Detido por Eduardo III e condenado pelo Parlamento, foi enforcado no patíbulo de Tyburn, em Londres.

NEVERS (Luís de) (?-1322).
Filho de Robert de Béthune, conde de Flandres, e de Yolanda de Borgonha. Conde de Nevers (1280). Conde de Rethel graças a seu casamento com Jeanne de Rethel.

NOGARET (Guilherme de) (cerca de 1265-maio de 1314).
Nasceu em Saint-Félix de Caraman, na diocese de Toulouse. Aluno de Pierre Flotte e de Gilles Aycelin. Ensinou direito em Montpellier (1291); juiz-real da senescalia de Beaucaire (1295); cavaleiro (1299). Tornou-se célebre por sua atuação nos conflitos entre a coroa e a Santa Sé. Comandou a expedição de Anagni contra Bonifácio VIII (1303). Chanceler real de 1307 até sua morte, foi ele quem iniciou o processo dos Templários.

PAREILLES (Alain de).
Capitão dos arqueiros sob o reinado de Felipe, o Belo.

PAYRAUD (Hugues de).
Inspetor de França na Ordem dos Cavaleiros do Templo. Detido em 13 de outubro de 1307, condenado à prisão perpétua em março de 1314.

PLOYEBOUCHE (Jean).
Preboste de Paris de 1309 até o final de março de 1316.

PRESLES (Raul I de) ou de PRAYERES (?-1331).
Senhor feudal de Lisy-sur-Ourcq. Advogado. Secretário de Felipe, o Belo (1311). Preso após a morte deste, mas agraciado depois do final do reino de Luís X. Guardião do conclave da cidade de Lyon em 1316. Enobrecido por Felipe V, cavaleiro acompanhante deste rei e membro de seu Conselho. Fundou o colégio de Presles.

PRÉ (Jehan du).

Templário. Foi empregado como doméstico em Valence, em 1316. Esteve implicado, juntamente com o letrado e templário Evrard, na tentativa de feitiço do rei Luís X, promovida pelo cardeal Caetani.

SAISSET (Bernard de).

Abade de Saint-Antoine de Pamiers. Bonifácio VIII criou para ele o bispado de Pamiers (1295). Em conflito com a coroa, foi detido e compareceu em Senlis, em outubro de 1301. Seu processo levou à ruptura entre Felipe IV e o papa Bonifácio VIII.

TOLOMEI (Spinello).

Chefe, na França, da companhia da família Tolomei, da cidade de Siena, fundada no século XII por Tolomeo Tolomei e rapidamente enriquecida pelo comércio internacional e pelo controle das minas de prata da Toscana. Existe até hoje em Siena um palacete Tolomei.

VALOIS (Carlos de) (12 de março de 1270-dezembro de 1325).

Filho de Felipe III, o Intrépido, e de sua primeira esposa, Izabel de Aragão. Irmão de Felipe IV, o Belo. Armado cavaleiro aos 14 anos. Tomou posse do reino de Aragão por legado do papa no mesmo ano, mas jamais pôde ocupar esse trono, acabando por renunciar ao título em 1295. Conde, por apanágio, de Valois e de Alençon (1285). Conde, por apanágio, de Anjou, de Maine e de Perche (março de 1290), graças a seu primeiro casamento com Margarida d'Anjou-Sicília; imperador titular de Constantinopla graças a seu segundo casamento (janeiro de 1301) com Catarina de Courtenay; foi nomeado conde de Romagne pelo papa Bonifácio VIII. Desposou em terceiras núpcias Mahaut de Châtillon--Saint-Pol. De seus três casamentos, teve muitos filhos; o primogênito foi Felipe VI, primeiro rei da linhagem dos Valois. Ele fez campanha na Itália a serviço do papa em 1301, comandou duas expedições à Aquitânia (1297 e 1324) e foi candidato ao Império da Alemanha. Faleceu em Nogent-le-Roi, e foi enterrado na igreja dos Jacobinos, em Paris.

Este livro foi composto na tipografia Sabon LT Std,
em corpo 11/16, e impresso em
papel off-white no Sistema Cameron da
Divisão Gráfica da Distribuidora Record.